COLLECTION FOLIO

Philippe Forest

Toute la nuit

Gallimard

Philippe Forest est né en 1962 à Paris. Il a enseigné dans diverses universités d'Angleterre et d'Écosse. Il est aujourd'hui professeur de littérature à l'université de Nantes. Auteur de nombreux essais consacrés à l'art et à la littérature, il collabore comme critique au magazine *Art Press* et est corédacteur de *La Nouvelle Revue française*.

Dans notre monde, la mort d'un enfant, ou une autre mort aussi cruelle, est devenue une chose oubliée dans notre vie de tous les jours, au point qu'il faille expressément la raconter sous forme de récit.

TSUSHIMA YÛKO

La vie n'est pas un drame. Nul ne sait ce qui surviendra au deuxième acte. Il se peut très bien qu'un personnage que l'on croyait prédestiné à mourir reste en scène jusqu'à la fin de la pièce. Mon projet initial avait été de rédiger un bref testament. Mais ce testament se mit à m'obséder d'une manière telle qu'il fit paraître comme une lueur dans la nuit de mon nihilisme... J'avais commencé, je devais poursuivre : il me fallait retracer tout le reste... J'étais devant une tâche énorme : autant traverser un océan à la nage.

DAZAI OSAMU

Personne, là-bas, ne nous appelle au matin de sa voix douce du réveil. Personne, avec prudence, ne descend une à une les marches rouges de l'escalier de bois (du côté de la rampe inutile, sa main gauche, légèrement tournée vers l'intérieur, pend le long de sa hanche, et de sa main droite, elle s'appuie, attentive, au mur blanc). Personne, ayant hésité un instant, ne pousse la porte de notre chambre (son visage glisse dans l'embrasure, elle penche la tête puis s'approche, sa silhouette apparaît). Personne ne pénètre dans le lit chaud, ne repousse le lourd édredon bleu (elle creuse doucement un espace entre nos membres, nos épaules, elle réclame sa part de l'oreiller où elle pose son crâne nu). Personne n'offre ses joues, son front à nos baisers, à nos caresses (elle se recroqueville en souriant, pressant contre nos flancs ses genoux, ses coudes, sur le matelas trop étroit). Personne ne nous précède à la cuisine, dans le salon (elle escalade sa chaise, se juche sur le coussin qui la porte à hauteur de la table et dit quelques mots, qu'elle a bien dormi, qu'elle n'a pas eu mal, qu'elle ne se souvient pas même du moment où l'un de nous a porté jusqu'à sa chambre les médicaments de la nuit).

Alice fait semblant de dormir encore. Elle s'est tournée de son côté du lit. Je me lève et passe le peignoir de toile rouge. Je mets l'eau à chauffer pour le café, verse la poudre noire dans le filtre en papier. Chaque matin luit d'une lumière inutile. Je vis, je respire dans la splendeur ordinaire du printemps : l'herbe, la rosée, la vapeur montant de la terre, les lilas du jardin, la proximité des prés de l'autre côté des murets de pierre et de l'étroite allée goudronnée.

La première nuit m'a offert l'angoisse d'un seul rêve. Nous dormions dans l'encre véritable de l'obscurité. Puis nous comprenions que le noir était lourd d'une multitude ignoble de battements d'ailes. Des chauves-souris s'étaient détachées du plafond, elles semblaient sortir de l'épaisseur froide des murs et descendaient vers le lit où nous étions couchés. Terrorisée, Alice se réfugiait dans mes bras et nous attendions le moment inévitable où leurs serres viendraient s'accrocher à nos cheveux, déchirant nos visages (mais rêvant, je savais l'absurdité de cette scène car, dans la réalité, j'étais, et non Alice, celui que les chauves-souris effrayaient). Puis je me redressais me disant que Pauline était certainement en train de nous appeler, qu'elle était restée seule trop longtemps, qu'elle avait peur également, qu'il fallait que j'aille la chercher et que, tâtonnant dans le noir, je trouverais le lit où elle pleurait (mais rêvant, je réalisai l'absurdité cruelle de ce rêve car plus rien, désormais, ne pouvait la menacer et j'étais misérablement impuissant à lui porter secours, incapable de la prendre dans mes bras pour la ramener près de nous, la coucher entre nous).

Je pensais que les rêves viendraient vite, qu'ils me seraient fidèles. Je les espérais, même horribles ou désespérants. J'avais confiance en eux. Je me disais qu'effroyables, ils me restitueraient malgré tout celle que je ne verrai plus.

La vérité est que les rêves ne vinrent pas. J'étais pris dans une hébétude si totale que tout s'effaçait. Il y eut seulement deux récits dont je me souviens. Le premier se déroulait dans un décor étrange. J'habitais désormais une ville impossible, extravagante, dont l'architecture ressemblait à une sorte de piste de cirque bariolée : des tunnels aux couleurs criardes, des escaliers ne menant nulle part, des ponts jetés sur des rivières invisibles. Je me rendais chez le dentiste, sachant que cette visite avait été trop longtemps différée (mais je me disais : comment aurais-je pu songer à faire soigner une carie, extraire une molaire quand ma fille se mourait ?). Une élégante jeune femme en blouse blanche me recevait, m'installait dans un large fauteuil gris à l'instrumentation compliquée. Elle me faisait ouvrir la bouche, m'examinait, me faisait sèchement remarquer que ma négligence avait été telle que les soins nécessaires allaient s'avérer considérables. (Un moment, je songeais à lui dire : mais comment aurais-je pu…) Il faudrait, m'expliquait-elle, intervenir de façon si importante que l'implantation d'un cathéter au fond de ma bouche serait indispensable. Celui-ci serait fixé directement dans l'une de mes dents. Mais, d'abord, on me prélèverait un peu de sang en vue des examens préopératoires. Je retroussais ma manche et découvrais l'apparence étrange de mon bras gauche, extraordinairement maigre. La main pendait sans vie et une longue cicatrice rose courait du coude à l'épaule, s'enroulant au sommet.

En rêve, je n'oubliais pas, je ne revenais pas en arrière. Même le sommeil ne m'offrait pas l'illusion. Il ne me ramenait pas avant. Le rêve suivant se dérou-

lait dans une maison que je ne connaissais pas et dont je savais pourtant qu'elle était celle de mon frère aîné (à quelques centaines de mètres, donc, du cimetière où les cendres de Pauline reposaient). La demeure avait grandi, les pièces s'étaient multipliées, elles formaient comme une longue demeure compliquée se développant sur plusieurs étages parmi les jardins. Beaucoup de personnes étaient présentes dont certaines me saluaient d'un air triste, avec des paroles polies. Je reconnaissais quelques-uns des membres de ma famille (mon père, je crois). Il y avait là, aussi, le prêtre qui avait prononcé les dernières prières sur le cercueil, puis sur l'urne. Il m'abordait amicalement (nous parlions, mais je ne sais plus de quoi). Je le félicitai, ayant appris sa récente élection à l'Académie française (quelques jours après la cérémonie, j'avais lu dans le journal local qu'il tenait la chronique littéraire de la radio catholique du département). Sur le mur du salon, mon frère (sans doute) avait, sur un grand panneau, fixé des photographies dont la plupart représentaient Pauline. Je lui savais gré de ces images parce que je pensais que tous les invités (puisqu'il devait bien s'agir d'une sorte de fête) passaient devant elles et ne pouvaient fermer les yeux complètement sur cette petite fille qui n'était plus présente, ne le serait plus jamais. Une photo m'intriguait. On y voyait Pauline dans l'une des poses fixées l'été précédent en ce même endroit de campagne : salopette bleue, bob rouge, yeux plissés dans le soleil (on venait de lui retirer son attelle et sa main semblait aussi fragile que la patte d'un oiseau blessé sautillant dans l'herbe). Mais au loin figurait le cube ocre massif de l'ancienne maison de campagne (celle des bords de l'Yonne) posé dans le jardin avec dans l'angle de l'image les longs tubes croisés du portique vert, le trapèze, la balançoire. Dans mon rêve, je savais que tout cela était impossible (mes parents avaient vendu la propriété longtemps avant la naissance de Pauline). Je songeais à interroger quelqu'un, mais les gens passaient dans le salon (c'était un grand et lumineux salon) sans s'arrêter. Nous sommes sortis prendre un verre sur la terrasse au soleil. Alors se produisit l'impensable. En contrebas s'étendait une vaste surface grise de graviers. Une première forme en sortit, teinte de la même couleur inégale et granuleuse de cendre. C'était un cheval. Il secoua sa crinière et partit au galop. Une seconde forme surgit, s'arrachant sans effort à la terre, tirant du sol la forme de son corps, en sortant comme on sort doucement de la mer, laissant ruisseler l'eau le long de ses membres. C'était une jeune fille, une adolescente, avec de longs cheveux. Elle ne ressemblait nullement à Pauline mais je savais bien qu'il s'agissait d'elle. Elle tourna un instant son visage vers nous sans que je puisse dire ce que son regard signifiait.

Alice parfois s'éveillait dans la nuit et pleurait. Je la prenais dans mes bras mais j'essayais de ne pas remonter jusqu'à la surface du réveil. Je voulais profiter encore du répit de la nuit, de l'hallucination noire accordée par le sommeil : non pas l'oubli, mais l'apparence de l'oubli, le semi-effacement des arêtes les plus saillantes du souvenir. Au matin, il lui arrivait à son tour de raconter ses rêves.

La maison où nous vivions était pourvue d'une large et massive cheminée. Un grand feu insoutenable y brûlait. Deux grands sacs de toile étaient posés à nos pieds. Dans l'un des deux (mais nous ne pouvions dire lequel) se trouvait le corps de notre enfant. Je disais : il faut l'abandonner maintenant, nous ne pouvons plus attendre, il faut que cela soit fait. Et Alice prenait l'un des sacs dans ses bras. Sans l'ouvrir, elle disait : mais elle n'est pas morte, je la sens qui bouge, qui respire. Elle répétait : mais si, en vérité, elle n'était pas morte ? Et je m'obstinais : si, tu sais bien. Elle sentait le grand jeu menaçant des flammes, l'avidité avec laquelle elles tournaient leurs langues bleues vers la proie offerte, mais elle ne voulait pas se résoudre à laisser glisser son enfant parmi les bûches calcinées, la cendre.

Elle racontait encore qu'elle se trouvait avec des inconnus dans une automobile, assise sur la banquette arrière. Elle tenait Pauline dans ses bras, mais le corps de l'enfant était devenu incroyablement petit. Ses membres semblaient se retrousser. Elle était pareille à un nouveau-né. Et Alice, devant les autres, éprouvait le besoin de se justifier : Pauline était une grande et belle petite fille ; si elle rétrécissait ainsi, c'est parce qu'elle allait bientôt mourir. Il n'y avait rien à faire. C'était un phénomène naturel et connu des médecins. Il en allait ainsi de tous les enfants agonisants. Il fallait seulement me trouver, me laisser une chance d'être auprès de Pauline avant qu'il soit trop tard. Alice parvenait à convaincre le conducteur de l'automobile de se mettre en quête d'un téléphone. Le véhicule filait sur de petites routes, interminables, passant à travers une province verte et désertique. Enfin une cabine apparaissait en rase campagne. Alice composait notre numéro. Mais j'avais été mystérieusement prévenu et, venu de nulle part, j'arrivais déjà. Elle me montrait le bébé qu'elle tenait dans ses bras et disait : regarde comme elle est devenue petite, tout est fini, tu sais, elle va mourir maintenant.

S'il y eut d'autres rêves, nous n'en avons pas gardé le souvenir. Ou bien : nous n'en avons pas parlé, même pas à nous-mêmes, et ils se sont instantanément effa-

cés. Il y eut un grand noir qui absorba toutes les nuits et les rendit indifférentes, interchangeables, habitées de la même douleur sans permettre à celle-ci de se dire en images. Le rêve que j'attendais fut incroyablement tardif. Six mois s'étaient écoulés. Le jour précédent, j'avais eu la certitude que mon manuscrit — celui où je racontais la maladie et la mort de notre enfant — était parvenu sur le bureau de l'éditeur qui le publierait bientôt. Tous les rêves précédents me parlaient de Pauline mais ne la montraient pas telle qu'elle avait été. Dans celui-ci, son visage me fut délicieusement rendu. Elle entrait dans la chambre où nous dormions désormais. Nous étions couchés. La lumière était allumée. Elle portait le pantalon et le pull-over bleu qu'Alice aimait à lui voir. Son crâne était nu (c'est ainsi que nous nous la représenterons toujours). Tandis qu'elle s'approchait en souriant du lit, je me disais qu'elle avait encore incroyablement grandi. La mort, ainsi, n'avait pu arrêter son irrésistible croissance. Disparu, son corps continuait à vivre à sa façon fantomatique. Sans cesser d'être identique à elle-même, elle était devenue une lumineuse jeune fille. Elle ne disait rien mais se glissait près de nous en souriant. Je sentais contre nous la longue et délicieuse chaleur de ses membres déployés. Rien ne se passait mais l'image, inexplicablement, demeurait. Le rêve s'éternisait et, pour la première fois, je remerciais le sommeil. Je voyais son visage tout près du mien : elle souriait et pleurait doucement, elle était heureuse et je l'étais aussi. Il y avait le front élargi par la nudité grave du crâne, les sourcils, les yeux, les joues pleines, les lèvres, le menton, en un mot : l'éclat exact et stupéfiant des traits. Je m'entendais répéter : tu es belle, et je me réveillais ainsi.

Alors, malgré moi, je suis sorti du noir. J'ai cessé de dormir. Je me réveillais plusieurs fois chaque nuit.

J'étais pris dans le scintillement de ces songes microscopiques qui, tous, ne me rendaient pas Pauline mais qui, tous, me parlaient de son absence. J'ai décidé de penser que tel était le signal qu'elle m'adressait, et j'ai écrit le roman qui commence ainsi.

I

Je n'ai jamais su si Pauline, parfois, se souvenait de ses rêves. La nuit, elle sortait souvent du sommeil. Dans le noir et le silence, il était l'heure. L'un de nous tirait sur ses épaules la couverture aux dessins de fleurs, posait la main sur son front (suave ou brûlant), lisait sur le visage assoupi les signes du mal. L'un de nous était monté jusqu'à la chambre, tournait les yeux vers le carré bleu découpé du ciel et s'asseyait un instant à la tête du lit. Alors elle parlait d'une voix douce et nous savions qu'elle veillait. Elle sollicitait près d'elle l'écho de nos mots, de nos gestes. Elle était passée dans l'hallucination très calme de sa pensée où la nuit et le jour ont sans fin même visage. L'esprit absorbe en lui la grande nappe indifférente des phénomènes. Il en fait son champ de jeux. Dans les longues heures étirées de l'oubli, il gravit et dévale les marches de sa tendre marelle mentale.

Je l'imagine encore disputant avec elle-même cette inlassable partie dans la nuit, toute l'intelligence appliquée au compte patient du temps. L'espace abstrait, l'obscurité déployée… Elle est allongée sur le dos. Au-delà du rideau, elle guette l'éclaircissement radieux des nuages, le moment du matin. Elle laisse sa pensée circuler dans son corps, glisser dans le fourreau des membres, dessiner si elle le peut de fragiles parenthèses autour des zones douloureuses. Elle enregistre la courbe du bras gauche légèrement replié, l'abandon des doigts sur le sommet de la cuisse. Elle habite son cœur et le sourd battement régulier de celui-ci sonne dans le silence. Elle se laisse porter par le grand mouvement qui fait se déployer ses épaules, qui gonfle ses côtes, les laisse saillir sous la peau, creuse un peu le ventre. Je la vois flottant sans fin au centre de cette géométrie renversée. Elle suit des yeux, paupières baissées, cela qui vibre, se réverbère contre les murs blancs, part en spirale vers la fenêtre unique qui troue le plafond. Sans mot, elle se parle. Ou alors : elle murmure. Elle se dit la même histoire simple, le même conte répété sous les draps dans l'attente patiente du jour.

Ce qui a eu lieu une fois, rien ne l'efface. Il y a ce « quelque part » -là : territoire vain, dérisoire, inexplicablement intact au cœur du désastre. Je désigne du doigt l'espace où se répètent les phrases. Et puis j'écoute ce qu'elles disent. Alors, je commence à nouveau : en haut de l'escalier (le rouge des marches, la rampe inutile, la balustrade de bois, le puits blanc des murs, la moquette usée, percée de taches), le possible m'attend, tout l'espace fidèle, attentif, inépuisable. La pensée creuse à l'infini chaque mirage. Je peux monter (chut ! doucement, sans bruit) jusqu'à la chambre. Je peux pousser du pied les jouets jonchant le sol. Je peux dire le maigre bureau blanc arrimé au mur, surplombé des rayonnages où cascadent les couvertures bariolées des livres d'enfant (ouvrir encore chacun d'eux). Je peux écarter de la main les crayons, les feutres, les cahiers, prendre garde à ne pas renverser le verre où trempent les pinceaux et se mélangent les couleurs délayées de la veille (la feuille de papier blanc n'est pas encore sèche). Si elle ne dort pas, je peux allumer la faible veilleuse qui étend vaguement sa buée de clarté sur les meubles, les objets, les habits dispersés. Et m'étendre à mon tour, poser la tête (près de la sienne) sur l'oreiller, respirer profondément l'odeur absente, dérouler mes membres sous la couverture tirée. Me dire : tout ce qui suit n'a pas été.

Elle ne dort pas, elle veille. La souffrance ne l'a pas forcée hors du sommeil. Mais elle nous attend. Elle veut que nous reprenions ensemble le long récit apaisé du passé. Elle veut connaître la suite de l'histoire, ne pas attendre demain qui ne viendra pas, ouvrir à l'instant et pour toujours l'espace enchanté du « Il était une fois ». Elle veut que ne s'interrompe pas le long voyage et que la barque glisse encore qui nous porte tous les trois. Elle veut passer sans cesse sous le ciel d'été fleuri et dans le léger roulis rassurant des récits. Elle veut, jusqu'à son oreille disparue, la petite litanie joyeuse, la berceuse amusée des caresses et des baisers. Elle demande : Que deviennent les personnages rêvés lorsque le livre est refermé ? Où leurs aventures se poursuivent-elles ? Vieillissent-ils ? Grandissent-ils ? Souffrent-ils ? Sont-ils jamais heureux ? Qui veille sur eux ? Qui leur conserve un amour qui ne soit pas distrait, affecté, trompeur ? Elle veut savoir l'au-delà du dernier mot posé.

Ou bien : elle ne veut rien, elle se tait et c'est tout. Et si je souffle pour elle ces promesses nouvelles, elle sourit seulement comme aux derniers temps (mais même ce sourire silencieux, je dois désormais l'inventer). C'est moi qui veux, qui désire pour mon reste de vie sa bénédiction affectueuse, ironique, ses doigts creusant mon front, rebroussant mes cheveux collés par la sueur mauvaise des cauchemars, sa main sur ma joue. Son visage est penché sur le mien. Elle fredonne : Si tu veux, Papa, si tu as besoin de cette fable, laisse-moi à mon tour te murmurer ce conte, te le chuchoter, laisse-moi te bercer dans ton tout petit hamac fabuleux, t'attirer dans mon calme sommeil blanc, si tu veux... Je l'écoute. Je pense : elle habite ma parole, et je sais que je mens.

Il faut que le matin ne vienne pas. Les derniers mots prononcés tracent, chaque soir, dans le noir, un sentier précieux avant l'alourdissement des paupières, le vertige où bascule le crâne (sur l'oreiller en arrière), tout le vacillement des mots s'amenuisant sans angoisse jusqu'au silence turbulent habité encore de refrains, de récits. Il faut fermer les yeux et verser dans l'apparente solitude du sommeil. Une vibration régulière berce le dormeur vers l'oubli puis l'accompagne jusque dans le léthargique été de la nuit.

C'est un jeu si familier, si doux. L'on s'endort mais l'on sait que le soleil bientôt sera revenu. On ignore sur quelle horreur il fera peser demain sa lumière. Mais on ne peut pas même concevoir l'ignoble interruption des jours. On croit en leur chaîne familière. Il n'y a pas d'images pour rendre tout à fait vraisemblable la pure suspension du temps partagé : l'implosion implacable du visible, le vide creusé soudain comme un siphon au centre du présent et suçant d'un seul coup l'univers dégoulinant en spirale vers le fond de l'évier. Et encore : la vrille de l'évidence perçant les tempes, l'étau se refermant sur la gorge, le corps partagé sur place, aspiré vers le bas, tournant comme une toupie lente sur son aiguille de rien. Mais nous dormons encore. Faites silence. Ne nous réveillez pas. Il n'y a pas eu d'après. Il faut planer en mesure, et seulement se laisser porter encore par le grand vent narcotique de l'ombre.

Quand vient le temps de se dire au revoir restent les mots-talismans. À l'un ou à l'autre, Pauline murmure : « Je pense à toi toute la nuit ! » Puis, l'un ou l'autre lui répond : « Moi aussi ma chérie, je pense à toi toute la nuit... » Et c'est vrai, la pensée ne disparaît pas quand la conscience s'est assoupie. Elle lui survit et persiste. Elle veille sur celui qui a cru assez en elle pour lui confier le devenir compromis de sa vie. En retrait du regard (quand celui-ci bascule sous les paupières), la pensée demeure et, avec elle, tout ce que retient sa pure apparence calme. Au moment d'éteindre la lumière, il s'agit de se promettre encore qu'il n'existera pas de forme d'oubli où puisse s'effacer la présence de qui l'on a vraiment aimé. « Je pense à toi toute la nuit » signifie : la nuit n'est rien de plus que l'un des moments de ma pensée où je te prends (ne crains rien) avec moi. Et si elle dit : « Je pense à toi toute la nuit », j'entends : Aie confiance, aie confiance : aucune nuit, jamais, n'aura raison de la pensée où tu vis avec moi.

Je savais que la nuit à l'hôpital serait perturbée par le va-et-vient permanent des infirmières et que nous ne pourrions pas nous laisser porter longtemps par la coulée opaque du sommeil. Dans l'obscurité et le silence relatifs de la chambre, le mécanisme d'horlogerie des machines médicales ne cesserait pas de tourner, nous emportant dans sa violente giration de métal. Toutes les deux heures, la porte s'ouvrirait pour laisser passer une silhouette sombre et chuchotante, vaguement identifiable. Il serait l'heure des antalgiques ou bien de contrôler la température et le débit régulier des liquides coulant goutte à goutte jusqu'aux veines. Quant à moi je pourrais faire semblant de ne pas m'être réveillé et, somnolente, Pauline laisserait le thermomètre glisser sous son bras, elle desserrerait les dents, relèverait la tête, avalerait les gélules ou sentirait couler dans sa bouche la gorgée d'élixir. Jamais les doses administrées de morphine n'avaient été aussi élevées. Les moments les plus éprouvants, ceux où la douleur venait sans merci forcer les portes de la perception, emplir tout l'espace mental étaient ceux aussi où, grâce aux drogues, Pauline semblait glisser avec joie dans l'extase la plus calme. Toutes les inhibitions paraissaient levées d'un coup. Elle parlait plus librement, jouait doucement et sans fin dans le monde chaque jour davantage restreint de ses sensations. Peu nous importait d'ailleurs que cette paix fût produite en partie par des artifices pharmaceutiques. Elle la prémunissait un peu contre la crainte formidable de se voir s'en aller. Ou peut-être la morphine était-elle sans prise sur l'esprit radieux de l'enfant, peut-être le cerveau jouait-il de lui-même avec les règles de sa propre chimie et Pauline se construisait-elle (pour elle-même) un univers à sa manière : doux, tendre au cœur du désastre froid, petit mirage suscité dans l'horreur sue de tous les autres mais où elle nous abritait avec elle.

Ne jamais totalement dormir, ne jamais complètement veiller, se dresser toujours sur cette frontière hallucinée, flottant dans la torpeur accueillante des drogues. Elle avait appris — sans doute — à se tenir constamment sur ses gardes. L'oreille enregistre tout, paupières baissées. Elle est attentive au grand tic-tac muet du temps. Elle suit le tap-tap des pas dans le couloir, ralentissant devant la porte puis continuant plus loin. Elle calcule la fréquence s'accélérant des discrets signaux sonores émis par les machines. Même fermés, les yeux notent la clarté variable qui s'insinue par les fenêtres et annonce le recommencement inquiétant du jour. La présence d'Alice à ses côtés avait certainement contribué à la rassurer. La nuit à l'hôpital cessait d'être cette parenthèse cruelle où elle était à la merci de tous, livrée à elle-même, simulant avec des fantômes de mots dans sa tête la proximité à ses côtés de ceux qui l'aimaient et qui devaient attendre le matin pour reprendre place à son chevet. Mais même la personne la plus aimée, la mieux aimante, la plus courageuse (Pauline l'avait appris), ne pourrait la protéger tout à fait de la grande et permanente menace à laquelle on ne s'accoutume jamais. Alice avait beau être là. Quelques femmes en blouse blanche entraient gentiment dans la pièce. L'une d'elles tenait un plateau de métal. Pauline tournait vers Alice un visage apeuré (un visage déformé par la peur : interrogation stupéfiée, étonnement incrédule opposé à la cruauté répétée du monde). Elle demandait : « Est-ce qu'on va encore me faire un prélèvement ? » Et il fallait répondre : « Oui, mais tu verras, nous serons près de toi, ça ne fera presque pas mal. » (Qu'en savions-nous ?) Le cathéter avait été ôté, le réseau veineux était en ruine pour avoir été depuis des mois trop sollicité, il fallait chercher dans le creux du bras, sur le dos de la main ou le haut de la cuisse un incertain filon bleu où planter une nouvelle fois l'aiguille. Les infirmières étaient désolées de devoir faire souffrir encore l'enfant, la distraire de ses jeux si obstinément et méthodiquement joués. Ou alors la porte s'ouvrait et l'on devinait le brancard par-derrière. Il fallait quitter le lit, abandonner l'entassement soigneusement arrangé des oreillers dont les volumes doux (dans le creux des reins, derrière la nuque, sur le flanc) soutenaient sans douleur le corps allongé. Pauline voulait que, seul, je la prenne dans mes bras, la dépose précautionneusement sur la civière avancée. Elle était légère et son corps semblait fragile comme du verre, délicat au point de se rompre à toute maladresse. Je glissais mes mains sous elle (l'aine, l'aisselle) et la soulevais lentement, attentif aux contractions de son visage tendu par la crainte et l'effort. Nous étions attendus dans un service voisin pour un nouvel examen, une radiographie.

Elle avait pris sa décision : mieux valait, en somme, tenir tout cela pour un rêve. Une fois pour toutes, elle avait choisi de passer de l'autre côté et de ne plus considérer sa vie que comme une aimable et douce féerie. Partout, elle savait dresser autour d'elle un petit rempart de mots et d'images que, de notre mieux, nous l'aidions à bâtir. Elle se racontait une histoire infinie, confiante dans la réciprocité magique des songes. Peut-être tout cela était-il le pur effet des drogues, peut-être était-ce notre propre hallucination que nous lui faisions partager, croyant ainsi nous protéger ensemble de la stridence insoutenable du moment à venir, peut-être avions-nous déjà commencé à fredonner à son oreille l'immémoriale berceuse puérile des agonies. Ou alors, elle donnait pour nous forme patiente à ses rêves, elle chiffrait dans ses livres et ses mots le seul corps vrai qu'elle saurait nous laisser, se disant : s'ils sont réellement rêvés (avec assez de patience, d'intelligence, d'amour), les rêves survivent au rêveur quand celui-ci n'est plus. Dans ses jeux, elle nous disait déjà son adieu que nous n'entendions pas.

Impensable, impossible, l'opération chirurgicale avait permis d'ôter toute la masse cancéreuse. Il y avait ce grand vide invisible ouvert au-dedans de la poitrine et dont Pauline ne se souciait pas davantage que nous. Le travail patient, méthodique des lames avait effacé d'un coup le mal, avait annulé le résultat de son arrogante et inexorable croissance des derniers temps. Il avait été repoussé de l'autre côté de la barrière microscopique derrière laquelle nous n'ignorions pas qu'il reconstituait sans doute ses forces, mais désormais nous ne pouvions plus penser au-delà du répit miraculeux accordé et que nous chiffrions en mois au moins, formulant à voix haute le vœu de la voir peut-être survivre, grandir.

Du grand précipice inouï auquel nous ne voulions pas admettre que depuis presque deux ans tout nous menait, quelque chose, magiquement, avait d'un coup extrait Pauline. L'incertitude aventureuse de l'avenir nous était rendue. La chance ne pouvait la délaisser. Aux yeux de tous — et même de ceux qui savaient l'issue fatale de plus en plus probable —, la mort d'une telle enfant paraissait impossible, forçant avec trop de sadisme les frontières de l'intolérable. Celui, celle qu'on voit chaque jour si tendrement vivant, vivante, quelque chose en nous, logé dans la cache la plus secrète du cœur, interdit à l'esprit de l'imaginer basculant sans retour dans la vase blanche et lourde du dernier instant. En somme, la conclusion heureuse de l'intervention — donnée comme improbable, arrachée après une journée d'efforts répétés au bloc — ne parvenait pas à nous stupéfier tout à fait. Dans notre esprit, elle ne faisait que rétablir l'équilibre injustement rompu par le surgissement de la maladie. Il fallait ce miracle obtenu pour répondre à la fatalité anonyme qui s'acharnait sur l'enfant. Cela lui était dû ou alors tout versait dans l'absurde, l'innommable auquel il est impossible de croire jamais jusqu'au bout.

Au lendemain de l'opération, nous avions rejoint Pauline en service de réanimation où elle devait rester quelques jours. Sur les écrans lumineux qui côtoyaient son lit était fixée une radio. L'asymétrie des masses claires dans le thorax signalait sans ambiguïté la disparition du poumon atteint. Un croquis avait été tracé sur le tableau blanc qui résumait à l'intention des infirmières l'essentiel des données nouvelles de l'intervention. Pauline ne dormait qu'à demi malgré le choc et la torpeur où l'enfouissaient encore les anesthésiques. Vêtus des blouses blanches réglementaires, nous la veillions côte à côte tout le jour. Mais déjà, la fatigue évanouie ou dominée, elle se dressait gentiment parmi les draps. Elle réclamait de nouvelles aventures. Alice lui expliquait qu'il ne fallait pas qu'elle essaye de parler, que pour l'instant ce n'était pas possible mais que bientôt on la délivrerait des tuyaux qui descendaient dans sa gorge. Elle lui lisait un de ses livres, une histoire douce de petite fille ordinaire rêvant sa robe du lendemain ou la promenade prochaine qu'elle ferait dans la campagne rayonnante. Elle avait défait les sangles qui rivaient ses membres au matelas. Elle caressait le dos de sa main. Elle disait à son oreille : « Ton docteur a pu enlever toute la boule, tout va bien, il n'y a rien à craindre », et d'autres mots encore, semblables.

Lorsque le moment fut venu de l'extuber (la respiration reprenait tranquillement son cours malgré l'ablation du poumon), on nous demanda de sortir. Dans le couloir, les sons qui nous parvenaient n'avaient pas de sens : paroles étouffées, bruits étranges, toux rauques. Nous guettions seulement l'autorisation de reprendre notre place à son chevet. J'avais peur de sa voix mutilée. Le chirurgien nous avait expliqué qu'il n'était pas tout à fait certain d'avoir pu épargner les cordes vocales. Il lui avait fallu parer au principal, tailler dans la masse, découper les franges noircies par le mal. Certaines régions atteintes du thorax lui avaient été si inaccessibles qu'il avait été incapable de mesurer exactement la portée de chacun de ses gestes. Je me disais : si elle ne parle plus, si elle ne reconnaît plus sa voix, si la maladie l'a privée même de la possibilité de dire, de chanter, si l'aphasie se prolonge... Puis, une infirmière nous donna la permission de rentrer. Pauline parlait. Son souffle était faible mais ni le ton, ni l'accent de sa voix n'avaient été affectés. Il y avait juste un voile enroué, très fragile et délicat, posé sur ses mots. Elle nous questionnait tendrement tandis que nous contemplions, sans le lui dire, les grandes lignes fines ouvertes sur sa poitrine. Les premiers gestes accomplis étaient infimes, mais nous avions le sentiment qu'ils nous emportaient tous trois, irrémédiablement, du côté de la vie. J'apprenais à la soulever en surveillant la traîne des tubulures, le lourd tuyau du drain. Je la déposais sur le grand fauteuil approché du lit tandis qu'Alice escortait le mouvement délicat du petit corps. Pauline réclamait un peu de lait bu à la cuillère dans lequel avaient fondu quelques céréales légères. Elle restait ainsi puis, quand les draps avaient été changés, nous l'allongions à nouveau et, sous l'effet de la fatigue, elle s'endormait aussitôt. Alice ne voulait pas la quitter.

La décision fut rapidement prise de renvoyer Pauline jusqu'à sa chambre du septième étage. Elle se rétablissait avec une rapidité encourageante. Le lit vint reprendre sa place dans le vide creusé une semaine auparavant. Le drain fut ôté. Libérés des contraintes de la réanimation, la vie pouvait reprendre selon son simulacre de bonheur. Nous pensions que chaque journée nous rapprochait du moment d'un nouveau départ effaçant tout ce qui avait précédé. Les docteurs de l'Institut avaient décidé d'un changement de protocole pour exploiter au mieux le résultat inespéré de l'intervention. Le recours à la radiothérapie, nous en ignorions tout sauf qu'il nous soustrairait à l'écœurant tourniquet des cures, des drogues. Il s'agissait encore d'être un peu patient avant le moment promis de la délivrance, de la revanche prise sur le malheur.

La cavité pulmonaire creusée par l'intervention se remplissait de liquide, disaient les radios. Pour éviter toute infection, il fallait opérer à nouveau, fixer le long tuyau du drain plongeant dans le flanc, agrippant à celui-ci son outre transparente où, par saccades lentes et irrégulières, se déversaient à vue d'œil les sécrétions (sang trouble strié de blanc glaireux). La fièvre pourtant ne tombait pas, et nous avons appris que des traces suspectes avaient été repérées lors de l'opération. Les cellules prélevées étaient parties pour le laboratoire qui, d'ici à une semaine, serait en mesure d'en préciser la nature. L'hypothèse n'était donc plus exclue que la tumeur ait pu disséminer secrètement au-delà de la zone d'abord délimitée. Le travail microscopique du cancer se serait dès lors poursuivi malgré le coup d'arrêt chirurgical. Nous nous accrochions à cette certitude : le foyer irradiant avait été anéanti. Nous en concluions que l'essentiel, en conséquence, était sauf et que la radiothérapie serait en mesure de détruire sur la périphérie les vestiges de la maladie. Naïvement, nous nous représentions ce qui menaçait l'enfant à la manière d'un organisme parasite dont les forces vivantes auraient été annihilées et dont il s'agirait juste d'éradiquer les tentacules les plus audacieux qui, coupés de leur cœur, ne manqueraient pas de dépérir sous l'effet prochain des rayons.

Pauline ne se nourrissait plus. Elle qui ne se plaignait jamais de rien, nous pensions d'expérience qu'elle manifestait ainsi sa lassitude exaspérée de l'enfermement hospitalier. Nous la brusquions un peu sachant qu'on ne nous laisserait pas sortir tant qu'elle n'aurait pas repris de poids. Elle était fine et diaphane. Si nous argumentions, elle ne consentait qu'à une ou deux maigres bouchées par repas. Nous insistions : la forcer, la gronder nous était pénible et elle souffrait de ces rapports de force si inhabituels entre nous. Tout cela était peine perdue, nous abandonnions la partie en désespoir de cause. Un jour, la fièvre, inexplicablement, tomba. Les docteurs se laissèrent convaincre et nous donnèrent l'autorisation de quitter les lieux avant les nouveaux rendez-vous pris avec l'Institut.

À la maison, pour fêter le retour chez elle de Pauline, nous avons improvisé une petite fête. Je suis allé à Montparnasse chercher dans un restaurant japonais les plats qu'elle aimait. Mais, sans rien porter à sa bouche, sur le vieux canapé bleu, elle restait hypnotiquement fixée, caressant sur ses cuisses, de sa seule main valide, son petit hamster blanc. Nous pensions qu'elle en avait assez, que son courage s'était usé face à trop d'écueils, qu'il nous appartenait de la forcer à faire retour vers la vie.

Le lendemain, je suis parvenu à l'entraîner avec moi pour une promenade (aujourd'hui, je pense : la dernière promenade, après des milliers d'autres). Je l'ai vêtue de son anorak ocre à motifs d'animaux africains. Il faisait un peu soleil, et je n'ai pas passé de bonnet sur son crâne encore nu malgré les cheveux ras. Je l'ai prise dans mes bras et j'ai mesuré à quel point elle était devenue légère. Au bas de l'escalier, j'ai déplié la poussette, défait le cadenas, inspecté la boîte aux lettres (quelles nouvelles attendre encore ?). Sous la vague clarté chaude du printemps, nous avons arpenté les jardins secs qui courent en ligne droite jusqu'au dôme des Invalides. Je voulais lui montrer la magnificence dérisoire de Paris et des lieux qu'elle aimait, lui offrir toute cette splendeur à la façon d'une tentation et susciter en elle le désir de ne pas déserter ce côté des apparences que nous partagions avec elle. Je n'évaluais bien ni sa fatigue ni sa fermeté dans le vertige où le mal l'entraînait.

Le quartier de son enfance (de sa vie) dressait autour de nous ses maigres artifices. J'aurais tellement souhaité la voir se lever, marcher, quitter la poussette bleue dont les roues traçaient leur sillage dans le sable sali. Sous les arches grises du métro aérien, le grand manège était parti. Tous les enfants, à cette heure, avaient pris le chemin de l'école. Seul restait le grand vide, ouvert dans la ville, des boulevards. J'emmenais Pauline vers l'îlot, ceint de grilles vertes, du parc réservé aux petits : le bac, les agrès, l'échelle, le toboggan. Mais, gentiment, elle disait préférer rester au soleil, se reposer encore. Les jeux auxquels autrefois il était impossible de l'arracher, après une après-midi passée dans la boue et le froid, ne l'appelaient plus. J'avais beau insister, lui promettre des aventures mirifiques, elle offrait son visage à la clarté vague qui l'entourait, se raidissant discrètement dans l'armature de toile et d'acier qui la portait. Je regardais ses joues, son front, ses lèvres, ses mains.

La nuit suivante, la fièvre a repris. C'était comme un imperturbable mouvement de balancier ramenant toujours l'aiguille vers son point macabre d'équilibre. Il y avait, pour le petit corps, ce point persistant d'incandescence, de moiteur, de liquéfaction. Plutôt que celui de l'Institut, nous avons choisi de reprendre le chemin de la clinique. Confier Pauline aux chirurgiens et non aux oncologues revenait à prendre nous-mêmes un pari sur les causes de son état fébrile : supposer que celui-ci s'expliquait par de simples complications postopératoires et non par une nouvelle flambée du cancer investissant le thorax. Nous n'avions aucunement renoncé à l'espoir de voir la vie reprendre enfin l'avantage. Les dernières données médicales étaient les suivantes, nous avait-on appris : le sentiment d'étouffement éprouvé par Pauline n'était produit qu'en partie par la présence de métastases nouvelles, la cause essentielle identifiée tenait à un rétrécissement purement mécanique des voies respiratoires consécutif à l'opération. La pose d'une prothèse remédierait à l'essentiel. Le programme curatif antérieurement arrêté n'était donc pas remis en question. Il fallait s'y préparer.

Cette nuit-là, le sommeil fut donc cent fois rompu. Une grande agitation entourait l'enfant car le départ pour le bloc devait avoir lieu au tout petit matin. L'intervention nouvelle serait brève et anodine, mais il importait pour les infirmières de ne prendre aucun retard qui obligerait les médecins à revoir le programme de la journée. Je crois bien qu'à quatre heures du matin, nous ne dormions plus. Avant l'opération, Pauline devait être méticuleusement lavée à l'aide d'un produit spécial qui réduirait les risques d'infection. Dans la chambre, il faisait sombre encore et nous étions tous dans l'engourdissement d'un mauvais réveil. Pauline se laissait faire avec gentillesse. On l'aurait dite sans inquiétude. Je regardais son corps nu sur lequel le coton, imbibé de jaune, traçait de longues traînées régulières, bandes parallèles brunissant la peau.

Le départ pour le bloc fut retardé. Par la fenêtre aux volets levés, la lueur blême du matin parisien, d'heure en heure, s'illuminait de l'intérieur, et la rumeur agitée de chaque journée qui commence se faisait plus puissante : brancards, vaisselle, éclats de voix, sonnettes, conversations. Avec Pauline, nous n'avons pas parlé à nouveau de l'intervention dont nous lui avions déjà expliqué la raison d'être. Nous avons juste profité de la parenthèse lasse ouverte dans le petit matin pour reprendre quelques livres connus par cœur, nous étonner ensemble de leurs détails, de leurs images, de leurs mots. Le moment fut brutal comme il l'est toujours. Vers dix heures, le brancardier est venu frapper à la porte de la chambre et a déclaré que tout était prêt, qu'il fallait faire vite désormais, que l'équipe chirurgicale attendait l'enfant. Il y eut une grande confusion. Pauline s'est mise à pleurer sans se plaindre vraiment ni s'expliquer, mais le visage défait par l'angoisse ou peut-être par le désespoir de reprendre ce chemin inutile et terrible auquel elle avait, avant nous, cessé de croire. J'ai essayé avec Alice de la rassurer, de lui dire que ce ne serait qu'une toute petite opération (je le croyais alors), la dernière avant que nous quittions pour de bon la clinique, qu'elle serait vite remontée dans sa chambre (qu'elle n'irait pas cette fois dans la salle où l'on met des tuyaux dans la gorge), que nous l'attendrions ici même, qu'elle n'avait rien à craindre. Pauline nous écoutait mais elle pleurait, et je crois que les mots que nous disions, malgré toute sa bonne volonté, avaient cessé d'avoir prise sur elle. En l'embrassant, je l'ai installée sur le brancard avec à ses côtés ses poupées préférées. Je continuais à lui mentir doucement à l'oreille et puis il a fallu qu'elle dénoue ses bras (son bras) autour de mon cou. J'ai pensé : pourvu que tout aille vite, qu'ils l'endorment, qu'elle cesse de pleurer, qu'elle revienne et que nous soyons libres de partir enfin pour de bon... Je ne me souviens plus de l'image du brancard disparaissant derrière les portes de l'ascenseur mais d'être resté seul avec Alice dans la chambre à nouveau vide.

Vers midi, une infirmière est entrée dans la chambre. Elle a expliqué que Pauline ne pourrait remonter tout de suite comme cela avait été originairement prévu, que l'opération s'était bien passée, mais qu'au moment du réveil l'enfant avait été incapable de se ventiler seule, qu'une crise d'asphyxie avait contraint le réanimateur à l'intuber aussitôt. Nous avons demandé à voir le chirurgien en qui nous avions toute confiance. Il est venu très vite, il ignorait ce développement imprévu survenu après la fin de l'opération. Visiblement contrarié et inquiet, il est allé s'informer et nous a confirmé les propos de l'infirmière. Pauline devrait rester en salle de réanimation jusqu'à ce qu'elle soit à nouveau en état de respirer de façon autonome — ce qui était au mieux l'affaire de quelques heures, au pire de quelques jours. Cet incident ne remettait pas en cause le programme thérapeutique que l'interprétation des résultats d'une prochaine fibroscopie et d'un scanner permettraient de préciser.

En fin d'après-midi, on nous a donné l'autorisation de rejoindre l'enfant. Intubée, nue, le corps couvert de capteurs ronds, prise dans le lacis des fils, sanglée, les bras en croix (la prothèse d'épaule gauche trop tendue sous la peau), la sonde urinaire fixée à son sexe, de lourds tuyaux tombant jusqu'aux outres presque vides arrimées à la structure métallique du lit, elle était couchée dans l'impuissance absolue de la chair lorsque la technique médicale en fait un objet, la considère déjà comme un déchet destiné à être traité, liquidé, évacué. Pauline dormait. Alice est allée interroger les infirmières de service. J'ai revêtu la blouse blanche imposée à toute personne pénétrant en salle de réanimation et je me suis tenu debout immobile, près du lit. Un médecin est entré à son tour que je ne connaissais pas (j'imagine qu'il s'agissait de l'anesthésiste de l'équipe chirurgicale). Il s'est approché de moi et, sur un ton affligé et soucieux, m'a adressé la parole. Il a dit : « Qu'est-ce que tu en penses ? » Et à son tutoiement, j'ai tout de suite compris que, se méprenant sur mon allure et ma tenue, il m'avait pris pour l'un de ses collègues (réanimateur, pneumologue ou chirurgien). J'ai hésité une seconde à profiter de sa confusion pour lui retourner sa question. Je me disais qu'alors, entrant dans son jeu, je connaîtrais la vérité nue telle que les médecins se la confient l'un à l'autre mais qu'ils ne présentent jamais ainsi aux patients ou à leurs proches. Mais le courage m'a manqué (de jouer la comédie ? de savoir la vérité ?). Je lui ai dit que j'étais le père et non le médecin, et que c'était à lui plutôt qu'à moi d'avoir un avis éclairé sur le cas de l'enfant. J'ai lu clairement sur son visage l'expression de qui a été sur le point de commettre une bévue irréparable. Il a battu en retraite, m'a renvoyé aux chirurgiens pour de plus amples explications qu'ignorant du dossier, il se disait incapable de donner lui-même.

Alice a défait les courroies par lesquelles Pauline se trouvait ligotée, et les infirmières ont à peine osé s'insurger, se justifiant à moitié, disant qu'il n'était pas rare que des enfants tentent de s'extuber à leur insu, arrachant la longue et écœurante langue de plastique qui scelle leur souffle et distend leur gorge. Pauline était passée à nouveau de l'autre côté d'une paroi derrière laquelle nous ne pouvions plus vraiment la toucher : dérobée, flottant dans le roulis trompeur des drogues, captive de l'indifférente machine au fonctionnement réglé. Sa voix, ses gestes lui avaient été ôtés. Seul lui restait le regard pour dire l'infinie détresse de se réveiller au cœur d'un cauchemar répété. Son corps, une berceuse cruelle le faisait rouler déjà — chaque instant plus loin — vers le sommeil. Ses paupières se sont levées et elle nous a trouvés à côté d'elle. Elle voulait parler. Ses lèvres formaient des mots mais sa poitrine ne lui appartenait plus (quelque chose d'autre respirait en elle), et les sons demeuraient prisonniers quelque part entre les côtes répétant mécaniquement leur mouvement de soufflet. Mais Pauline n'était pas prête encore à se taire. Elle faisait des efforts pour articuler silencieusement, pensant que nous parviendrions ainsi à lire les mots qu'elle nous disait. Nous nous penchions sur son visage sans comprendre. Elle se répétait. Nous tentions de donner un sens à ce qui, pour nous, n'en avait plus. Puis, désespérant de parler, elle a levé la main droite, pointant dans le lointain son index au bout duquel avait été fixée la lumière rouge d'un quelconque instrument de mesure. Sa main restait longtemps tendue en tremblant. Elle désignait le large fauteuil placé de l'autre côté de la salle de réanimation, celui où après l'intervention précédente nous l'avions installée quand ses forces le lui avaient à nouveau permis et qu'il lui avait été possible de respirer seule, de s'alimenter seule, de parler seule. Elle voulait dire : s'il vous plaît, sortez-moi de ce lit, laissez-moi m'asseoir, et vous verrez comme je saurai reprendre une fois encore avec vous le chemin de la vie. Mais il fallait lui expliquer que cela n'était pas encore possible, qu'elle devait être patiente, dormir. Au bout d'un moment, ses paupières se sont abattues, nous sommes restés encore et le médecin-réanimateur nous a assurés que l'effet de l'anesthésie serait tel que les chances qu'elle se réveille à nouveau étaient infimes jusqu'au lendemain.

Le jour suivant fut entièrement pris dans l'épaisseur inquiétante du sommeil. Nous avions apporté des livres et des cadeaux. La fatigue était bien trop pesante pour que les livres puissent être lus. Mais Pauline trouva un peu de force pour sourire aux cadeaux. Elle accueillit avec des expressions muettes de contentement les trois nouvelles peluches disposées tout autour d'elle. Pour dormir en même temps qu'elle, il y avait l'ours, le garçonnet et la fillette mais manquait le marchand de sable qu'elle nous demanda. Puis elle perdit à nouveau conscience. En début de soirée, les brancardiers la descendirent, enveloppée dans le plomb d'une lassitude sans nom : un scanner était encore nécessaire avant la pose de la prothèse qui lui permettrait de respirer par elle-même.

Le lendemain, en début de matinée, Alice, comme chaque jour, a téléphoné à la clinique. Nous attendions de bonnes nouvelles. Nous pensions que les nouveaux examens avaient été accomplis en vue de l'intervention qui libérerait Pauline. Il fallait s'en assurer auprès du réanimateur ou auprès du chirurgien. Mais ni l'un ni l'autre n'étaient alors joignables. On lui passa le médecin de garde. Il y eut quelques secondes d'incompréhension. Alice voulait savoir si l'opération jusqu'alors envisagée avait été programmée pour le jour même. La voix au bout du fil disait simplement que tout était fini, que le décès pouvait intervenir d'une minute à l'autre, qu'il n'y avait rien à faire, que l'enfant ne sortirait jamais de la salle de réanimation, que le poumon épargné était dans un état tel que le corps tout entier allait bientôt céder. Lorsque j'ai pu parler à l'un des médecins que nous connaissions, forçant la résistance des secrétaires médicales, il m'a déclaré ne rien savoir de ces développements. Il a promis de s'informer aussitôt. Le téléphone a sonné dans les minutes qui suivirent. Il rappelait et disait, dans ses mots à lui, que la vérité était bien là et que notre fille allait mourir, que le mieux à faire désormais était d'attendre jusqu'à ce que l'inévitable ait eu lieu, que notre présence ne servirait à rien, que Pauline était déjà dans le travail solitaire et impartageable de l'agonie. Je lui ai dit que nous arrivions à l'instant. Je lui ai demandé qu'on nous laisse libres des derniers instants aux côtés de Pauline. Il a répondu oui. Alice a téléphoné à sa sœur puis à ma mère. Nous avons pris la voiture et traversé Paris. La route semblait sadiquement s'ouvrir devant nous, effacer tout obstacle, nous aspirer sans merci vers le vide mutique qui nous était promis.

Depuis des heures déjà, nous étions assis auprès de Pauline qui dormait (mais ce n'était pas le sommeil, plutôt la carapace de vase rivée au corps des mourants pour leur interdire de se dresser une dernière fois et d'interroger les vivants). Les pages noires des radiographies étaient fixées au mur, comme des cartes sombres accompagnées de légendes illisibles (dans ce pays-là, nous étions entrés sans espoir de retour). Sur le tableau blanc, des schémas approximatifs les bordaient. On avait inscrit au marqueur des mots sur les gigantesques seringues qui distillaient jusqu'aux veines leurs liquides inconnus. Les écrans livraient leurs chiffres et traçaient leurs courbes répétées, déroulant leurs boucles (crêtes et creux), et je me disais naïvement (trop de scènes identiques vues à la télévision) : tant que la pente reste constante, que le dessin ne s'aplatit pas, elle est en vie.

J'ai senti une présence dans mon dos. Je me suis retourné. Le chirurgien de Pauline nous avait rejoints. Spontanément, je lui ai souri, sans mesurer combien ce sourire pouvait paraître étrange ou déplacé en de telles circonstances. J'étais juste heureux de savoir une présence alliée à nos côtés. Laissant un instant l'enfant, nous sommes passés dans le couloir puis dans un bureau jouxtant le service, encombré de dossiers. Il a haussé les épaules et levé les mains comme en un geste d'impuissance désarmée. Il a dit qu'il n'y avait rien à faire, que le scanner de la veille avait révélé toute l'ampleur insoupçonnée du mal, qu'en l'espace de quelques jours le poumon conservé avait vu se développer en lui des métastases nouvelles, que les nodules depuis longtemps identifiés n'étaient pas inertes mais qu'ils s'étaient mis à croître à une rapidité folle. Il avait consulté les cancérologues de l'Institut et, tous ensemble, ils avaient dû admettre l'incroyable violence de la tumeur qui, loin d'être liquidée, malgré l'intervention chirurgicale, investissait avec force l'organisme, défaisait en lui tout l'indispensable tissu de la vie. Au milieu d'une phrase, il s'est interrompu. Nous étions assis de chaque côté du bureau et (il était resté debout) nous avons levé les yeux vers lui. Il ne parlait plus. Ses doigts pressaient ses paupières. La vérité nous stupéfiait tous les trois et nous sommes restés un instant sans rien dire. Le médecin-réanimateur a poussé la porte et son irruption nous a forcés à reprendre le fil simulé d'une conversation. Je pensais surtout au silence à l'intérieur duquel se trouvait enfermée Pauline. Je me disais que d'elle à nous, ainsi, il n'y aurait pas de dernier mot, de dernière parole, que sa voix, donc, je ne l'entendrais plus. J'ai demandé s'il n'y avait pas moyen, au moins, de l'extuber pour nous la rendre dans l'agonie et ne pas la voir sombrer sans conscience dans le silence. Mais le chirurgien a répondu que c'était s'exposer au risque inévitable de la voir aussitôt s'asphyxier et mourir dans des convulsions violentes et douloureuses. Elle ne pouvait plus respirer sans l'assistance des machines qui animaient à sa place sa poitrine. Tout en parlant, je savais Alice partagée entre le désespoir et la colère. Lorsque, sans y croire vraiment, nous avions discuté de la fin, elle s'était souvent promis de ne pas voir Pauline mourir à l'hôpital, de l'emmener loin avec elle pour envelopper son départ de tout son amour. Mais nous étions pris au piège désormais, incapables de l'arracher à son lit (même un instant). Nous avons demandé si, dans la mort, elle allait souffrir, et on nous a répondu que les antalgiques modernes permettaient de gommer toute douleur dans ce type d'agonie. Je m'accrochais à ce désir (incroyablement vain) de pouvoir lui parler encore (me disant : des mots d'amour doivent l'accompagner jusqu'à la fin) et j'ai demandé s'il était possible de la tirer de la torpeur où les drogues l'avaient plongée. On m'a répondu que, si nous le souhaitions, cela était techniquement faisable : réduire le dosage des substances hypnotiques sans toucher à celui des antalgiques. Le médecin-réanimateur a expliqué que la procédure habituelle voulait que les proches quittent le mourant et qu'on les informe par téléphone du moment où, tout étant fini, ils pouvaient venir veiller la dépouille. Je lui ai dit (j'avais conscience de l'emphase de mes paroles résonnant dans ma gorge) : « Mais où irions-nous maintenant ? » Il n'a pas insisté, et on nous a donné l'autorisation de rester jusqu'au bout. Pouvions-nous évaluer le temps que nous avions encore ? Le corps était incroyablement usé par la prolifération du mal mais le cœur et le cerveau tenaient bon. L'agonie pouvait durer quelques heures ou bien quelques jours.

Nous avons repris notre place auprès de Pauline. Le médecin-réanimateur (comme nous le lui avions demandé), appuyant sur les touches du pousse-seringue vert, a réduit les doses médicamenteuses qui tenaient l'enfant dans l'inconscience. La proximité de l'impossible nous rendait désespérément désireux d'un dernier geste dont nous connaissions pourtant l'inutilité. Le moment était là après lequel il n'y en aurait plus d'autre.

Alice m'a dit que je devais retourner à l'appartement pour y chercher l'appareil photographique. J'ai pensé : pourquoi pas ? Tout semblait dérisoire. Il n'y avait rien qui puisse être accordé à l'événement qui se préparait. Bientôt, nous ne conserverions que des apparences, des fictions, des images. Pas plus qu'autre chose, multiplier ces simulacres n'était absurde tant qu'il en était encore temps. Alice ne savait pas le sens de ce qu'elle souhaitait ainsi. Je l'ignorais également mais peut-être, nous disions-nous, ce sens nous apparaîtrait-il plus tard. Il fallait réserver (vingt-quatre clichés) la possibilité d'un message encore inintelligible mais que le futur nous laisserait déchiffrer. Et ce qui (tête froide, conscience reposée) nous aurait semblé barbare au point d'en être risible (fixer l'apparence de notre enfant dans la pose la plus cruelle, la plus disgracieuse alors que, dans l'agonie entamée, elle était plus loin d'elle-même qu'elle ne l'avait jamais été), nous le trouvions sinon naturel du moins envisageable. Parce que nous ne savions rien de ce que nous vivions, nous ne pouvions négliger rien qui soit du domaine (misérablement rétréci) du possible. Je craignais juste que, quittant une demi-heure la clinique, Pauline ne meure en mon absence. J'ai interrogé le médecin qui m'a expliqué que les signes avant-coureurs de la fin seraient clairement lisibles et permettraient d'anticiper avec une relative précision le moment exact de la mort. Rien n'arriverait dans l'heure.

Je suis donc revenu avec le petit appareil photographique d'Alice et une pellicule vierge achetée en prévision de prochaines vacances. Alice avait arrangé Pauline sur son lit, tirant les draps pour dévêtir son corps, disposant de part et d'autre de son visage ses poupées. Elle ne dressait pas de catafalque. Elle rangeait une fois encore la nouvelle chambre de l'enfant pour qu'elle y soit bien et que tout trouve sa place autour d'elle. Puis elle se mit à l'œuvre. Elle tournait autour du petit corps vivant, s'en approchait, s'en éloignait. Dans la semi-pénombre créée par les stores tirés, le flash jetait avec violence contre les murs blancs son éclat bref, puis l'on entendait le mécanisme automatique de l'appareil déroulant encore la pellicule. Les infirmières nous observaient et ne disaient rien.

Pauline revenait doucement vers nous. Elle entrouvrait les paupières, vérifiait notre présence du regard, puis sa tête se renversait à nouveau. Elle ne parvenait pas tout à fait à sortir de l'endormissement où elle replongeait toujours. Quelque chose l'accablait sans trêve. On aurait dit une petite noyée à laquelle nous pouvions tendre la main, mais sans espoir de lui porter secours. Des vagues de sommeil passaient interminablement sur elle. Son visage apparaissait à la surface puis une lame nouvelle l'effaçait, la tirant vers le fond où nos yeux ne pouvaient plus la suivre. Sa bouche s'ouvrait mais il n'en sortait aucun son. Son corps se balançait au gré de courants imprévisibles qui tantôt semblaient la rapprocher de nous, tantôt l'en éloigner.

Puis les phases de semi-lucidité se firent un peu plus longues. Si le moment venait, je m'étais promis de ne pas cacher sa mort à Pauline. Mais j'imaginais alors que nous disposerions de semaines entières pour rendre progressivement pensable cette vérité-là. Et je ne me doutais pas que l'agonie la bâillonnerait ainsi, la privant de la possibilité de parler, d'interroger. La mort nous avait pris de court. Et je ne pouvais m'en prendre qu'à ma propre stupidité, à ma propre lâcheté, d'avoir différé jusqu'au bout une conversation désormais impossible. Ou, peut-être, tout cela était-il mieux ainsi et la providence, m'amenant à briser malgré moi ma promesse, nous avait-elle épargné la longue horreur dont je rêvais. Ni Alice ni moi ne songions désormais à faire à Pauline l'aveu cruel et brutal de la réalité. Mais nous tenions à l'accompagner de mots d'amour et d'adieu, à ne pas la laisser seule dans le silence qui l'attendait. Nous nous sommes mis à parler, et Pauline nous écoutait vaguement. Nous parlions de sommeil et de nuit, de souffrance disparue, de grand repos tendre et d'un soir très calme, très doux où nous serions avec elle. J'aimerais pouvoir écrire que Pauline nous comprenait, que les paroles murmurées à l'oreille l'apaisaient, qu'elle y entendait clairement l'évidence répétée et consolante de notre amour. Mais la vérité est que le silence était plus fort que nous, que rien en tout cas ne nous permettait de penser que, de nous à elle, quelque chose était en mesure de le traverser. Les mots que Pauline, parfois, tentait de prononcer, nous étions incapables de les lire sur ses lèvres. Et dans ses yeux il y avait un effarement au-delà de tout auquel il aurait été imprudent d'assigner telle ou telle signification. Épuisée, Pauline a serré contre elle ses poupées puis, comme quelqu'un qui en a assez, elle s'est retournée sur l'oreiller, repartant vers le sommeil. Nous avons compris qu'il n'y avait rien de plus à attendre, qu'il aurait été inutilement cruel de maintenir plus longtemps l'enfant éveillée, et nous avons demandé au médecin d'en revenir aux doses maximales de produits somnifères.

Un prêtre est arrivé que j'avais fait appeler une heure auparavant. Je n'étais pas à la recherche d'un viatique pour un au-delà qui n'existait pas. Je voulais que des mots soient prononcés sur son front, qu'elle ne soit plus seulement chair vouée au pourrissement, mais que quelque chose d'immémorial authentifie le prénom que nous avions choisi de lui donner, marque sa place ineffaçable (vacante bientôt) dans la succession indifférenciée des êtres et des générations. Le prêtre venait d'un couvent voisin. Il était très vieux et semblait sorti d'une autre époque, vêtu de gris, coiffé d'un béret noir, portant une lourde serviette qui devait contenir tous les instruments du culte. Je suis allé l'accueillir à l'entrée de la salle de réanimation. Je lui ai adressé quelques mots de remerciement et j'ai compris qu'il était pratiquement sourd. Je me suis dit : c'est bien, la comédie nous rejoint même ici. Il s'est approché du lit et m'a demandé comment se prénommait notre petit garçon. Je lui ai dit qu'il s'agissait d'une petite fille mais il ne m'a pas compris. Il s'inquiétait des causes de sa mort. Je lui ai dit que c'était le cancer qui l'emportait. Il a eu l'air un peu surpris et m'a demandé : « La coqueluche, vraiment ? » Et j'ai répété plus fort : « NON, MON PÈRE, PAS LA COQUELUCHE, LE CANCER ! » Il m'a semblé qu'il acquiesçait. Il a ouvert sa mallette, en a sorti un lourd registre relié de toile grise. Chaque page correspondait à un certificat de baptême. J'ai rempli moi-même la feuille blanche, répondant aux questions. Cependant, le prêtre se préparait. À haute voix, il a prononcé un « Notre Père » et un « Je vous salue, Marie ». Les mots étaient dans ma mémoire, mais ils ne parvenaient que par intervalles jusqu'à ma bouche. Puis il s'est approché du lavabo qui jouxtait le lit, a pris entre ses doigts un gobelet de plastique abandonné au fond de la cuvette et l'a rempli d'eau au robinet. Une année et demie de traitements et d'aplasies nous avaient rendus attentifs. Je me suis dit : il ne faut pas qu'il utilise cette eau quand les défenses immunitaires de l'enfant sont si faibles, qu'elle est à la merci de la première infection. Et puis je me suis souvenu qu'elle allait de toute façon mourir. Le prêtre a prononcé les paroles rituelles. Son front mouillé, Pauline a ouvert une seconde les yeux. Elle a dû voir au-dessus d'elle ce visage étrange et inconnu. Mais tout cela ne l'intéressait plus. L'eau ruisselait sur son front, coulait le long du nez, roulait en larme lourde sur la joue, tombait sur l'épaule nue, mouillait le drap. Il y avait cette fraîcheur insolite sur son visage et qui, peut-être, ne signifiait rien de plus.

Nous étions seuls. Les deux infirmières ne nous approchaient pas. La mort avait tracé autour de nous un cercle infranchissable qui nous protégeait et nous isolait. Lorsqu'une tâche, malgré tout, les appelait auprès de l'enfant, les infirmières s'exécutaient rapidement et avec la plus grande sécheresse, accomplissant leurs gestes de façon froide et technique. À notre égard, elles avaient renoncé à toute fiction de cordialité. La vérité est qu'elles nous haïssaient de leur imposer ce spectacle effroyable dont elles auraient voulu ne rien savoir. Leur terreur se tournait en violence vaguement rentrée. Nous étions coupables d'avoir introduit la mort dans ce service où d'ordinaire les enfants guérissaient (ou alors mouraient âgés de quelques semaines seulement, si brusquement emportés qu'il était impossible de s'attacher à eux). Elles ne nous plaignaient pas. Elles se défendaient elles-mêmes contre l'irruption dévastatrice du vrai. Du corps de Pauline, elles vérifiaient le fonctionnement désormais mécanique (systole, diastole, inspiration, expiration). Elles regardaient au mur la pendule alors que le jour fléchissait, mesurant les minutes jusqu'au changement d'équipe, se disant : avec un peu de chance, elle ne sera morte qu'après la fin de notre service. Elles se réfugiaient dans le box vitré dont elles pouvaient fermer la porte, feignant de tout oublier de l'autre côté.

Puis il y eut la grande nuit. D'autres infirmières avaient pris la relève (infiniment prévenantes, tendres, discrètes). Elles s'inquiétaient de l'enfant, de son bien-être, comme si Pauline avait été vouée à survivre, qu'elle ne traversait là qu'un mauvais moment dont il s'agissait pour elles d'atténuer avec tendresse l'inconfort passager. Les écrans n'indiquaient toujours rien du dérèglement qui annoncerait la mort. Pauline dormait d'un sommeil de plus en plus régulier : le mouvement de flux et de reflux qui, parfois, la portait jusqu'au seuil du réveil s'était apaisé. Elle gisait dans le calme plombé d'une nuit artificielle régulièrement entretenue par la lourde machinerie médicale. Nous restions à côté d'elle à la veiller, pensant : d'une certaine façon, elle nous reste encore, nos yeux, nos doigts, nos lèvres peuvent passer sur sa peau, enregistrer la fiction tangible de son être. Et puis (Alice s'était absentée un bref instant), les yeux de Pauline se sont ouverts. À ce réveil-là, il n'y avait pas de raison apparente. Elle ne donnait pas l'impression de s'être tirée elle-même du sommeil par un effort douloureux de sa volonté. Elle était calme et tranquille, presque souriante. Elle réhabitait avec aisance et spontanéité son apparence ordinaire de petite fille aimante. En caressant son bras (l'épaule, le coude, le poignet, la main), je lui parlais un peu avec douceur, sans emphase ni angoisse. Elle a voulu dire un mot et, cette fois, je n'ai eu aucune difficulté à lire sur ses lèvres les deux syllabes clairement articulées, détachées, limpides. Ce n'était pas une dernière et mélodramatique prière, juste une demande simple comme en font tous les enfants au moment de s'endormir. Elle voulait : Maman. Je lui ai dit : elle est près de toi, juste à côté, ne te rendors pas, je vais la chercher. Alice a accouru et Pauline l'attendait. Elle l'a embrassée, lui a parlé un instant. Et tandis qu'elle était là, couchée auprès d'elle sur le lit étroit, Pauline s'est endormie à nouveau. Nous pensions à juste titre que c'était à jamais.

Mais le cœur tenait bon. Une nouvelle journée commençait dont tout poussait à prévoir qu'elle serait la dernière. À mesure qu'avançait la matinée, les allées et venues du réanimateur auprès de l'enfant se faisaient plus fréquentes. Il interrogeait les écrans, modifiait les dosages administrés par les machines, interrogeait l'œil de Pauline sous la paupière soulevée. Nous n'avions plus le goût de nous faire expliquer le comment ni le pourquoi. Nous savions que, d'une manière ou d'une autre (cerveau, cœur, poumon), quelque chose allait céder qui entraînerait l'enfant dans la mort. L'assiduité croissante du docteur au chevet nous avertissait de la proximité impensable de l'événement. Lorsque nous lui avons posé la question, il a dit qu'effectivement la fin ne tarderait plus.

Alors je me suis mis à parler à l'oreille de Pauline, à dire de pauvres mots perdus. J'étais passé dans le délire très calme de ma propre parole. Je racontais une longue et dernière histoire dont plus aucun souvenir ne me reste. J'essayais d'y faire tenir la somme inimaginable de tous les récits par lesquels Pauline avait donné sens à sa propre vie. C'était un jeu auquel nous étions depuis longtemps habitués tous les trois, joué de nuit blanche en nuit blanche ou doucement dans le soir parfois. Je ne sais plus qui m'écoutait ni à qui, en vérité, je parlais. Je me laissais porter par le mouvement des mots. Je leur faisais confiance. Je savais que d'eux-mêmes, ils nous emmèneraient vers les mêmes rêves familiers. Nous passions en eux. J'étais devenu fou sans doute, mais cette folie était en même temps très douce et paisible. Les mots répétés nous précédaient, ils ouvraient dans l'inconnu un vague chemin de clarté où nous pouvions avoir encore le sentiment de nous promener ensemble. Tant que le cœur et le cerveau continuaient à dépêcher vers les écrans leurs informations codées, Pauline (ensevelie pourtant dans le sommeil) entendait peut-être. Ou du moins, quelque chose en elle enregistrait (peut-être) l'écho d'une voix amie répétant des formules complices. Nous ne pouvions pas croire tout à fait qu'il n'y eût plus de conscience dans le corps allongé qu'Alice caressait, embrassant les mains, les joues, les cuisses. Raconter à Pauline une dernière histoire, c'était la retenir avec nous sur le versant de la vie.

Et puis les membres de l'enfant (qui semblaient si longs et délicats) se sont contractés une première fois. Sur les draps, le corps a pris la forme d'un arc tendu, projetant la poitrine vers le haut, puis s'affaissant. Il s'élevait et retombait avec une invraisemblable violence, d'autant plus mystérieuse qu'aucune volonté ne présidait à ce raidissement. Tous les muscles à la fois paraissaient s'arc-bouter contre quelque chose venu de l'intérieur d'eux-mêmes, se liguer spectaculairement contre une force mauvaise sur laquelle ils ne pouvaient rien. Il était inutile de consulter les écrans, d'interroger qui que ce soit. Il n'y avait pas à se méprendre ni même à hésiter un instant sur la signification de ce qui était en train de se passer. Les paupières de Pauline n'étaient qu'à demi baissées (endormie, elle ne fermait jamais tout à fait les yeux). Son regard n'avait donc pas disparu, mais il était devenu impossible de lire quoi que ce soit en lui. Peut-être ce vide soudain disait-il la stupéfaction de se voir partir et peut-être Pauline nous prenait-elle à témoin de son propre étonnement. Peut-être son regard avait-il basculé en arrière et ce que, de l'autre côté, il contemplait déjà, nous ne pouvions rien en savoir. Le cœur sautait dans la poitrine avec une force dévastatrice. Il battait à tout rompre mais avec une infinie lenteur. Son mouvement semblait se suspendre pour éclater ensuite en un choc bref et terrifiant qui retentissait dans le corps tout entier. D'une convulsion à la suivante, nous pouvions compter les secondes lourdes qui tombaient. Sans le vouloir, nous comptions comme on le fait les nuits d'éclairs et de tonnerre pour évaluer la proximité croissante de l'orage et de la foudre. Sous l'effet des contractions, le corps se tendait et se détendait avec une impitoyable régularité, comme engagé dans un travail sur lui-même en vue de la délivrance, de l'apaisement. Je pensais : elle accouche d'elle-même à l'envers. Nous attendions sans plus oser toucher ce corps qui, bientôt, allait de nouveau bondir sur place comme pour s'arracher à la surface du lit. Ce n'était pas l'endormissement paisible dans le néant de celui qui glisse si doucement de l'autre côté que personne ne peut dire avec précision l'instant exact du passage. Cela n'avait rien à voir avec le sommeil. C'était le travail nu de l'agonie secouant les chairs, le long labeur de la mort ravissant avec violence sa proie aux vivants.

Sans gagner ni perdre en intensité, les contractions se répétaient. Le visage de Pauline était devenu illisible malgré les yeux ouverts. Si même la conscience subsistait en elle, toute sa pensée devait être requise par l'événement inouï qui se produisait dans la profondeur inconnue de ses organes. Nous ne parvenions pas à croire tout à fait qu'elle ne souffrait pas, qu'elle ne sentait rien. Du moins, nous voulions en être certains. Et comme le cœur ne cédait toujours pas, poursuivant sa lutte avec lui-même, je me suis levé et me suis approché du réanimateur qui se tenait un peu en retrait. Je lui ai parlé. Puisque tout était fini, je voulais que lui soit épargnée cette violence inutile. Sans précipitation, il est allé chercher une ampoule et une seringue puis, s'étant approché du lit, il a injecté le liquide en l'une des entrées de la tubulure. Les contractions ont bientôt cessé. Pauline semblait redevenir calme. Sa respiration était de nouveau régulière et paisible. Sa poitrine se gonflait lentement. Elle paraissait avoir repris sa place dans le simulacre obstiné de la vie. Méthodiquement, le médecin examinait maintenant l'enfant puis, après avoir accompli quelques gestes simples, il s'est tourné vers nous avec sur le visage cette expression de condoléances codée qui signifie la mort de celui que l'on veille. Une fois encore, nous n'avons pas compris. Nous nous en tenions à cette évidence sous nos yeux : Pauline n'avait pas cessé de respirer. Alors le médecin nous a expliqué que, depuis quelques minutes déjà, les machines seules géraient la respiration de l'enfant, imprimant à sa poitrine ce mécanique mouvement de soufflet qui ne devait plus rien à la vie.

Pendant quelques instants, nous n'avons pas osé toucher Pauline ou lui parler. La terre commandait à son corps, aimantait ses longs membres abandonnés, les prenait sans effort dans l'horizontalité de linceul des draps chiffonnés par l'agonie. Elle semblait si lourde que lui soulever seulement la tête pour poser un baiser sur son front paraissait interdit. L'univers refermait sur elle ses mâchoires abstraites que nous ne savions pas desserrer.

Ce sont les autres qui nous ont forcés à reprendre pied, hébétés, sur le rivage du sens. Certaines choses exigeaient d'être faites, elles nous appelaient en somme vers elles, demandaient notre retour vers le monde des mots et des gestes où nous avions, paraît-il, encore un rôle à jouer. Le médecin s'est approché de nous et nous a expliqué qu'il nous fallait sortir un instant pour qu'il puisse procéder à l'extubation et que les infirmières accomplissent la toilette de notre fille. Une quinzaine de minutes plus tard, nous avons été admis à nouveau dans la salle de réanimation. Sur son lit recouvert d'un drap blanc, Pauline était allongée dans une posture inhabituelle : les mains jointes sur le ventre. Ses yeux n'étaient pas fermés tout à fait. Elle était nue à l'exception d'une couche d'enfant qui lui avait été passée. À son parfum propre se mêlait une légère odeur de chimie laissée sur sa peau par les produits désinfectants. Les soins n'avaient pas effacé toutes les marques imprimées dans sa chair par les interventions des derniers temps. Au contraire, ils rendaient celles-ci plus lisibles sur la pâleur du corps : cicatrices filant le long du thorax ou s'enroulant sur le bras, étoiles discrètes indiquant tous les lieux où la lame et l'aiguille avaient appuyé, carnage sanglant à hauteur de la veine jugulaire où le dernier cathéter avait été posé.

On nous a laissés seuls dans la grande pièce vide de tout malade. Nous restions les bras ballants près du lit. La mort nous désœuvrait, elle faisait naître entre nous comme un immense et insurmontable embarras. Alice parlait à l'oreille de Pauline, l'embrassait. La grande armoire à pharmacie du service n'était pas verrouillée. Je regardais les seringues et les petits flacons de Gardénal entassés dans l'un des tiroirs. Je pensais : il suffirait que je tende la main, personne ne s'apercevrait de rien. Mais je pensais aussi : une fois ce geste accompli, plus rien ne pourra nous retenir, tout sera joué, nous ne pourrons plus faire marche arrière. J'avais la tête trop vide pour une décision. Je regardais seulement Alice étendue auprès de Pauline.

Une secrétaire médicale nous a été présentée. Elle devait nous aider pour l'accomplissement de toutes les formalités à l'intérieur et à l'extérieur de la clinique. Nous lui avons demandé ce qui allait se passer pour Pauline. Mais ce prénom, elle ne le prononçait pas. Elle se savait en charge des morts dont l'identité, dès l'instant du trépas, se dissout, se défait. Dans ses phrases, elle disait tantôt : le corps (pour tout ce qui relevait du traitement médical du cadavre), tantôt : la dépouille (quand il était question de démarches auprès des administrations et de l'état civil). Les noms, les prénoms n'existaient plus, leur pertinence s'était perdue, ils étaient désormais comme une monnaie qui n'a plus cours. Je l'ai suivie dans un bureau d'où j'ai passé quelques coups de téléphone en vue de l'organisation des obsèques. Nous n'aurions à nous occuper de rien, en somme. Une fois contactée, la compagnie de pompes funèbres dépêcherait à la clinique ses employés qui régleraient tout à notre place.

Alors l'odyssée du petit corps a commencé. Il fallait quitter la salle de réanimation. On nous a d'abord installés dans une chambre voisine. Puis, un peu plus tard, on nous a annoncé que la dépouille serait installée dans l'amphithéâtre où nous pourrions la veiller à notre guise. Un brancardier que nous ne connaissions pas est venu chercher Pauline. Dès que tout serait prêt, il a promis de revenir et de nous guider jusqu'à la pièce où reposerait l'enfant. Il fallait passer par un labyrinthe de couloirs inconnus où nous marchions somnambuliquement sans prêter attention au chemin suivi. Sans ouvrir la bouche (le silence enveloppait toutes choses), des gens que nous reconnaissions vaguement (s'agissait-il d'infirmières, d'autres malades croisés dans le service, de médecins ?) s'inclinaient sur notre passage. Le monde entier paraissait dans la confidence du malheur.

C'était une vaste salle carrelée de blanc, située dans les sous-sols du bâtiment. Aucune fenêtre ne laissait entrer le jour, et la lumière électrique se réverbérait de façon blafarde sur les murs. Hormis le lit placé en son centre, la chambre mortuaire ne comptait que deux fauteuils, une table basse où était disposé un lourd cierge d'église et que surplombait une modeste lithographie (paysage d'automne censé évoquer, j'imagine, le passage doux et mélancolique du temps sur les vivants). Si déraisonnable que cela puisse sembler, nous ne pouvions toujours pas nous défaire d'un sentiment d'intense stupéfaction devant l'immobilité (de plus en plus accusée) de Pauline. Cela semblait si peu vrai de la voir rigidement couchée dans une posture solennelle. Il y avait quelque chose de rédhibitoire, d'artificiel, de faux dans cette mise en scène (étrangère à tout ce qu'avait été Pauline), dans la façon dont ce décor indifférent accueillait cette enfant que quelque chose en nous persistait à voir vivante. Pauline n'était pas chez elle dans ce monde où, par erreur, certainement, on l'avait envoyée.

Alice s'est approchée de Pauline. Elle a dit : « Comme elle doit avoir froid. » Elle a ôté son propre gilet de laine (bleu) et l'a posé sur les épaules de sa fille. Elle était tout contre elle. Elle caressait sa joue et son front. Elle lui parlait comme elle l'avait fait tant de fois pour l'accompagner calmement dans le sommeil. Elle posait ses lèvres sur la chair à la consistance neuve, compacte, étrangère. Elle m'a demandé d'allumer la bougie pour que cesse l'éclairage cru et éblouissant des ampoules électriques. Dans le noir total, cela faisait une étrange petite poche de clarté jaune. Nos trois visages devenaient des masques où passaient (au hasard de nos gestes et des tremblements de la flamme) des ombres insignifiantes et imprévisibles. La cire dégoulinait en épaisses coulées le long du cylindre massif et s'accumulait dans le bougeoir d'étain. À mesure que le temps passait, se formaient de petits volumes bourgeonnants qui habillaient le cierge de filaments grotesques ruisselant vers la couronne pâteuse qui s'élargissait à la base. Dans le cratère creusé au sommet par le feu s'accumulait le liquide brûlant où la mèche menaçait de se noyer. Je regardais briller ce petit chaos miniature et je m'amusais à en perturber l'équilibre instable, imprimant en lui la marque absurde de mes doigts.

Alice parlait toujours à Pauline, l'embrassait, et parfois je l'imitais. Je lui disais doucement qu'il ne servait à rien de rester davantage, mais elle ne se laissait pas convaincre. En vérité, j'avais peur que l'horrible travail de la mort (dont je ne savais rien) ne nous surprenne ensemble et ne dépossède Pauline du seul semblant d'apparence par où elle demeurait un peu celle qu'elle avait été. Je voulais, maintenant, que tout s'accomplisse vite. Comme si elle pouvait l'entendre, Alice a expliqué à Pauline que nous allions partir mais que nous serions revenus très tôt le lendemain matin. Elle utilisait les mots habituels de l'au revoir des soirées d'hôpital. Et elle vérifiait que l'enfant était bien installée pour la nuit, avec ses poupées auprès d'elle et la sucette de plastique entre les mâchoires de plus en plus crispées. Nous jouions pour nous-mêmes cette fiction, répétant le rituel ordinaire de l'endormissement. J'ai soufflé le cierge et, dans l'obscurité compacte, j'ai vu tourner le maigre panache sombre spiralant de la fumée portant jusqu'à moi son odeur. J'hésitais un peu à tirer derrière nous la porte et à enfermer Pauline dans le noir total où elle n'avait jamais été laissée. Je ne pouvais m'empêcher de penser que cela serait trop cruel, qu'elle allait être terrifiée, qu'elle ne pourrait même pas appeler. Alors Alice m'a dit d'attendre encore un instant. Elle est revenue vers le lit de Pauline et a sorti du grand sac où elle avait rangé les affaires de l'enfant l'un de ses derniers cadeaux, une petite boîte à musique dont la mélodie l'accompagnait dans l'inquiétude apaisée du sommeil. Alice en a remonté le mécanisme et a posé le jouet sur l'oreiller, tout contre le visage de sa fille. Et tandis que je fermais la porte, nous entendions tourner dans le lointain, comme veillant inutilement sur Pauline, la tendre et puérile berceuse de l'enfance.

Nous sommes rentrés à l'appartement dont nous savions que nous ne l'habiterions plus. En une heure, sans réfléchir, protégés encore par l'hallucination calme et violente du malheur, nous avons rangé dans de grands cartons toutes les affaires de Pauline, vidant méthodiquement sa chambre de ses vêtements, de ses jouets, de ses livres. Il fallait faire vite pour qu'aucun de ces objets ne s'attarde trop longtemps dans nos mains et ne suscite le désir de le conserver. Il fallait faire vite pour que le sens ne puisse pas réinvestir trop tôt le monde qu'il avait soudain déserté. Un halo fade et blanc de tristesse lasse nous entourait et tenait ainsi à distance la conscience insupportable de ce que nous étions en train de faire. Puis nous nous sommes abattus sur le lit. Ce n'était pas exactement le sommeil, juste l'engourdissement partiel du cerveau qui n'oublie rien du réel et qui, au matin, anticipe son inéluctable réveil.

Dans un sac de voyage, le lendemain, nous avons jeté quelques habits et nos affaires de toilette. Comme à la veille d'un départ en vacances, nous avons bouclé l'appartement puis pris une dernière fois la route de la clinique. Dans le hall, nous attendions que les dernières formalités soient réglées et qu'on vienne nous chercher pour nous conduire auprès de Pauline. Les secrétaires de l'accueil nous ont ensuite présenté un jeune garçon chargé d'obtenir, auprès de la mairie, le certificat de décès nécessaire à l'inhumation. Une autre personne est venue. Elle avait mon âge à peu près, était vêtue d'une blouse blanche et portait une lourde mallette de cuir. Dans la rhétorique de sa profession, elle nous a expliqué que le contrat que nous avions passé avec les pompes funèbres incluait une clause prévoyant la préparation de la dépouille en vue des obsèques. Elle nous a dit qu'elle procéderait à l'injection dans les artères d'un produit qui maintiendrait le corps en l'état pour les jours à venir. Elle a ajouté que la législation imposait de tels traitements lorsque la dépouille était inhumée en un lieu autre que celui de son décès. Nous l'avons accompagnée dans les sous-sols jusqu'au lieu où reposait Pauline. Elle n'a fait aucune remarque quand elle a vu l'enfant. Elle s'adressait exclusivement à Alice, lui indiquant le léger maquillage qu'elle comptait employer pour peindre les lèvres, les joues, les paupières à demi fermées. Tout cela, insistait-elle, resterait très discret, imitant les couleurs de la vie. Épaissi par l'emploi des corticoïdes, le visage dégonflerait jusqu'au jour des obsèques. Il n'y avait rien de choquant dans les paroles qu'elle utilisait ni dans la façon tout à fait détachée dont elle considérait sa tâche. Je me demandais si elle préférait s'occuper d'enfants plutôt que des vieillards qui devaient constituer l'immense majorité de ses clients. Peut-être toute chair était-elle devenue pour elle indifférenciée et les corps, elle ne les percevait plus qu'en fonction des caractéristiques variables de leur épiderme. Je pensais que nous allions lui confier Pauline et qu'elle jouerait avec elle à la façon d'une poupée qu'on manipule, qu'on habille et déshabille avec soin mais sans affection. J'ai pensé que cette jeune femme était peut-être en réalité une fillette démente et que nous allions la laisser jouer avec notre enfant à ses propres jeux macabres et pervers. Comme Pauline était encore nue sous le drap, elle nous a demandé si nous avions préparé les vêtements que nous souhaitions lui voir porter. Alice lui a répondu qu'il suffirait de lui passer l'un de ses pyjamas blancs ordinaires. La jeune femme a eu l'air choquée, et c'était la première fois que son visage exprimait une émotion. Elle a insisté, précisant qu'il serait trop tard pour la changer ensuite, que les habits qu'elle lui mettrait seraient ceux avec lesquels l'enfant serait enterrée, qu'elle était prête à nous attendre si nous voulions aller chercher plutôt une belle robe mieux adaptée au décorum des funérailles. Mais Alice tenait à son idée et il lui semblait absurde de déguiser Pauline, de la préparer comme pour une fête dont, de toute manière, elle ne pourrait plus jouir.

On nous fit sortir une demi-heure, le temps que s'accomplissent toutes les manipulations dont nous préférions ne pas trop connaître le détail. Fumant cigarette sur cigarette dans la cour de la clinique, nous observions vaguement le va-et-vient des véhicules : ambulances, camionnettes, fourgons chargeant puis déchargeant leurs colis, assurant avec indifférence le trafic des marchandises et des corps. Nous attendions de l'autre côté du bâtiment, sur le revers de ce monde un peu sale. Les mégots que nous jetions du haut des marches s'ajoutaient aux autres dans la cour. Des cartons et des papiers s'entassaient autour des containers bleus, des poubelles déjà pleines. Une odeur lourde de cuisine montait le long des murs gras. C'était le printemps, et le vent soufflait avec violence dans le soleil, agitant les hautes branches des arbres courbés sur le maigre jardin. Le pollen pleuvait par moments sur la cour tachant de sa peluche jaune le bitume.

J'essayais de ne pas trop imaginer le travail en cours dans la chambre mortuaire. Malgré moi, je pensais aux petits corps momifiés de l'ancienne Égypte, aux glorieux sarcophages dérisoires, barques d'or appareillant pour nulle part, butins millénaires pour les pilleurs de tombes ou les archéologues anglais. La chair de l'enfant-roi, on la vide de toute substance corruptible et la peau devient parchemin. Les traits restent visibles sur le visage mais l'apparence s'affaisse et les membres, l'abdomen, le thorax deviennent semblables à ceux d'un insecte épinglé replié sur le bois. Alors, autour de ce fossile friable, on construit la fiction splendide et terrifiante d'une créature éternelle. La dépouille de l'enfant se loge dans sa spirale de langes séchés. On l'emmaillote pour sa nouvelle naissance. Puis on glisse cette poupée de tissus et de derme dans le fourreau flamboyant du cercueil, fait de bois et de métaux précieux, serti de pierres rares, gravé de la théorie verticale des signes hiéroglyphes.

J'imaginais malgré moi le formol se substituant au sang dans les veines, investissant doucement tout le réseau artériel, pénétrant les cavités du cœur et gelant l'organisme de l'intérieur. Tous les orifices par où la mort pourrait suinter seraient sans doute suturés. La pensée de ses yeux sous ses paupières ne me quittait pas. Je n'osais pas penser jusqu'au bout ma pensée et envisager le trafic ignoble qui peut-être s'accomplissait de l'autre côté de la porte. Un souvenir me protégeait à demi, chiffrant pour moi sous une forme acceptable ce que je ne pouvais contempler en face : l'image célèbre (noir et blanc) de cet œil féminin horizontalement tranché par la lame du rasoir, lune parfaite traversée par la vague d'encre des nuages.

Pour contempler le travail opéré, on nous a ensuite fait entrer à nouveau. Quelque chose de précieux et de délicat occupait désormais le centre d'une mise en scène immobile. Pauline était belle, mais la nature de sa beauté avait changé du tout au tout. Une vitrine invisible, bulle transparente de verre, paraissait l'entourer. Elle ressemblait à une cérémonieuse poupée de cire, figurante trop expressive de son propre drame, jouant emphatiquement son rôle. Seule l'indifférence fatiguée de ses traits et de ses yeux fermés rappelait qu'elle ne participait en rien à cette comédie dont, en vérité, nous étions, malgré nous, les seuls acteurs balbutiants. Il a fallu, bien entendu, donner notre sentiment. Alice a juste dit (et cette remarque était autant sincère qu'ironique) que Pauline aurait été contente d'être ainsi maquillée, elle qui, en vraie petite fille, s'amusait tant des rouges à lèvres, des crèmes, des parfums, qui riait de se peinturlurer avec excès la face et de parader devant les miroirs. Tout était fixé maintenant. Le visage avait pris ses couleurs dernières et, si on l'embrassait, on sentait sur ses propres lèvres la texture écœurante et épaisse du fard. Les consignes d'Alice avaient été suivies à la lettre. La sucette de plastique avait été remise en place entre les mâchoires. Les deux poupées choisies (Nicolas et Pimprenelle) dormaient de chaque côté du visage et accompagneraient l'enfant dans son cercueil. Le grand pyjama blanc habillait la longueur des membres. J'ai voulu la caresser encore mais, sous le drap, toute la partie inférieure du corps avait été roulée dans une sorte de toile cirée hermétiquement scellée. Nous ne pouvions plus toucher ni les hanches ni les jambes. Avec celles-ci, les pieds formaient un angle étrange et impossible, et j'ai pensé, sans pouvoir le vérifier, que les chevilles avaient été brisées de manière que tout le bas du corps soit parfaitement horizontal dans la bière.

Nous nous sommes retrouvés sur l'autoroute qui file vers l'ouest. Le temps des vacances n'était pas encore venu et la circulation était fluide. La voiture glissait à pleine allure le long de la rambarde centrale et laissait toutes les autres sur sa droite. Dépassant tour à tour les véhicules, chaque fois que j'interrogeais du regard le rétroviseur, je voyais sur la banquette arrière le siège surélevé de Pauline (vide) et l'oreiller (rouge rayé de blanc) où elle appuyait son dos douloureux. Pauline, une autre voiture l'emmenait dans la même direction que nous, précautionneusement emballée dans une poche de plastique blanc. Nous partions pour un étrange voyage dans la chaleur éblouissante d'avril.

Il avait fallu décider du lieu inimaginable où reposerait Pauline. Aucun cimetière ne semblait fait pour elle, ni les terrifiantes nécropoles parisiennes ni les vieux caveaux familiaux dispersés en province. Nous savions bien qu'en même temps que celle de notre fille, c'était notre propre tombe dont, de notre vivant, nous faisions déjà le choix. Il fallait dire où et auprès de qui nous laisserions d'autres allonger plus tard nos propres dépouilles. Nous devions maintenant décider où serait notre place définitive dans le fouillis généalogique que le passage du temps rend toujours plus indémêlable. (Dans le village de la vallée au milieu de la forêt, près du jardin de graviers où Pauline et moi écoutions l'écho, entre les hautes granges de bois et l'église pareille à un bateau retourné sur une plage de pierre, au bout du cimetière, se trouve la seule tombe que je connaisse. Sur la pierre gravée qui surplombe les plaques et les dalles se mélangent des noms qui, même à mon père, semblent pour certains devenus presque inconnus : lointains parents morts au temps de sa propre enfance et qui portent d'autres patronymes que le nôtre. Sous la surface grise sont rangés, en nombre, les boîtes de bois dont périodiquement, m'a-t-on dit, les fossoyeurs vident le contenu pour en réduire la taille en vue de faire de la place aux prochains défunts. Mais ce désordre de noms sur la stèle m'a toujours fait penser que le caveau dissimulait en fait une fosse nue où les ossements et les chairs se mêlaient, formant une tourbe indifférenciée devenant lentement sable ou cendre.)

Nous n'appartenions pas aux passés de notre propre famille. Nous n'avions rien à faire dans ces lieux oubliés où nous étions à peine passés. Nous savions que la raison commande l'annulation simple, l'effacement sans cérémonie du cadavre. Et pour nous-mêmes, nous nous serions résolus sans hésitation à la pure dispersion des cendres. Mais, concernant notre fille, nous ne pouvions tout à fait nous défaire de la pensée que quelque chose restait attaché au devenir posthume de son corps. Il fallait trouver un lieu qui lui soit accueillant et où elle puisse, en quelque sorte, nous attendre. Nous attachions beaucoup d'importance tout à coup à l'existence de ce quelque chose qui annoncerait aux yeux de tous l'inéluctable réunion de nos trois noms. Et puisqu'il fallait nommer un lieu où tout cela serait inscrit dans la pierre, nous avions pensé au village de Vendée où nous avions passé deux étés. Le corps transiterait par le funérarium où nous pourrions le veiller jusqu'aux obsèques.

Nous sommes arrivés en début d'après-midi. Le représentant local des pompes funèbres nous a reçus dans son bureau. Il a détaillé la procédure qui, conformément à nos désirs, serait suivie. J'ai été soulagé qu'il nous dispense de la comédie affectée que je craignais. Il ne faisait aucun effort pour dissimuler la jovialité évidente de sa nature. Par téléphone, mon père et mon frère avaient réglé avec lui tous les détails financiers, mais il tenait malgré tout à nous présenter son devis, m'interrogeait sur ma mutuelle afin de calculer la part des dépenses dont nous serions en droit de demander le remboursement. Il a précisé que, pour les enfants, les frais liés au transport du cercueil faisaient l'objet d'une gracieuse remise de la part de sa compagnie (à cause de la légèreté du fardeau ?). J'ai cru devoir le remercier. Sur un plan, il nous a montré ensuite l'emplacement du funérarium où, auprès de l'enfant, un prêtre de la paroisse viendrait ce jour même nous visiter.

Le funérarium se trouvait en plein cœur de la ville, dans une rue peu fréquentée, juste derrière le théâtre municipal. Il s'agissait d'une maison ordinaire signalée par une simple plaque de métal scellée au mur près de l'entrée. La porte n'était pas fermée à clé. Nous étions un peu inquiets à l'idée que n'importe qui puisse pénétrer ici. Le lieu, cependant, devait être gardé. Nous avons sonné, et un homme est apparu qui nous a conduits jusqu'à la chambre où, la veille au soir, avait été déposé le corps de Pauline. Il fallait passer par une sorte de salon (quelques fauteuils, une table basse où attendaient en pile des magazines et des ouvrages pieux, une machine à café). Un couloir menait à trois pièces que j'imaginais identiques mais dont une seule, ce jour-là, se trouvait occupée. Toute lumière était voilée, et l'on n'entendait pas un bruit. Sur la porte de la chambre, quelqu'un avait fixé une petite plaque sur laquelle figurait le nom de Pauline et, en dessous, les deux dates : 1991-1996. Il y avait encore, posé cérémonieusement sur un lutrin de métal, un cahier relié de rouge. Le nom se trouvait répété sur la première page, inscrit à la plume d'une écriture régulière et anonyme. Les autres feuilles étaient blanches. J'ignorais tout du pourquoi de ces choses. Puis j'ai compris que ce registre, on le destinait à ceux et celles qui viennent veiller le défunt afin qu'ils puissent lui dédier une pensée consolante. Un espace était réservé aux signatures pour que chacun puisse administrativement laisser la marque de son passage et faire ainsi la preuve qu'il s'était bien acquitté de son devoir.

Nous attendions peu de visiteurs. Célébrer les obsèques en province relevait d'un calcul tout à fait avoué. Nous libérions de l'obligation d'être présents tous ceux qui avaient connu Pauline. Nous les invitions à ne pas venir. Ensemble, nous prenions la fuite et passions dans la clandestinité du chagrin. Dix personnes, tout au plus, seraient là, et nous espérions ainsi endiguer autant que possible la sinistre contagion des pleurs, l'émulation bouffonne du malheur où chacun, malgré soi, rivalise dans l'expression emphatique de la douleur. Mais, à bien y réfléchir, l'inverse n'était pas moins risible : la comédie stoïque de l'horreur surplombée, maîtrisée, l'effacement pseudo-héroïque de tous les signes du désespoir.

Nous avons poussé la porte (j'avais eu un instant la tentation de frapper) puis, timidement, nous sommes entrés. L'habitude ne changeait rien au caractère abrupt de la vision. Et, au contraire, la mise en scène nouvelle à laquelle nous étions confrontés touchait avec violence en nous un point intact d'émotion. C'était comme la découvrir morte une fois encore. C'était recevoir soudain la révélation répétée de ce à quoi nous ne pouvions pas tout à fait croire. La pièce était très obscure. Les murs tendus de vert absorbaient toute clarté et, en retour, semblaient diffuser d'eux-mêmes une vague lueur glauque. La posture de Pauline sur le lit étroit et de ses poupées auprès d'elle n'avait pas été modifiée, mais une croix gigantesque (d'étain ? de cuivre ?) était dressée derrière elle, dans l'axe exact de son corps, dominant celui-ci, l'écrasant de tout son poids. Ce spectacle immobile, par la pure disposition des formes et des lignes, avait quelque chose de proprement effrayant. La branche horizontale du crucifix était incurvée et dessinait une courbe rigide tendue de part et d'autre vers le bas. On aurait pu penser à un arc tendu, pointé vers le ciel, destinant à celui-ci la flèche longiligne du corps fixé sur sa mince colonne de métal. Mais la croix avait plutôt l'apparence d'un grand oiseau mauvais laissant lourdement tomber ses ailes, enveloppant de celles-ci la dépouille de l'enfant, pour la prendre dans ses serres comme une proie juste avant le moment sauvage de l'envol.

Quelques minutes après nous, le prêtre est entré dans la pièce. Je craignais un peu que ne se répète la pitrerie triste du baptême. Je pensais pouvoir tout prévoir de la conversation qui suivrait et des mots qu'un prêtre trouverait pour sanctifier malgré tout l'ignominie de la mort. Je me demandais comment épargner à Pauline la honte de ces mensonges prononcés sur son corps. D'abord, l'émotion était trop forte, et nous n'avons pas pu parler. Le prêtre restait comme stupéfié par la monumentale tristesse de ce petit corps couché auquel il n'était plus possible de s'adresser, qu'il fallait laisser dans son irrémédiable et poignante solitude. Nous sommes passés dans une pièce voisine et, maladroitement, j'ai commencé à lui expliquer ce que nous souhaitions pour les obsèques, les textes que j'aurais aimé qu'il lise. Il a semblé surpris que je connaisse la Bible, puis il a cité de mémoire un passage de l'Ancien Testament qui disait : « Dans Rama, on entend une voix plaintive, des pleurs amers : Rachel pleure sur ses enfants, elle ne veut pas être consolée car ses enfants ont disparu. »

Trois longues journées nous séparaient du jour des obsèques. Nous passions l'essentiel de notre temps auprès de Pauline dans le funérarium. Nous ne rencontrions personne, sinon parfois le gardien qui s'inquiétait discrètement de nous. Nous restions assis de part et d'autre du lit, et nous ne disions rien. De temps en temps, nous nous penchions sur Pauline et caressions ou embrassions son visage. La femme de la clinique avait dit vrai et rien ne trahissait le travail suspendu de la mort dans la chair. Aucun signe n'indiquait la moindre évolution et nous finissions par croire que le corps resterait ainsi à jamais comme dans ces contes de fées si souvent lus où la mort n'existe pas, où les princesses s'endorment seulement lorsque les frappe une malédiction, après des siècles, effacée d'un baiser. Pourtant le passage immobile du temps suffisait à nous faire progressivement prendre conscience de l'irrémédiable. Vide de toute vie, le corps, sans changer, par le simple effet de l'écoulement identique des heures, paraissait se minéraliser, se pétrifier. Quelque chose que nous ne savions pas nommer l'entraînait loin de nous. Chaque fois que nous revenions vers l'enfant, elle nous paraissait plus distante, plus profondément repliée à l'intérieur d'elle-même, s'affaissant dans le secret fade de son néant. La quittant le soir, nous continuions à lui murmurer à l'oreille les paroles habituelles de l'au revoir, à réarranger le drap blanc où elle était couchée (comme s'il s'agissait de la border encore pour la nuit). Mais cette comédie, à nos yeux, déjà n'avait plus de sens. Elle était le spectacle que nous nous donnions à nous-mêmes pour distraire notre folie. Peut-être aurions-nous souhaité le refuge véritable de la déraison, l'effondrement mental, l'hystérie, le cirque des pleurs et des cris, le corps foudroyé sur place par la douleur, s'abîmant en lui-même, lamentablement purgé de toute conscience. Mais les choses ne se passaient pas ainsi. Le monde ne changeait pas de visage. Tout devenait très lent, pâle et silencieux, pris dans l'épaisseur nauséeuse du réel. Nous tenions debout sans effort, l'esprit presque calme et clair, attendant stupidement la suite.

Le matin des obsèques, ils arrivèrent, les parents, les sœurs, les frères. Nous les avions précédés au funérarium. Impressionnés, attendant notre signal, ils ne se décidaient pas à franchir le seuil de la chambre mortuaire. Dans le hall, ils formaient en chuchotant comme une petite troupe hésitante. Puis ils se sont laissé happer par l'obscurité de la pièce. On y voyait à peine. Les visages des uns et des autres (sauf s'ils s'approchaient des flambeaux allumés) restaient illisibles. Ils s'abattaient sur les chaises placées en cercle autour du lit. Tour à tour, ils s'approchaient de l'enfant, cherchant en vain un moyen de lui murmurer leur adieu. Cela faisait un va-et-vient absurde et cérémonial lorsqu'ils se cédaient mutuellement leur place au chevet. Ils ne disaient rien. Ils n'étaient pas ensemble. La pièce était trop petite pour que tous puissent y tenir en même temps. Ils quittaient donc la chambre un moment, trouvaient un prétexte pour s'affairer, reprenaient leur respiration dans le hall du funérarium, allaient marcher quelques pas au soleil. D'opulentes corbeilles de fleurs blanches, jaunes et roses avaient été livrées. Alice les disposait autour de sa fille. Elle prit entre ses doigts un lys qu'elle étendit sur la poitrine de Pauline, puis qu'elle glissa entre les deux mains jointes de l'enfant. La tige verte grimpait horizontalement le long du thorax, et la fleur elle-même s'épanouissait juste en dessous du visage. Un peu de pollen était tombé et, sur le pyjama blanc, à hauteur du cœur, s'élargissait en une délicate tache couleur d'ocre.

On nous a signalé que le commissaire de police était là et qu'il était l'heure maintenant de procéder à la mise en bière. Alice et moi, nous avons demandé à rester seuls quelques minutes avec Pauline. Nous voulions effacer de la dernière image d'elle que nous emporterions toute autre présence à ses côtés que la nôtre. C'était un adieu inutile. Quatre jeunes hommes en costume noir nous ont été présentés. Ils ont installé Pauline entre les planches de bois, respectant minutieusement l'arrangement du corps sur le lit mortuaire. J'étais surpris par l'exiguïté inconfortable du cercueil de pin clair. Il était doublé de blanc et Pauline paraissait le remplir tout entier de ses longs membres minces. La boîte ne ressemblait pas à un lit. On aurait dit plutôt une barque trop profonde et trop étroite, privée de proue et de poupe, sans voile ni gouvernail, vouée au naufrage. Je pensais aussi à un œuf prématurément brisé, laissant voir, sous la surface de sa coquille ouverte, l'embryon incomplet replié dans l'attente vaine de la vie. J'ai dit que je ne voulais pas être présent lorsque le cercueil serait refermé. J'avais le sentiment d'en avoir assez vu, d'avoir accompagné Pauline jusqu'au bout du possible désormais. Je ne voulais pas, dans ma mémoire, de l'image du couvercle glissant sur les arêtes de bois, effaçant l'apparence de Pauline, l'encapsulant dans son minuscule volume de néant.

Dehors, la lumière était éblouissante. Midi approchait. Quelques centaines de mètres séparaient le funérarium de l'église. Nous aurions pu marcher, mais Alice ne voulait pas quitter sa place auprès de Pauline, et nous sommes montés dans le grand corbillard, assis de part et d'autre de la bière. Le véhicule emprunta un long détour et longea la monumentale place carrée d'où rayonne, depuis le centre de la ville, le réseau régulier des rues. Le soleil tombait verticalement sur les arbres et les parterres violemment colorés. Toute ombre était absente. Les magasins allaient bientôt fermer pour le déjeuner et l'agitation ordinaire s'apaisait. Quelques personnes passaient encore et, lorsque nous sommes descendus de voiture pour gravir les marches montant à la chapelle mariale, nous pouvions les voir très précisément s'arrêter et nous regarder. Ils voyaient la taille anormale du cercueil aux côtés duquel nous nous trouvions, les lourdes fleurs blanches débordant de leur corbeille d'osier, une femme étrangement jeune se tenant auprès de celui qui devait être son mari. S'ils s'approchaient, ils pouvaient lire le nom et les deux dates. Sans doute n'avaient-ils pas le sentiment d'être indiscrets. Ils désiraient vérifier de leurs yeux l'improbable vérité dont le hasard les avait faits témoins. Certains nous ont suivis dans l'église.

Le prêtre nous attendait devant l'autel. Marchant au pas, les quatre jeunes hommes en costume noir ont porté sur l'épaule la boîte de bois et l'ont disposée sur de petits tréteaux au milieu de l'allée centrale. J'ai remarqué la croix fixée sur le couvercle. Je connaissais la chapelle pour m'y être promené avec Pauline l'été précédent et lui avoir montré, dans sa cache grillagée, la statue de la Vierge et de l'enfant, illuminée d'en bas par une clarté rouge. Nous nous sommes assis et la cérémonie a commencé. Je me récitais à moi-même les paroles que j'entendais et je leur donnais un autre sens en secret. À un moment, le prêtre m'a demandé de me lever et d'accomplir un geste. Ce devait être un signe. En faisant attention à ne pas trop trembler, j'ai allumé un cierge au pied du cercueil puis j'ai regagné ma place. J'avais le sentiment d'une prière vide, sans personne à implorer ni rien à demander désormais. J'écoutais à demi les mots du rituel. Je n'ai gardé le souvenir que d'une formule si étrange qu'elle m'a semblé d'une troublante beauté. Le prêtre a dit que l'eau du baptême avait coulé sur le bois du cercueil. Je n'étais pas certain d'avoir compris mais, cette image, je la trouvais juste et bonne. La chair et le bois étaient promis au feu, les cendres se mêleraient et ne feraient plus dans l'urne qu'une seule poussière grise, mais sur tout cela était passée quand même la fraîcheur de cascade d'une parole vraie.

Nous sommes partis ensuite pour le crématorium. Alice m'avait dit qu'elle ne pourrait jamais supporter l'idée du corps se défaisant sous la terre, devenant lente et friable pourriture. La pensée de ce travail invisible et inexorable la rendrait folle. Elle préférait la violence rapide du feu. J'étais d'accord avec elle. D'une certaine façon (et tout en sachant cela absurde), j'imaginais que brûler son cadavre revenait à libérer Pauline de l'accumulation inerte d'organes dont elle était désormais prisonnière. Le corbillard s'est engagé sur l'autoroute suivi de son maigre cortège de voitures. La bière était allongée à l'arrière du véhicule. Imaginer ce qu'elle contenait devenait impossible. Nous devions livrer quelque part cet objet encombrant. C'était une tâche absurde et nécessaire comme celles que l'on se voit confier en rêve. L'absence déchirante de Pauline était sans rapport aucun avec l'accomplissement de ces gestes.

Nous avons franchi les hautes grilles du parc. Les volumes gris du bâtiment faisaient masse au bout d'un jardin splendide où les espèces rares de fleurs et d'arbres étaient signalées par des petits panneaux plantés en terre. La beauté du jour et celle du lieu étaient telles qu'on se sentait pris d'un imprécis tournis en avançant par les allées. Le maître de cérémonie nous a accueillis à l'entrée. Il nous a pris à part pour que nous puissions régler quelques détails indispensables. Nous avons dû choisir, parmi différents modèles proposés dans une vitrine (les prix étaient indiqués sur un catalogue), l'urne où seraient rassemblées les cendres de Pauline. Certaines imitaient la forme de deux mains jointes en prière ou d'une colombe immobilisée en plein vol. Il y avait des visages, des fleurs ou encore des maximes édifiantes gravés sur les couvercles. Il y en avait une encore, blanche et nue, dont nous avons pensé qu'elle avait été conçue pour les enfants morts et que nous avons retenue. L'homme nous a demandé ensuite si nous souhaitions prononcer un discours en mémoire de notre fille, mais nous n'avions pas le cœur à nous exhiber davantage. Il nous a fait prendre place dans une vaste salle lumineuse. Le cercueil avait été installé sur une rampe où tout à l'heure il glisserait mécaniquement jusqu'au four, de l'autre côté du mur. Une tenture peinte aux couleurs d'un coucher de soleil s'écarterait pour lui ouvrir le passage. Tout le décorum semblait invraisemblable. L'homme a prononcé malgré tout quelques mots. J'avais l'impression de connaître cette scène pour l'avoir déjà vue dans des centaines de feuilletons télévisés américains. Puis on a entendu la musique qu'Alice avait choisie. Elle avait voulu que passe l'un des disques de Pauline, un recueil de berceuses enfantines qu'elle écoutait avant de s'endormir. L'impression était déchirante, insoutenable. Tout à coup, l'émotion la plus sauvage, la moins maîtrisée faisait retour dans ce lieu fade et forçait les portes kitch du cérémonial. La chanson disait : bonne nuit, et, puérilement, elle nous ramenait vers les larmes.

Puis la musique s'est tue, et l'homme nous a invités à nous approcher du cercueil pour un dernier adieu. Nous avons obéi, mais nous étions dans le plus grand embarras. Personne ne savait quels gestes appelaient ces planches de bois. Sur elles, certains, alors, ont posé leurs lèvres ou tracé des doigts un évasif signe de croix, et les autres les ont imités. Il a fallu faire un pas en arrière. Un mécanisme s'est mis en marche et, sur ses rails, la boîte de pin a commencé à trembler. Très lentement, elle glissait sur la rampe. Elle a parcouru ainsi près d'un mètre. La tenture colorée s'est écartée à la façon d'un rideau de théâtre, puis s'est refermée après le passage de la bière, soustrayant celle-ci à nos regards. Tout s'était accompli mécaniquement comme si l'usage voulait qu'aucune main humaine n'intervienne, comme s'il fallait que la disparition du cadavre prenne l'apparence (clinquante et faussement magique) d'un tour de passe-passe dans un cabaret. Par pitié ou par dérision, on aurait été tenté d'applaudir ce piètre numéro de prestidigitation. Depuis l'autre côté de la toile nous parvenaient de lourds bruits métalliques.

Nous nous sommes dispersés dans les jardins. Chacun s'est assis dans un coin, sur un banc, une pelouse, au pied d'un arbre ou sur le rebord de marbre d'une large fontaine. Je pensais naïvement que l'incinération serait presque instantanée : non pas la lente calcination d'un déchet, mais plutôt quelque chose de l'ordre de la désintégration (à la façon des films de science-fiction : l'énergie lumineuse tombant d'un coup sur le corps, comme un grand éclair calme, dissiperait les formes sans effort, ne laissant rien de lui). Mais brûler un corps exigeait un labeur plus lent. Je ne savais rien de la façon dont les flammes défont la chair et quelle consistance (charbonneuse ?) elles lui donnent avant que tout ne devienne poussière. J'étais fatigué d'avoir déjà trop imaginé. Je pensais juste à l'étrange mélange que recueillerait bientôt l'urne : le bois brûlerait, et le plastique de la sucette dans la bouche, et le tissu et le métal des poupées. Il y aurait ce seul résidu : la prothèse chirurgicalement fixée dans l'intérieur du bras, petite barre de métal incandescente parmi les cendres. J'observais les discrètes cheminées au sommet du bâtiment. Je m'attendais à voir filer la fumée et je souhaitais en silence cette image. Mais l'azur était si lumineux qu'il était difficile de fixer le ciel, toute vision tremblait un peu. Les incertaines rides grises que je discernais à l'issue du conduit n'étaient peut-être qu'une douce hallucination provoquée par la réverbération, un mirage. Le soleil dans le jardin suscitait toutes sortes de couleurs, de senteurs. Il projetait sur l'herbe de longues ombres fraîches. Parmi les plantations et les bosquets, on apercevait de petits empilements de blocs noirs, coffres-forts ou consignes à bagage. Je me souvenais de l'étrangeté du mot : colombarium. Depuis quelques jours, tous les mots nouveaux faisaient la rime. Les vivants, pour envisager leur fin, il leur fallait les euphémismes secourables d'une langue morte.

Enfin, on nous a remis l'urne. Nous avions troqué une boîte contre une autre plus petite et qui n'avait pas davantage de signification. Elle était seulement tiède entre les mains (plus que tiède : chaude, presque brûlante encore). Le gigantesque corbillard semblait disproportionné pour le transport d'un objet aussi minuscule et peu emphatique. À l'arrière du véhicule, l'urne fut installée dans l'emplacement laissé vide par la bière : coquille blanche posée droite sur le vaste velours noir. Le cortège fit le chemin à l'envers, quittant l'autoroute puis s'enfonçant sur des voies toujours plus étroites. Le soleil ne baissait pas sur l'horizon et les arbres, les prés, les maisons étaient pris dans la grande clarté bleue immobile du jour. L'on nous attendait au cimetière. Nous n'imaginions pas faire seuls les derniers gestes. Il fallait que quelqu'un nous décharge de la culpabilité idiote d'abandonner l'urne dans la terre. Nous ne pouvions pas prendre sur nous la responsabilité d'un tel acte. Nous ne pensions pas notre voix assez forte pour dire les mots qui accompagneraient le glissement dernier des dalles sur le sol. Le prêtre avait accepté de revenir à nos côtés. Nous nous sommes tous mis en marche pour parcourir les allées de gravier jusqu'à l'emplacement qui avait été assigné à la tombe. Nous passions entre des stèles que nous ne lisions pas, dans un désordre de pierre, de fleurs et de marbre avec, sous le soleil, parfois, le répit ombragé de quelques arbres. Le périmètre désigné se trouvait à l'extrémité du cimetière, accolé à un mur bas et, de l'autre côté, à quelques mètres, on voyait la lisière de la forêt. Le trou était ouvert : rectangle régulier tapissé d'un enduit gris. J'étais frappé par son absence de profondeur. Creuser plus bas aurait été inutile puisque la tombe ne devait pas accueillir de cercueil. Le prêtre a prononcé quelques paroles et, sur le cylindre blanc posé à terre, il a fait un signe qu'il nous a invités à reproduire. L'urne semblait si petite dans le vide trop vaste creusé à nos pieds. Le fossoyeur a tiré ensuite les lourdes plaques de béton taillées à la mesure de la fosse. Nous avons voulu installer les fleurs et le carré de marbre où nous avions fait graver le nom de Pauline pour qu'en attendant l'érection de la stèle, la tombe ne reste pas nue. Mais le fossoyeur nous en a dissuadés avec gentillesse. Il nous a expliqué que son travail n'était pas encore fini. Le caveau devait être scellé.

Elle : *Oh, Félix, c'est trop dur… Personne ne pourra jamais lire cela… Même pour moi, c'est insupportable… Tellement violent que cela semble irréel. L'histoire est la même, mais tout semble si lent, si distant. Ce n'est plus du tout pareil, plus du tout… Comme si notre vie s'éloignait de nous, et Pauline avec elle…*

Lui : *Tout commence par la fin. Il n'y a plus ce grand vide vers lequel se précipite le récit. On ne tourne plus les pages pour vérifier que l'impossible a eu lieu. On est dans l'impossible. L'horizon se referme. Le seul sentiment de l'irrémédiable, voilà la violence… Rien d'autre, tu comprends… Pas de poésie cette fois-ci, beaucoup moins d'emphase et de lyrisme. Je voudrais seulement donner l'impression d'un texte continuant à s'écrire au-delà du point où, en principe, il devrait perdre toute raison d'être. Quand il n'y a plus rien à faire…*

Elle : *Et plus rien à dire ?*

Lui : *C'est à partir de là que tout reste à dire. Les mots viennent d'eux-mêmes. Mais il faut se résoudre à leur lenteur nouvelle. Il n'y a pas d'indicible. Les phrases s'étirent, elles deviendraient presque immobiles. Je pourrais continuer ainsi à jamais. En théorie, il n'y a pas de limites... Juste, l'épuisement du désir... Je me vois écrivant tout cela à l'infini, même pour rien, pour personne... Il y aurait cette seule histoire qui durerait de page en page... Tout l'inachevable du langage, et puis le reste...*

Elle : *Car cela ne change rien, n'est-ce pas ?...*

Lui : *Non, bien sûr, cela ne change rien... Rien du tout, bien sûr... Tu crois que je l'oublie ?*

Elle : *Non.*

Lui : *Tu trouves que c'est inutile ?*

Elle : *Je n'ai pas dit cela.*

Lui : *Je ne sais pas. Je ne parviens pas à m'expliquer. J'imagine que c'est la forme qu'a prise ma folie. C'est si difficile d'en parler. Je me demande souvent quelle est la forme de ta folie.*

Elle : *On ne sait jamais... Sa folie, les autres la voient. On a la certitude qu'elle ne ressemble à aucune autre... Cela n'avance à rien... Je voudrais que tu m'entendes : en pensée, elle ne me quitte pas un instant... Tu m'entends : pas un instant, en pensée, elle ne me quitte...*

Lui : *Je le sais bien. Je ne l'oublie pas...*

Elle : *Dis-moi que, toi aussi, il n'y a pas une heure, une seconde où elle ne soit avec toi, dis-le-moi... J'ai besoin de l'entendre de ta bouche, pour savoir que je ne suis pas seule, que quelqu'un habite avec moi, au moins, cette folie d'être toujours, en pensée, à côté d'elle...*

Lui : *Je me dis : je dois continuer... Je suis stupide... J'ai l'impression de vivre dans l'oubli, dans l'illusion. Si je renonçais, j'aurais l'impression de lui faire du mal, de l'avoir abandonnée dans la nuit...*

Elle : *De la trahir ?*

Lui : *Oui, en somme, de la trahir...*

Elle : *Mais en continuant à écrire, tu laisses croire aux autres (peut-être : tu te fais croire à toi-même) qu'elle n'est pas tout à fait morte, qu'elle existe encore d'une certaine manière. Tu donnes le nom de vérité à ce mensonge... Et tu la trahis, en réalité, quand tu la remplaces par des mots dans un livre...*

Lui : *Mais quand j'essaye d'expliquer cela, personne ne semble me comprendre. Personne ne veut m'écouter. Tout le monde a l'air de trouver juste et naturel que les livres prennent la place des vivants. On donne un autre sens à mes paroles. On me transforme en celui que je ne suis pas. Qu'est-ce que je peux faire ? Il faudrait me taire, peut-être... Ou plutôt, n'avoir jamais parlé. Je ne sais pas. J'ai besoin d'écrire pour me souvenir. Il y a des choses qui ne me reviennent qu'ainsi. Soudain, je mets la main sur des images perdues dans le nulle part. Comme cette tache de pollen sur le pyjama blanc...*

Elle :... *qui signifie quoi ?...*

Lui : *Rien. Elle est là, c'est tout.*

Elle : *Je l'avais oubliée, moi aussi.*

Lui : *J'étais troublé de m'en souvenir tout à coup. Je me demande combien de centaines de détails attendent dans le néant le mot qui les rappellera...*

Elle :... *Le mot de toi ?...*

Lui : *Oui, le mot de moi...*

Elle : *Tu glisses tout doucement dans le sérieux de ta folie, Félix...*

Lui : *Le premier mot posé, on ne peut plus s'arrêter. Il faut se délivrer de la honte d'avoir commencé. C'est comme la vie. Ou alors : il faudrait ne pas être né. On ne peut plus rien défaire... Une fuite en avant... Tu te souviens de cette phrase du* Conte d'hiver : *« Tous les hommes jouent un rôle mais le mien est si pitoyable qu'on me sifflera jusqu'à la tombe »... Ce serait trop facile : avoir écrit un livre et se croire quitte... Une enfant disparaît, un roman paraît, et tout rentre dans l'ordre... Chacun passe à autre chose... Ça serait tellement facile, lâche... Parfois, je me dis que c'est cette honte qu'en réalité je recherche désormais... La forme de ma folie, je te disais... Obstinément, en revenir à cette histoire, jusqu'à s'en rendre insupportable à chacun... Qu'on me siffle jusqu'à la tombe, et puis que tout soit fini...*

Elle : *Je voudrais tant pouvoir croire qu'elle n'a pas souffert, que même à la fin elle ne sentait rien, qu'elle a seulement eu l'impression de s'endormir en sachant que nous restions à côté d'elle... C'est inutile, mais je voudrais au moins que quelqu'un soit là qui me dise :*

elle a été extraordinairement courageuse, et vous avez fait tout ce qui était possible pour que la douleur et la peur lui soient épargnées. Il n'y avait rien de plus à faire que ce que vous avez fait et elle le savait. Je voudrais que quelqu'un d'autre que toi dise pour moi ces mots, tu comprends, quelqu'un qui n'ait pas peur de paroles aussi stupides et simples que celles-là : elle était la plus aimable des enfants, vous étiez la plus aimante des mères...

Lui : *Tu voudrais que ce quelqu'un te pardonne la mort de Pauline.*

Elle : *Oui...*

Lui :... *mais personne ne peut te pardonner si tu n'es pas coupable...*

Elle : *Je voudrais qu'on me pardonne quand même, qu'elle me pardonne... Je voudrais qu'on me la rende, juste un instant, le temps que je la prenne dans mes bras, que je l'embrasse... Je lui dirais à quel point je l'aime. Elle me répondrait qu'elle le sait bien. Et je serais pardonnée, tu comprends... À quoi penses-tu ?*

Lui : *Je pensais au malheur absolu des innocents... Je pensais : être innocent, c'est précisément ne pas même pouvoir espérer la délivrance du pardon...*

Elle : *Est-ce que tu crois qu'un livre peut pardonner à celui qui l'écrit ?*

Lui : *Si un livre est vraiment beau, sa beauté devient la forme même du pardon. Mais ce pardon n'agit pas dans la réalité. Il laisse intacte l'horreur de la vie.*

Elle : *Je ne sais plus du tout où j'en suis. Je me sens vide. Tout a été tellement inouï que cela semble irréel. Si cela ne restait à ce point douloureux, j'aurais l'impression de ne plus pouvoir croire, moi-même, à ce que nous avons vécu. C'est comme impossible...*

Lui : *Et c'est pourquoi on arrive si facilement à se convaincre que, malgré tout, cela n'a pas existé...*

Elle : *Plus c'est vrai, moins c'est crédible.*

Lui : *On peut dire ça comme ça...*

Elle : *J'ai vu la mort. Je sais qu'elle existe. Pauline est morte. Les pages de la fin sont insupportables. Et en même temps, si...*

Lui : *Calmes ?*

Elle : *Oui, calmes et violentes. Je ne m'explique pas comment nous avons pu être aussi calmes...*

Lui : *Garder en apparence la raison quand elle mourait sous nos yeux...*

Elle : *J'ai tellement de mal à croire qu'elle n'ait pas souffert. Je sais qu'elle a terriblement souffert, qu'elle ne voulait pas mourir. Il me semble que si j'avais su ce qui allait se passer... C'est moi en réalité qui ne me pardonne pas à moi-même d'avoir été aussi aveugle, d'avoir laissé passer cette chance. Je me refuse à moi-même ce pardon, et j'ai raison de le faire. Tu vois, je te réponds, c'est la forme de ma folie... La forme de ma folie...*

Lui : *Tu n'aurais pas pu l'aimer davantage, et elle le savait. Tout le monde, autour de nous, le savait. Tu ne pouvais pas la protéger de la mort, mais tu l'as protégée jusqu'au bout du malheur.*

Elle : *Je voudrais qu'un autre que toi le dise.*

Lui : *Qui ?*

Elle : *Je ne sais pas... Elle, seulement elle, tu comprends ?*

II

Nous ne pensions qu'à disparaître et nous apprenions à quel point il est facile de le faire. Aucun geste n'était nécessaire. Il suffisait de laisser le monde se refermer sur soi, de glisser dans son grand anonymat. Partir était inutile. Un pas de côté, et c'était assez. Fuir exigeait simplement de rester immobiles, silencieux, discrets jusqu'à en devenir invisibles. Ne plus bouger, cesser d'exister, sans drame ni volonté, laisser se dissoudre son être dans le grand bain opaque et acide du temps…

Nous allions de chambre d'hôtel en chambre d'hôtel, choisissant toujours les plus indifférentes. Personne ne nous demandait jamais rien. Nous roulions toute la journée. Nous n'avions pas de but. Nous suivions des routes au hasard dans la campagne. Puis nous rentrions à la tombée du soir. Nous aurions pu filer droit devant nous, très vite, jusqu'à découvrir l'océan dans l'obscurité ouverte par le faisceau blanc des phares. L'image nous attendait (elle était si aisément prévisible) : au matin la ligne brouillée de l'horizon, l'offensive obstinée et régulière des vagues sur le sable, le rivage souillé d'algues et de débris épars, le tournoiement plus haut des oiseaux blancs, leurs cris, le froid, toute cette mauvaise poésie de la fin, l'impression d'être parvenu au bout du monde, d'avoir consciencieusement joué son rôle... Rencontrer ainsi la mer, voir monter à ses pieds la marée effaceuse de traces, aurait emphatiquement signifié que tout s'arrêtait là. Les mots nous menaient vers cette plage où nous aurions dit quelque chose comme : voilà, il ne reste rien...

C'est ainsi que s'achèvent les histoires quand la vie, elle, continue. Dans la réalité, faire une fin n'est pas aussi facile. On n'y sent pas la proximité haletante du dernier paragraphe et que le moment est venu de faire jouer le grand orchestre pathétique des adjectifs et des images ou, au contraire, *diminuendo*, d'allonger le dernier accord dans les aigus et les graves. On n'y calcule pas la cadence d'une dernière formule et la chute d'un dernier mot. Les personnages ne s'endorment pas, ils ne glissent pas dans des draps d'oubli, tirant sur eux la couverture blanche d'un livre. Ils sont là dans l'agaçante, l'irrémédiable, la fastidieuse persévérance de leur vie. Ils ne peuvent laisser à d'autres le soin de leur douleur et la besogne de porter encore un jour le poids de leur corps. Une phrase ne suffit pas à les faire rentrer dans le nulle part, marchant courbés sous la pluie, disparaissant dans le blanc solennel de la fin.

Nous ne prenions pas la route de l'océan parce que la tombe de notre fille exerçait continuellement sur nous son attraction d'aimant. Pendant plusieurs jours la voiture a continué à tracer ses cercles invisibles dans le pays de collines et de vignes, filant sous l'ombre longue des haies ou dans la chaleur déjà sucrée du plein soleil. Un compas lui dictait sa route dont la pointe était plantée là où les cendres avaient été déposées. Autour du cimetière, nous tournions dans le lointain, nous hésitions, répétions que cela ne servait à rien puis, en désespoir de cause, l'intuition vague d'une possible chance nous poussait vers l'intérieur du cercle et nous filions en direction de la tombe. Absurdement, nous voulions vérifier que rien de neuf ne s'était passé là-bas. Nous tenions à en avoir le cœur net. Les quatre dalles allongées sur la fosse pesaient sur un amalgame de graviers noirs. Si l'on posait la paume de la main sur l'une d'elles, on sentait la chaleur, le feu conservé dans l'épaisseur de la matière lourde et lisse. Les fleurs des funérailles se fanaient doucement. Les tiges devenaient cassantes ou s'affaissaient sous le poids excessif des bouquets. Pendant à leur extrémité, des billes sèches tombaient en poussière lorsqu'on les faisait rouler entre ses doigts. Les pétales se recroquevillaient, consumés de l'intérieur par le passage du temps. Ils s'ourlaient de jaune et de brun, brûlés par le travail d'une flamme lente qui les transformait en confetti trop lourds, flocons aux couleurs passées, neigeant un à un sur la pierre. De la main, nous effacions tout ce désordre sur les dalles. Les fleurs ne mouraient pas toutes ensemble. Certaines avaient pris déjà leur apparence de squelette carbonisé quand d'autres conservaient encore toute la splendeur de leurs couleurs et de leurs formes. Alice faisait le tri chaque jour, arrachant aux bouquets leurs cadavres qu'elle jetait dans l'allée et que j'emportais aux ordures. Les roses et les lis qui n'étaient pas déjà flétris, elle les arrangeait de nouveau dans les vastes corbeilles d'osier jonchant la tombe. À mesure, la masse luxuriante du premier jour se contractait. Ce seul changement nous donnait encore l'impression que quelque chose comme une histoire se poursuivait.

La mort de Pauline avait ouvert dans la ligne du temps comme un léger creux qui pour nous prenait des dimensions de gouffre calme. Il était impossible de se hisser hors de ce trou-là. Après la frénésie de pensées, l'agitation, le balancement écœurant des bonnes aux mauvaises nouvelles, l'accumulation délirante des événements, plus rien désormais ne se passait. Pauline avait emporté le temps avec elle. Sans doute, celui-ci existait-il encore quelque part mais, justement, à ce quelque part, sans elle, nous n'avions tout d'un coup plus accès. J'avais toujours pensé naïvement que la suspension du temps était ce salut que chacun cherche, le saut à pieds joints hors de la durée, le surplomb radieux de la roue des jours. Mais l'expérience n'avait rien de lumineux. Par mégarde, nous avions roulé dans un modeste fossé ouvert sur le bas-côté. Nous gisions là sans plus pouvoir bouger. Notre esprit enregistrait tout du passage des autres plus haut, sur la route. Nous ne pouvions pas leur faire un signe, nous faire entendre d'eux. Nous avions bêtement basculé dans une brèche minuscule ouverte au cœur de la réalité. Et la probabilité de notre perte était si infime que personne ne songerait jamais à se mettre en quête de nous qui étions désormais dans l'immobile, dans l'invisible, dans la transparence impensable du malheur.

Nous revenions quotidiennement vers la tombe. Nous n'espérions pas de miracle, mais un signe que, de dessous la terre, Pauline saurait nous faire. Nous ne pouvions pas prendre le risque que ce signe fût fait en notre absence. Ou peut-être était-ce l'impossibilité de s'arracher à son chevet, la comédie puérile de jouer encore à veiller sur elle. Mais la tombe, bien entendu, ne s'ouvrait pas. Lorsque nous l'avions bien vérifié, quand nous avions rendu à la dalle un peu de sa fausse beauté, nous quittions le cimetière et revenions vers la ville. Nous pénétrions rarement jusqu'au grand carré régulier qui en forme le centre. Nous ne voulions pas revoir l'église et la place. Stupidement, nous craignions d'être reconnus. Nous nous arrêtions dans la grande périphérie populeuse de la cité. Depuis vingt ans, chacun la voyait grossir, investir tout l'espace libre des champs et des friches, enroulant ses routes, étalant ses parkings, empilant ses cubes, déployant ses enseignes et ses pancartes. La vraie ville était là désormais, arrogante de laideur et d'importance. Sa banalité, sa médiocrité nous protégeaient.

Nous descendions chaque soir dans l'un des hôtels qui bordent l'autoroute et qui se ressemblent tous. Si l'on s'arrange pour arriver assez tard, il n'y a plus personne pour vous y accueillir. Tout est automatique. Vous glissez votre carte bleue dans une machine. Vous composez les quatre chiffres de votre code confidentiel, et l'appareil vous désigne votre chambre, puis vous révèle le sésame informatisé qui vous permettra d'y entrer. Il y a un lit double surplombé d'une étroite couchette à laquelle on peut pendre ses vêtements. Tout l'angle de la chambre est occupé par un bloc de plastique qui contient lavabo et toilettes dans un espace si mesuré qu'il abolit toute distance entre la cuvette des W.-C. et le bac de la douche. Nous avions perdu l'habitude de regarder la télévision. Si, machinalement, nous l'allumions, nous ne comprenions plus rien de ce qui se jouait sur l'écran. Toute cette agitation de spectres affables avait l'apparence d'une comédie jouée en un autre monde et dans une langue étrangère.

Lorsque nous rentrions assez tôt, il fallait trouver le moyen de tuer les heures jusqu'au moment probable du sommeil. Nous garions la voiture à proximité d'un centre commercial. Nous passions des heures dans les galeries et les arcades. J'achetais un journal que je ne lisais pas. Nous prenions sur le parking un Caddie que nous ne remplissions pas, ou à peine, afin de donner le change. L'abondance des produits offerts nous désarmait. Nous passions entre les rayons sans plus savoir à qui tout ce luxe de pacotille s'adressait. L'été approchait, et il n'était plus question que de soldes pour les vacances : barbecues, meubles de jardinage, piscines gonflables, raquettes de tennis, maillots de bain. Remarquant notre lenteur désœuvrée, des vendeurs nous interpellaient parfois pour attirer notre attention sur telle ou telle campagne de promotion. Nous les écoutions sans trop oser les interrompre. Nous avions peur que la moindre réticence ne nous trahisse. Il nous fallait paraître identiques aux autres.

Nous partions seulement quand le magasin fermait. Notre Caddie trop vide attendait dans la longue queue menant aux caisses. Les chariots des autres débordaient de vêtements et de nourriture bon marché. Autour de nous, les couples et les enfants étaient dans un état d'excitation presque hystérique. Ils se mendiaient les uns aux autres le droit d'un dernier achat, refaisaient mentalement le compte de leurs courses, calculaient l'ordre dans lequel ils disposeraient leurs acquisitions sur le tapis roulant. Ils étaient tout satisfaits d'être parvenus jusqu'à la dernière case de leur jeu de l'oie hebdomadaire. Du coin de l'œil, ils guettaient les caisses voisines pour s'assurer que les files les plus proches progressaient avec la même lenteur que celle qu'ils avaient choisie. Si une caisse nouvelle (devant laquelle personne n'attendait encore) ouvrait, ils se précipitaient brutalement les uns contre les autres dans l'espoir de gagner une ou deux places. Si la manœuvre échouait, s'ils se trouvaient contraints de rétrograder voire de réintégrer leur file originelle, la confusion les gagnait, ils rougissaient, regardaient ailleurs, s'en prenaient avec énervement à leurs enfants. Les pères attendaient la jouissance de produire leur chéquier ou leur carte de crédit.

Puis nous nous retrouvions sur le grand parking assombri par la fin du jour. Les voitures le désertaient tous. Il n'y avait plus autour de nous qu'une longue et écœurante plage de bitume quadrillée avec régularité selon le gabarit approximatif des véhicules. Nous avions gagné quelques heures. Si nous allions manger, nous pouvions espérer un second répit aussi long. Nous n'avions jamais vraiment faim. Dîner nous offrait la possibilité d'un nouveau havre où nous abriter jusqu'à la nuit. Les hôtels de la zone commerciale possédaient tous un restaurant, le plus souvent une grande salle vide simulant la décoration d'une auberge rustique sous les hautes structures préfabriquées du bâtiment. Au centre, entre les tables, se dressait sur des estrades un gigantesque buffet. Nous allions à tour de rôle nous servir de minuscules portions, prenant tout notre temps. Il y avait un bizarre décalage entre la profusion, la diversité des nourritures offertes et l'extrême rareté de la clientèle. Le restaurant devait faire l'essentiel de son chiffre le midi en repas d'affaires. Seuls s'y rendaient le soir les représentants, les cadres en déplacement, dépêchés là par leur entreprise, séjournant en cet endroit par obligation, mangeant moins par faim ou plaisir qu'en vue d'obtenir ultérieurement le remboursement de leurs notes de frais. Nous étions le seul couple à revenir de soir en soir. Illégitime, certainement, devait-on finir par penser... Quels amants décideraient d'un endroit aussi sinistre pour se rencontrer sinon à dessein de se cacher, de dissimuler quelque chose d'inavouable ? Et, de fait, nous nous cachions, nous taisions bien un secret. Mais la façon si ostensible que nous avions de le faire nous désignait automatiquement à la curiosité de tous. Le personnel nous accueillait de son sourire le plus cordial, multipliant à notre endroit les signes un peu grossiers d'une complicité dont nous finissions par nous amuser malgré tout.

La nuit tombée, nous reprenions le chemin de la chambre. L'hôtel s'était rempli en notre absence, mais rien n'y trahissait la présence d'autres que nous sinon l'alignement de quelques voitures au pied du bâtiment. Nous gravissions l'escalier extérieur, puis nous nous accoudions sur la longue rampe ronde qui borde le balcon. Le noir épais du ciel s'effaçait presque, gommé par la clarté colorée des enseignes, le halo orangé des lampadaires ponctuant la route et, sur cette dernière, le passage régulier (jaune, blanc) des phares éblouissants. Chaque voiture lancée à toute vitesse, agitant lourdement l'air, faisait monter jusqu'à nous sa vague de bruit et son souffle chaud sur nos paupières. Les panneaux publicitaires brillaient encore, hypnotisant les automobilistes. Ils se découpaient sur le vide obscur où se délayait le blanc lointain des nuages sous la lune. La route était un fleuve de lumière roulant sans but entre de sombres berges sales (l'herbe de l'autre côté des glissières), sous des falaises criardes (affiches surplombées de néons), résonnant pour personne et laissant entendre sa rumeur mécanique.

Nous comptions sur l'alcool ou les médicaments pour nous aider à trouver le sommeil. Mais parfois, l'effet tardait à se produire. Nous retournions à la voiture. Je faisais tourner la clé de contact et allumais les feux. Le moteur tournait dans le vacarme feutré de la proche circulation. Alors je passais la marche arrière et sortais la voiture de son emplacement. Je roulais cherchant une piste perdue dans l'obscurité. C'était la nuit la plus profonde et les vivants avaient quitté le monde. Les grands magasins, les garages, les hangars n'étaient plus que des masses inutiles, des blocs injustifiés posés dans le noir. Sur les parkings vides, la voiture poussait devant elle son disque très lent de lumière. Entre les bornes et les arbres, le long des glissières, autour des enfilades de Caddies abandonnés, je conduisais doucement.

Nous dormions d'un sommeil de plomb (lesté par le plomb de l'alcool et des somnifères). Nous ne nous souvenions pas de nos rêves ou nous n'en parlions pas. Les rideaux tirés assuraient dans la chambre une obscurité très épaisse. Au réveil, il nous fallait très longtemps pour identifier le lieu où, de mauvais gré, nous revenions à la conscience. Ou alors un bruit de clés et de voix nous faisait nous dresser brutalement dans le lit. Les femmes de ménage passaient de chambre en chambre et ne supposaient pas un instant que quiconque puisse dormir encore à cette heure. Elles entraient brusquement, faisant claquer les portes, et battaient en retraite, à contrecœur, lorsqu'elles nous apercevaient couchés.

De l'autre côté se trouvait le cimetière (non pas celui où Pauline reposait, mais celui de la ville où nous nous cachions). En vérité, on pouvait à peine en deviner la présence (les silhouettes de quelques hautes croix de pierre apparaissaient derrière un pan de muret gris sur lequel elles semblaient comme des oiseaux posés). Construit autrefois en périphérie de la ville, le cimetière avait été absorbé par la croissance régulière de la banlieue et des zones industrielles ou commerciales. Il se tenait en retrait du mur presque continu qu'élevaient de part et d'autre de la route les façades successives des magasins et des entrepôts. Sa taille semblait devenue dérisoire, écrasée par celle des parkings et des grandes surfaces. Les entreprises de pompes funèbres qui jouxtaient le cimetière avaient pris l'exacte apparence des commerces environnants : structure massive en préfabriqué, hall d'exposition à ciel ouvert, artifices de disposition tendant à assurer depuis les abords la visibilité maximale de l'enseigne. En un sens, ils se fondaient ainsi harmonieusement dans ce grand paysage de consommation triste. Les noms mêmes figurant sur les pancartes appartenaient à la rhétorique ordinaire de la publicité : la Grande Galerie du funéraire, Euro-Marbrerie, M.M.C.F. (Monuments, Marbre, Caveaux de France), etc.

Nous avions franchi la chaussée. L'enseigne vers laquelle nous nous dirigions était la plus haute et la plus clinquante. Nous pensions disposer ainsi de davantage de choix. Le magasin se trouvait en retrait de la route, séparé de celle-ci par un vague jardinet troué en son axe par une allée couverte de goudron ocre. On passait entre deux rangées de dalles et de stèles, tombes vides rassemblées en un cimetière miniature et factice, toutes différentes car censées présenter aux clients la gamme des modèles vedettes du catalogue. Il y avait de lourds rectangles noirs pesant sombrement sur la terre, des stèles en forme de trapèzes inégaux ou incurvées en leur sommet de façon baroque. Certaines plaques de marbre dépassaient à peine du sol et semblaient prolonger le gazon comme si la présence souterraine du cercueil avait brûlé l'herbe en surface, avait minéralisé sa substance. D'autres, au contraire, s'élevaient sur des bordures hautes de plusieurs dizaines de centimètres. La mise en scène n'allait pas jusqu'à l'inscription de noms inventés sur ces stèles factices, mais des gravures avaient été dessinées sur la pierre : des croix, des vierges, des colombes, des fleurs, des paysages de rivière ou d'océan. On voyait même des tombes ornées d'une moto, d'un but de football ou d'une silhouette de pêcheur à la ligne. Chacun avait le droit à la représentation stylisée de ce qui avait fait sa vie.

Nous sommes entrés dans la boutique et une secrétaire nous a priés d'attendre un instant, disant que le directeur, en personne, allait nous recevoir. Toute la marchandise était exposée sous nos yeux. Des crucifix pendaient aux murs, plus nombreux que dans une chapelle. On offrait également à la vente de petites statues d'anges ou de christs. Mais l'essentiel des produits exposés consistait en plaques commémoratives alliant, sur une tablette de marbre, une image et une pensée pieuse. Toutes les figures du deuil avaient été prévues : mort du père, de la mère, du frère, de la sœur, du cousin, de la tante, du collègue de travail ou du camarade de régiment. On pouvait dédier aux défunts toutes sortes de maximes édifiantes : vers immortels et réflexions consolantes.

Le directeur est entré et nous a fait asseoir de l'autre côté de son large bureau. Il a demandé à sa secrétaire qu'on nous apporte du café. Nous avons tout de suite compris que la profession avait son protocole comparable à celui en vigueur chez les oncologues et les chirurgiens. L'homme ne posait pas de questions, il ne manifestait aucune curiosité, attendant que nous lui fassions les confidences nécessaires à l'établissement d'un devis. Bien que manifestant avec sobriété sa compassion, il s'abstenait de toute remarque d'un caractère psychologique. Il a juste dit que l'accomplissement convenable des funérailles revêtait une grande importance pour les familles en deuil. Je le voyais venir de loin et anticipais sans difficulté la suite de son raisonnement. En même temps, je pensais qu'il avait raison. Il n'a pas demandé les raisons de la mort de notre fille. En vue de l'inscription funéraire, il a juste pris note de son nom, de la date de sa naissance et de celle de son décès. Nous ne disions rien, car nous n'avions aucune idée de ce que nous désirions. Il s'est lancé dans un assez long discours. Il était évident qu'il en variait le contenu en fonction de ce qu'il imaginait de ses interlocuteurs. Il nous a parlé des cimetières victoriens et de la façon dont l'art funéraire de l'époque symbolisait la disparition tragique et prématurée des enfants morts. Il dessinait mentalement les contours d'un monument qu'aurait dominé une colonne de marbre brisé (traduisant, expliquait-il, l'ascension interrompue d'un être vers la vie). Ce qu'il disait était juste, intelligent, mais comme nous ne lui répondions rien et qu'il n'osait pas forcer notre silence par une question, au bout d'un quart d'heure, il s'est mis à se répéter et à surenchérir sur ses propres propositions. Le monument prenait petit à petit des allures de grandiose mausolée. En vérité, buvant notre café, nous étions contents de l'écouter car, évoquant la tombe de notre fille, nous avions presque le sentiment que c'était de Pauline qu'il nous parlait. Et, depuis plusieurs jours, personne ne nous avait plus parlé d'elle.

Nous sentions qu'il fallait malgré tout l'interrompre. Alice lui a demandé si le marbre blanc existait. Il a répondu qu'il existait bien, mais qu'il en déconseillait l'usage car il avait tendance à jaunir avec le temps. Il a ajouté que le « rose clarté » constituait la meilleure solution pour éviter de donner à la tombe un aspect trop sinistre. Pour la même raison, il était préférable de ne pas allonger sur le sol une dalle massive qui donnerait l'impression d'écraser le corps sous la terre. Dresser une stèle trop large ou trop haute produirait le même effet. J'avais en tête le souvenir des tombes en pierre taillée qu'on voit encore dans les vieux cimetières (le caractère lisse et lustré du marbre avait, à mes yeux, un épouvantable aspect, froid et hygiénique). Mais le directeur m'a tout de suite interrompu, expliquant que la pierre était bien trop friable, destinée à s'effondrer tôt ou tard, qu'on ne l'utilisait plus depuis longtemps, que le marbre seul était la matière noble supportant l'outrage des ans. Devinant mes objections, il a précisé que la patine du temps viendrait cependant embellir progressivement le monument. J'ai compris alors que nous n'aurions, en réalité, le choix de rien. Les morts s'habillaient en prêt-à-porter désormais. Dans le meilleur des cas, nous parviendrions à éviter la moto et le pêcheur à la ligne.

Le directeur n'a fait aucun autre commentaire. Il s'est mis au travail, a dressé son devis, calculant la somme des matériaux nécessaires, la dimension des lettres, la part qui devrait être versée au graveur puis aux livreurs. Il a ajouté la T.V.A., nous a montré un chiffre au bas de son addition, puis nous a annoncé qu'il nous accordait une remise. De toute façon, nous n'avions aucune notion des tarifs pratiqués. Nous voulions juste savoir quand tout serait fini. L'homme a répondu que la commande serait honorée d'ici à quelques semaines.

Nous sommes sortis en pensant à l'érection prochaine du monument. Il y aurait donc encore cet événement-là à attendre (insignifiant, modeste du moins), mais qui remplissait tout l'espace d'un avenir autrement vide et inexistant. Pauline n'avait pas encore complètement cessé d'être puisque quelque chose pouvait arriver qui, d'une certaine manière, la concernait. Ce quelque chose était le travail d'une pointe inscrivant son nom sur la pierre dans un atelier de la région, l'arrivée d'un camion devant le cimetière où elle reposait, la dépose des plaques, le ciment, l'ajustement des pièces au-dessus de la dalle, la dispersion enfin du gravier blanc.

Autre chose, cependant, continuait à donner un peu sens à la succession des jours. Chaque matin, nous passions retirer notre courrier adressé en poste restante. Nous nous penchions au-dessus du guichet pour compter, avec l'employé, les enveloppes. Puis très vite, nous nous installions dans un coin et commencions à lire. Seules les lettres de condoléances nous intéressaient. Le reste filait droit à la corbeille.

Au lendemain de la mort de Pauline, j'avais composé le faire-part de décès et en avais dicté le texte par téléphone. Nous nous en étions remis aux formules toutes faites. Procéder au choix d'une citation, d'une pensée, d'une image nous semblait déplacé. Nous avions le sentiment qu'ajouter quoi que ce soit à la pure matérialité des faits aurait relevé d'un mauvais goût assez déplaisant. Elle était morte, et voilà, qu'y avait-il d'autre à dire ? J'ai juste tenu à ce que soit ajouté au mot « douleur » l'adjectif « extrême ». Cela ne me semblait pas excessif. Quant à la cause du décès, j'ai corrigé l'euphémisme ordinaire. Le cancer était une affection « cruelle » mais, dans le cas de notre fille, la « maladie » n'avait rien eu de « long ». Au contraire, nous ne cessions pas de nous étonner de sa brièveté d'éclair. Tout s'était passé si vite. Notre conscience peinait à prendre la mesure si soudaine de cet événement. Sur le carton blanc, le prénom et les deux dates, à vrai dire, suffisaient.

Nous n'avions pas su décider à qui ce message s'adresserait. Avertir la terre entière : exhibitionnisme douteux. Pas d'annonce dans un quotidien. Et pourtant, dans les journaux, pendant deux semaines, j'ai lu chaque jour le « carnet », m'étonnant de ce qu'aucune nouvelle de la mort de Pauline n'y paraisse. Comment un événement si considérable pouvait-il ainsi passer silencieusement ? Il y eut dans les colonnes un autre faire-part qui, étrangement, se substituait au précédent. Un couple (de lointains amis d'Alice) annonçait la naissance de sa fille. La roue des jours tournait. Mais elle faisait entendre un bruit d'engrenage un peu sordide et misérable (minablement narcissique). Tout était bien puisque la somme des enfants vivant en France restait constante. Les uns remplaçaient les autres, et c'était tout, quoi de plus naturel ! La joie équilibrait la tristesse comme le berceau (pensent-ils) efface le cimetière.

Le petit carton blanc marqué d'une croix noire, nous n'avions pas su à qui il était convenable de le faire parvenir. Ceux à qui importait le plus la mort de Pauline en avaient déjà été informés. Nos relations ? Mais justement, depuis longtemps, nous ne nous sentions plus liés à quiconque. Une maille avait sauté, et le grand filet illusoire d'affections et d'attentions (par où chacun se sent exister parmi les autres) s'était défait autour de nous. Se rappeler au souvenir de ceux avec qui nous avions doucement rompu était trop absurde. Nous ne pouvions pas, cependant, ne rien dire. Dans la précipitation, nous avions dressé une liste d'une vingtaine de noms sur laquelle figuraient ceux qui, au cours des derniers mois, n'avaient pas eu peur de nous demander des nouvelles de Pauline. Leurs lettres arrivaient maintenant. Elles disaient toutes (c'était vrai) que, devant un tel événement, il n'y avait rien qu'il soit possible de dire. Et cette monotonie ne nous lassait pas. Nous nous plaisions à la répétition de ces phrases identiques. Nous souhaitions que chacun s'avoue désarmé devant ce qui nous accablait. D'une certaine façon, nous éprouvions même de la reconnaissance envers ceux qui nous donnaient, par leurs maladresses, l'occasion de nous mettre en colère. Ainsi : « Comme elle a dû souffrir ! » (Merci de nous le rappeler...) Ou bien : « Comme sa petite existence a été malheureuse ! » (Qu'en savez-vous ? Moins sombre, certainement, que votre longue vie inutile...) Et encore : « Mais la vie continue ! » (La seule question est : pour qui ?)

Nous ne voulions pas de paroles de consolation. Nous voulions que chacun prenne acte du scandale sans réserve que constituait la mort de Pauline. Seul, l'aveu nu de ce scandale nous contentait un peu. Nous lisions avec avidité tout ce que l'on nous écrivait d'elle. Tous les mots lui étaient dus, et les manifestations les plus hyperboliques de l'amour ou de l'admiration nous semblaient naturelles. Nous tenions à ce que chacun reconnaisse, noir sur blanc, à quel point elle avait été une enfant exceptionnelle, admirable de beauté vraie, d'intelligence, de courage, de gentillesse. Même à ceux qui l'avaient à peine connue, nous savions gré d'imaginer Pauline selon le désir qu'aisément ils devinaient en nous. Parfois, ils rappelaient dans leur lettre un souvenir qu'ils avaient conservé parce qu'il était le seul, dans leur mémoire, associé à elle. Mais, cela, nous l'avions, quant à nous, oublié et nous étions étonnés de ce petit détail par où le passé de Pauline redevenait tout à coup vivant, mobile, imprévu.

Mais les lettres dont nous attendions le plus étaient celles que nous adressaient ceux qui avaient côtoyé Pauline du temps de sa maladie. Le message décisif (celui qui nous a détruits et peut-être sauvés à la fois) est arrivé assez vite. La lettre avait été postée depuis un hôtel de Bruxelles. Elle provenait du chirurgien qui avait opéré Pauline. Ce n'était pas une lettre de condoléances. Elle ne contenait aucune des formules habituelles par lesquelles les médecins tentent de justifier leur incapacité à guérir, rationalisant l'impensable, disant que tout ce qui pouvait être humainement fait l'avait été. Cela, nous le savions bien. Cette lettre s'ouvrait au chagrin infini de la perte. Étrangement, elle s'excusait de le faire. Elle prenait acte de l'atroce détresse, de la souffrance si vaine par quoi tout s'était achevé. Les phrases étaient toutes justes. Elles ne cherchaient à taire rien du désastre, n'offraient aucun réconfort. Elles émettaient juste le souhait que l'horrible souvenir se transforme en une image qui, en nous, fût fidèle à la grâce de notre fille. Le chirurgien disait, dans sa lettre, que le sourire de Pauline avait été le plus charmant qu'il ait jamais rencontré, que ce sourire avait changé sa vie. Il nous demandait pardon de cet aveu. Et les mots étaient forts d'un sens si étonnant que la lecture nous dévastait. Rien ne le forçait à de telles paroles. Au contraire, pour cela, il lui fallait forcer tous les usages de sa profession : ne pas tenir la mort à distance, ne pas abandonner dans l'inévitable oubli celle qu'il avait été impossible de sauver, ne pas tourner la page, refermer le dossier, se dire que, de toute façon, tout était joué. Le courage de faire face à la vérité, nous y avions été forcés par le sort, mais ils étaient si peu nombreux, somme toute, ceux qui avaient accepté vraiment que cette expérience soit en partie la leur, ceux qui avaient choisi de ne pas abandonner Pauline quand il aurait été si facile de se dérober pour ne rien connaître de l'intolérable à quoi nous étions voués. Cela n'avait rien à voir avec ce que les magazines nomment « l'accompagnement des mourants » : la pitié charognarde, la compassion illuminée, l'euphémisation du cadavre, la dilution du tragique dans le sucre amer des fausses bonnes paroles. Le tragique était là. Rien ne pouvait en atténuer le poids de glace sur les vertèbres. Pauline n'aurait eu que faire des promesses mensongères de paix que psalmodient ceux qu'euphorise, chez les autres, le frisson de l'agonie. Mais dans la folie de la fin (que nous n'avions pas quittée), nous avions besoin d'une parole autre que la nôtre et qui dise : rien ne peut donner sens à la mort de cette enfant, d'une parole qui nous renvoie en miroir l'image intacte de cette conclusion impossible. Depuis le début, les médecins avaient été nos interlocuteurs, et nous recevions comme une chance le fait que le dernier d'entre eux ait, dans l'agonie de Pauline, fait un pas de plus que tous les autres. Son geste, nous l'interprétions ainsi. Il disait (et nous le croyions) : tout le possible a été dépensé pour elle, et au-delà, il reste simplement l'immense désolation de sa perte, par quoi tout vacille en moi et se défait. Cette douleur est juste. Elle est, pour vous, sans rémission. Cette lettre était pour nous un signe par où éclatait l'amour que Pauline savait susciter de tous autour d'elle. Pour ce signe imprévu, nous éprouvions tout à coup une infinie reconnaissance.

Alice lisait et relisait cette lettre qui fut la seule à laquelle elle ait voulu répondre. Mais nous continuions à guetter toutes les autres. Nous nous étonnions de notre propre désir quand nous pensions que tout, en nous, était éteint. Dans la journée, il y avait le moment du courrier. Chaque enveloppe contenait un message (précieux ou dérisoire) dont nous interrogions le sens. En réalité, nous attendions des nouvelles de Pauline. Toutes les lettres nous parlaient d'elle. Elles faisaient vivre en nous la fiction de sa survie. Quelque chose se passait encore. L'avenir n'était pas clos puisqu'on y découvrait quelque chose d'elle. Le passé lui-même se transformait au hasard des souvenirs. C'était Pauline, finalement, qui nous écrivait. Elle déguisait son identité sous des noms d'emprunt. Elle maquillait son écriture. La mort l'obligeait à ce masque. Pourtant, elle nous parlait d'elle en d'autres voix. Parce que nous le savions, nous ouvrions le courrier avec angoisse et fébrilité, espérant une révélation qui ne venait pas.

Et puis, aucune lettre n'est plus arrivée. Nous avons attendu quelques jours. Nous retournions sur la tombe, mais toutes les fleurs étaient désormais fanées. Devant les dalles vides, nous ne trouvions plus de gestes. Nous étions gauches et désœuvrés. Nous retournions vers l'hôtel, et Alice a dit alors qu'elle en avait assez. Je n'osais pas lui demander de quoi elle était fatiguée. Il fallait que nous trouvions un endroit où nous arrêter et prendre le temps de penser. Depuis la poste centrale, une après-midi, elle a passé quelques coups de téléphone : un meublé était disponible dans la région ; une agence de location pouvait nous le céder immédiatement contre versement de la caution. Les formalités à accomplir étaient brèves. Si nous le souhaitions, nous pourrions emménager dès le lendemain.

Le logement se situait au milieu de nulle part, en pleine campagne, au sortir d'un village dont nous n'avions jamais entendu le nom : une église, trois commerces, des prés et des champs. Deux appartements avaient été aménagés dans les anciennes dépendances du château (au loin, on en voyait les façades, derrière les grilles, couvertes de lierre). Depuis la route, le bâtiment lui-même était masqué par un mur épais. Il fallait prendre à droite sous un porche et l'on débouchait dans une cour pavée. En son centre, il y avait un vieux puits condamné autour duquel s'enroulaient des rosiers blancs en fleur. De vastes granges, d'anciennes écuries encadraient le logis et servaient de débarras. D'incompréhensibles engins agricoles avaient été abandonnés là et rouillaient dans l'herbe ou la paille. Leur forme ne disait plus rien de ce qu'avait pu être, autrefois, leur usage. Ils étaient tachés de fiente et de poussière. Si l'on voulait pénétrer sous l'une de ces charpentes trouées, poussant une porte, on s'apercevait que les gonds avaient fini par céder sous le poids du bois gonflé de pluie.

Les appartements avaient été récemment refaits. Dans la coque vétuste de ce domaine de campagne, ils présentaient toutes les garanties du confort moderne. Habitués aux standards parisiens, la surface disponible nous semblait excessive. Outre un grand living-room, il y avait deux pièces, et Alice m'a dit qu'il faudrait que je fasse tout de suite de la petite un bureau pour que nous ne puissions pas penser qu'il s'agisse de la chambre de Pauline. De l'autre côté de la cuisine s'ouvrait un jardin abandonné, bordé sur sa gauche par un petit muret. L'herbe était très haute et montait à la hauteur des genoux. Le lilas fleurissait et sur ses branches mûrissaient de lourdes grappes blanches. Nous nous sommes installés.

Avril avait été un mois torride. De jour en jour, la lumière ne connaissait pas d'éclipse. De sa clarté prématurée, le soleil brûlait tout. L'été avait avalé en lui le printemps. Avec mai, tout s'est mis à changer. L'azur a laissé d'un coup s'effacer toutes ses couleurs. Les grands nuages qui, soufflés par l'océan, passent au-dessus de l'ouest se sont laissé prendre dans l'épaisseur opaque d'un ciel bas. Dans l'air, quelque chose interceptait toute lumière. La pluie a commencé à tomber. Ce n'était ni l'averse ni l'orage, mais le travail régulier de l'eau assaillant la terre, sans lassitude ni défaillance, du matin jusqu'au soir. Le vent soufflait si fort qu'une nuit la clôture fut emportée. La cour tournait au bourbier. De longues rigoles ouvraient des lignes entre les pavés. Chargée de terre, l'eau fuyait vers le fossé. L'herbe avait été inégalement couchée par les rafales les plus fortes. Les derniers lilas pendaient aux branches, éclatés par le martèlement des gouttes. Dans la maison, sur les murs et les plafonds, de vastes taches d'humidité s'élargissaient sur le papier peint. Un froid d'hiver s'était installé dans les pièces. Nous regardions par la fenêtre le paysage devenir le théâtre d'un grand mélodrame mouillé.

Je savais ce qu'Alice avait en tête. De notre valise, elle a sorti un sac en plastique (avec dessus la croix verte des pharmacies) dont elle a renversé le contenu sur le lit. Elle s'est mise à compter devant moi : Skenan, Rivotril, Rohypnol et Laroxyl, etc. Elle a dit : « Pour nous deux, cela devrait suffire... » Elle m'a regardé et elle a ajouté : « Tu avais promis,

Félix... Tu avais promis... » Les petites boîtes de carton éparpillaient sur le drap leurs formes étroites et leurs couleurs vives. Depuis le début, Alice n'avait cessé d'amasser ce petit capital, faisant systématiquement renouveler les ordonnances d'antalgiques et d'antidépresseurs. Outre les ordonnances destinées à Pauline (de plus en plus lourdes à mesure que la maladie avançait), elle allait de médecin en médecin, se plaignait de ne plus en pouvoir si on ne l'aidait pas. Elle demandait du Gardénal (sachant qu'on le lui refuserait) et obtenait, en échange, des prescriptions assez puissantes pour être fatales. Depuis des mois, elle calculait dans le plus grand calme. Cela faisait maintenant entre nous comme un trésor de gélules et de cachets, une arme d'une invisible puissance dont nous ne connaissions qu'à peu près le maniement.

Il était difficile de deviner l'heure tant la pluie effaçait dans le ciel toute clarté, donnant l'impression que le temps se noyait dans une eau morte et dormante. Une après-midi grise, c'était tout ce qu'on pouvait en dire : les couleurs de la campagne fonçant sous le battement violent des rafales heurtant le toit, ruisselant sur la pierre ; l'obscurité lente effaçant l'espace, gommant les volumes, les angles et les courbes ; et depuis le jardin, par la porte laissée ouverte, l'odeur de terre soufflée par le vent. Sur le lit, Alice avait fini de compter. Elle a répété : « Tu avais promis. » Je n'ai rien répondu. Je me taisais. J'aurais voulu qu'on me laisse tout simplement dormir et ne plus avoir jamais à parler, à me justifier. J'aurais souhaité être déjà mort pour ne pas avoir à me tuer. J'avais promis, c'était vrai. J'avais même fait des centaines de promesses. Une nuit, il y a longtemps, j'avais promis à Alice, secouée par un incompréhensible chagrin, que rien, jamais, ne nous arriverait. J'avais promis à Pauline qu'il lui suffirait d'être patiente et qu'elle guérirait : on ôterait le cathéter et puis ses cheveux se mettraient à repousser. Et une fois réalisé le scanner thoracique, il avait fallu chercher dans sa poitrine un autre endroit où laisser plonger le long tuyau de plastique par où les drogues investiraient son sang. Les cheveux ras qu'elle regardait couvrir son crâne étaient tombés à nouveau, laissant la tête plus pâle et plus lisse que jamais. J'avais promis à Pauline que tout serait fini désormais, que nous allions partir vers la neige, que nous lui apprendrions à glisser dans le blanc avec nous, entre les sapins et les pics, parmi cette splendeur libre et oublieuse de tout. Et puis, il avait fallu reprendre le chemin de l'Institut. Je lui avais promis les vacances et l'école, le retour ordinaire vers la vie. Les soirs de douleur et d'abattement, je lui avais raconté l'avenir merveilleux et banal d'exister ensemble. Je lui avais promis encore, deux jours avant sa mort, que cette fois elle ne retournerait pas en salle de réanimation, qu'une toute petite opération l'attendait seulement, que bientôt son lit remonterait du bloc, que nous serions là à l'accueillir dans sa chambre et qu'ensuite nous nous en irions très loin. J'avais promis que nous ne l'abandonnerions jamais et, près d'elle dans son agonie, nous n'avions rien pu, sinon la laisser au travail solitaire de la mort en elle. J'avais menti si souvent. Sincèrement, de bonne foi, sans doute, mais cela ne changeait rien. J'étais imbécilement fier de pouvoir dire à Pauline toute la vérité. Mais la vérité, en fait, je ne la connaissais pas, je ne pressentais même rien de son horreur préparée. Le plus poignant, le plus insupportable : Pauline me croyait. Aucun des démentis du réel — avec leur incroyable effet de séisme dans sa vie — n'altérait sa confiance tendre. En croyant lui dire la vérité, je mentais. Et elle, peut-être mentait-elle également lorsque, par gentillesse, elle affectait d'accepter comme une vérité le mensonge que je lui murmurais. Oui, j'avais promis. Et j'avais été des milliers de fois parjure. Il ne restait rien de ma parole. La honte stupéfiante de tous ces serments m'accablait simplement.

« Tu avais promis », disait Alice. Je ne répondais rien. Je ne comprenais pas l'objet de tous ces médicaments étalés sur le lit. Il me semblait qu'une arme dans mes mains aurait eu plus de sens (le poids froid du métal et du bois sous les doigts), mais je soupçonnais qu'il ne s'agissait là que d'une autre fantaisie romantique (le tranchant du feu, le déchirement des chairs, le craquement des os, l'arrêt des organes, l'instantanéité abstraite de tout cela). Alice n'exigeait pas vraiment. Elle demandait plutôt. Elle souhaitait être morte. Elle désirait que je la tue. Mais je ne savais pas davantage tuer qu'elle ne savait mourir. Quelque chose nous manquait. Le présent avait l'apparence pétrifiée d'une serrure dans laquelle aucune clé n'aurait pu tourner. Notre ignorance était radicale, non pas des doses nécessaires, des symptômes prévisibles, de la longueur attendue de l'agonie, du risque de la souffrance (encore que, tous ces détails, nous les discutions ensemble). Le quelque chose qui nous manquait était plus essentiel, et nous ne pouvions pas même expliquer en quoi il consistait. La collection des cachets répandus sur le blanc du lit était à portée de main et pourtant extraordinairement distante. Nos doigts ne connaissaient rien des gestes qu'il aurait fallu faire.

Je restais silencieux. Je connaissais toutes les raisons de se tuer et toutes celles de ne pas le faire, mais elles me semblaient identiquement sans objet. J'avais l'impression de ne plus pouvoir penser, que toute ma conscience s'était diluée dans la fadeur d'un langage gris. Tous les arguments défilaient, mornes dans ma tête, mais il n'était plus possible d'accorder foi à aucun. L'abattement était tel qu'il effaçait tout désir et nous protégeait même de l'effort indispensable pour le faire cesser en s'anéantissant avec lui.

Il y avait ce rêve, bien sûr : les deux corps allongés dans le lit, l'oubli sans reste, la glissade douce vers le néant, les paupières faisant tomber sur les yeux leur rideau de rien, et sous les draps l'intimité splendide (à jamais retrouvée) des chairs intègres et enlacées. Il y avait ce rêve fascinant, violent et érotique, cruel et consolant, impossible à ne pas rêver : l'union létale des deux corps abandonnés, laissant leurs nudités se mélanger infiniment, se fondant en une seule chair indifférente, et celle-ci devenant la matrice mystérieuse où se préparerait sans raison la naissance nouvelle de l'enfant disparue. Mais, à ce rêve, nous ne parvenions pas tout à fait à croire. Peut-être en avions-nous déjà appris trop sur la mort pour la confondre avec tous ces songes mièvres. De nos yeux, nous avions vu mourir notre fille, et son agonie n'avait pas ressemblé un instant à l'endormissement calme, à l'épanouissement serein de la conscience dans l'apaisante chaleur du rien. La mort n'était pas le sommeil. On n'y retrouvait rien de ce que l'on avait été. L'épuisant travail du corps se libérant ensemble de la souffrance et de la vie se suffisait sauvagement à lui-même. Il n'y avait aucune douceur à attendre du lit de l'agonie. Ceux qui ne savaient pas pouvaient rêver d'extase, s'imaginer passant dans l'eau calme et maternelle du néant pour s'y dissoudre à jamais. Ils pouvaient croire que la mort leur ouvrirait la douceur de ses bras, leur donnant un baiser par où toute leur vie vraie leur serait rendue. Ils pouvaient espérer cette revanche prise sur les autres. Mais nous avions cessé de croire à la présence de quiconque autour de nous, et l'émotion qu'aurait fait naître notre double disparition nous indifférait. Il y avait sans doute cet espoir (irrationnel, incontrôlable) d'être réunis dans l'oubli. Mais la vérité que nous devions à Pauline nous disait que la mort ajouterait l'horreur à l'horreur, que tout le reste n'était que fantaisies narcissiques par où rien ne nous serait restitué de l'amour perdu de notre fille. Et, bêtement, je pensais que nous tuer n'aurait d'autre résultat que de faire cesser cette vérité par où quelque chose de Pauline existait encore, fidèle à ce qu'elle avait été dans sa calme, souriante et lucide aventure contre la mort.

Il n'y aurait eu ni salut ni beauté dans la mort acceptée. Nous nous serions endormis très vite, le crâne pris dans l'étau médicamenteux, basculant dans l'arrière très lointain d'un sommeil faux où rien ne nous serait resté. L'organisme, peut-être, n'aurait rien rejeté du fardeau excessif des drogues (sinon : les vomissements, le soulèvement du ventre et de la poitrine, l'humiliation de se cracher soi-même de nouveau vers la vie, la coulée brûlante remontant dans la gorge, inondant la bouche, échappant à la cage crispée des mâchoires). Et puis (longtemps après) dans l'obscurité prolongée de cette nuit, les spasmes, la mort faisant son chemin, réclamant son dû, la perception étouffée de l'agonie de l'autre, à côté, le tremblement des membres, l'insurrection de la chair jetée dans la verticalité du vide, la sueur, les vagues gémissements, enfin la capitulation violente de soi, malgré soi. Quelques semaines auraient passé. Alertés par les propriétaires ou les voisins, les gendarmes auraient forcé la porte, fait sauter les volets. S'échappant de la chambre, la violente bouffée putride leur aurait en un instant tout appris de ce qui s'était passé. À contrecœur, ils auraient constaté la décomposition des deux corps (gonflés, oblitérés de bleu) débordant de l'enveloppe béante des draps souillés. Et puis, pour les autres, la corvée du rituel répété. Je ne parvenais pas à croire que la mort nous réunirait tous les trois. Je ne disais rien. Je retournais dans ma tête ces pensées. Et je n'oubliais à aucun instant qu'elles n'étaient peut-être que les sophismes de ma lâcheté.

La pluie ne cessait plus. Autour de nous, le monde offrait les apparences d'un paysage noyé sous l'océan gris pâle des nuages. Le vent ne parvenait pas à pousser plus loin toute cette masse glauque. Tout juste creusait-il en elle des poches passagères dont le bleu incertain se trouvait presque aussitôt recouvert. On ne percevait rien du relief des couches nébuleuses, toutes confondues dans une même profondeur épaisse, couche pesant très bas sur le sol au point d'envelopper les toitures, les poteaux, les cimes. La terre rendait toute l'eau dont elle s'était gorgée. Chaque bouche de ciment ouverte dans la chaussée disparaissait dans une flaque sale impuissante à s'écouler et où les gouttes venaient crépiter. Certains des prés environnants étaient inondés dans leurs parties les plus basses. Les clôtures tendaient dans le vide leurs rangées de fil de fer barbelé et, de loin en loin, un arbre pataugeait dans le cloaque d'une herbe détrempée. Seule restait incroyablement vivante l'odeur née de ce carnage, montant des mares minuscules où se mêlait à la boue la substance défaite des fleurs, des feuilles et de tous les végétaux brutalement surpris dans le moment de leur épanouissement.

Le froid et l'humidité avaient saisi la maison. Nous ne quittions plus guère le lit où Alice dormait d'un sommeil continuel sans souci de l'heure, du jour ou de la nuit. Les yeux ouverts, nous rêvions un rêve vide et perpétuel. Aucun souvenir n'en forçait jamais l'enveloppe terne. Sur le plafond, sur les murs, s'étaient formées des taches qui, gagnant en largeur, finissaient par se rejoindre. Des pans de papier se détachaient aux coins des couloirs. Des cloques gonflaient sous le vernis lisse des peintures. Nous lisions aux murs toutes ces marques humides se développant pour rien, assemblant comme sur une longue carte dépliée leurs apparences de continents, d'archipels, de reliefs.

Dans ce vide et ce silence, je me suis mis à écrire. Je me suis installé dans la petite pièce ouvrant sur le jardin (et qui n'était pas la chambre de Pauline). Je suis resté longtemps sans rien faire devant la planche de bois qui servait de bureau. Je continuais à écouter la pluie, à observer les traces qu'elle creusait dans la terre. Les mots n'avaient jamais cessé de tourner dans ma tête, mais leur cadence était devenue très lente depuis la mort de Pauline. Je pouvais toujours me parler à moi-même. Pourtant ce que je disais ne résonnait plus qu'imparfaitement en moi. L'écho m'en était ôté. Ma propre histoire se tenait devant moi (dans sa totalité visible), mais j'étais trop fatigué pour faire un pas en sa direction. J'aurais pu rester à jamais dans cette lassitude, sous le métal de ce langage immobile.

Je crois que c'est la curiosité qui m'a poussé de nouveau vers les mots. Je continuais à ne pas croire que l'écriture (fondamentalement) puisse sauver (dans le réel) qui que ce soit de quoi que ce soit. La perte de Pauline m'avait conforté dans cette conviction. (Je veux dire que, l'aurais-je jamais eue, et sauf à chercher un pitoyable refuge dans l'illusion, cette conviction se serait misérablement écroulée devant la vérité nue de ce que nous avions vécu.) Mais une curiosité me restait. Je me disais que si je ne me racontais pas à moi-même notre histoire, jamais je n'en comprendrais le sens. Je laisserais du coup se perdre sans retour ce secret. Il fallait laisser ce secret être : non pas le lever, mais le laisser être. Je ne concevais que très imparfaitement la signification de ce projet. J'éprouvais plutôt comme la certitude d'une inconcevable et nécessaire énigme. Et cette énigme ne se conserverait comme telle que dans la mesure même où le mot de la fin y serait toujours refusé. Pourtant, ce refus même exigeait la contribution active du langage (sa dépense lumineuse et mobile). Et il était la condition paradoxale de toute vérité.

À faire jouer dans mon esprit ces raisonnements faux, je sentais les mots se mettre en mouvement, lancer un invisible balancier par où le langage tout entier commençait à fonctionner de lui-même. J'écrivais une première phrase que je ne comprenais pas. J'en écrivais une deuxième qui n'éclaircissait rien (ajoutait plutôt à l'obscurité de la précédente). Mais le paragraphe achevé, l'enchaînement des phrases prenait sens à sa façon. Le texte obtenu composait comme un secret miniature appelant à sa suite (dans la série ouverte) d'autres secrets identiques. Et cette somme de petites charades insolubles (dialogues, descriptions, paysages) faisait exister sur la page quelque chose qui, à mes yeux, avait partie liée avec la vérité. Au reste, je ne prêtais pas à l'expérience un caractère merveilleux. J'étais seulement heureux de pouvoir suivre ainsi le fil des mots dans un labyrinthe qui m'apparaissait d'autant plus radieux qu'aucune issue n'y était pensable.

Mais ma curiosité comportait aussi un tour plus puéril dont je ne reniais rien. J'étais comme un enfant obstiné qui désire savoir la suite de l'histoire. Je voulais que notre fille connaisse de nouvelles aventures, quitte à me les raconter à moi-même (puisque rien ne me parlait plus d'elle). Le texte, avançant, suscitait devant lui sa continuelle série de secrets. Mais ces secrets n'étaient en rien de pures bulles de lettres indifférentes à ce qui avait été. Au contraire, et même si l'écriture ne restituait rien (aucun livre ne remplace un corps), chaque page acquérait précisément sa dimension d'énigme par la somme en elle des sensations chiffrées (tel paysage, tel visage, tel instant). Les mots mentaient. Mais, ce faisant, ils arrachaient le passé à son immobilité morte, en mettaient à nouveau en jeu les moments. Rien ne s'arrêtait. Je voyais tourner sur lui-même ce mouvement perpétuel. Le temps se courbait. La boucle qu'il formait pouvait être sans cesse parcourue. Pas davantage que le précédent, je ne m'exagérais ce prodige. La pluie tombait. J'étais désespéré. Je ne savais pas mourir. Comme un enfant débile, je me divertissais de mots. Je jouais.

Les premières pages du roman dormaient depuis quelque temps dans un cahier. Je les avais écrites au cours des semaines qui précédèrent la fin : dans le train ou le soir dans ma chambre d'hôtel (après le coup de téléphone, quand Alice me donnait des nouvelles, toujours plus sombres, de Pauline). Le cahier bleu d'écolier ne contenait pas plus d'une dizaine de paragraphes extraordinairement raturés. Je reprenais chaque phrase. Les pages se surchargeaient de notes et d'ajouts étoilant le texte, l'éventrant, l'ouvrant dans toutes les directions à la fois. Je ne voulais pas savoir, alors, où les mots me menaient. Je ne pouvais pas aller plus loin que ces premières pages. Une frontière invisible était tracée que le livre ne devait pas franchir. Une superstition dont j'avais conscience me retenait d'écrire davantage. Je me disais que le travail du récit serait celui de la mort. Il ne pouvait y avoir de récit que menant à la mort. Ou, plus exactement : transformer en récit ce que nous vivions revenait à reconnaître dans notre vie l'œuvre de la mort habitant le temps. Si elle était écrite (et quand bien même la fin en serait réservée), l'histoire se transformerait inéluctablement en un éboulis vertigineux le long duquel nous dévalerions. Tout s'y mettrait à suivre un cours propre qui n'était pas celui, hasardeux, réversible, immotivé, de la vie, mais le développement calculable d'un texte où chaque scène (chaque secret) porte en elle la promesse de la fin.

Cela, je peux tenter de l'expliquer en disant : le récit contenait (comme sa condition d'existence) le savoir de la mort. Or je ne voulais pas savoir. Je préférais l'ignorance au savoir, pensant que l'ignorance me protégerait. Banalement : j'avais peur de ce que me révéleraient les chapitres à venir si je les écrivais. Tout en la connaissant, je ne voulais pas de cette révélation. Et je pensais en conséquence que ne pas laisser s'écrire le roman que tout préparait (vers lequel tout me portait) permettrait de différer cette révélation, voire d'en annuler le moment. Quand Pauline vivait encore, je marchandais avec le néant. Je disais : si elle guérit, tout cela n'aura plus d'objet. Cela aura été comme un mauvais rêve que nous oublierons, dont rien ne conservera la trace. Et encore : il y a soit le livre, soit la vie. Donc : si elle survit, je n'écrirai pas le livre. Ce qui, mystérieusement, signifiait aussi : si je n'écris pas le livre, elle survivra.

Je n'avais pas écrit et elle était morte pourtant. La perte de Pauline ôtait toute raison d'être à mon superstitieux refus de faire de sa vie un récit. Mais c'est à une autre superstition tout aussi vaine que je devais prendre garde désormais de ne pas céder. Lorsque Pauline était vivante, je pensais que réciter sa vie préparait sa mort (et, en ce sens, écrire, c'était la tuer). Mais maintenant qu'elle était morte, il n'était que trop facile d'imaginer l'absurdité inverse : écrire la ramènerait vers la vie.

Je me disais : le roman est une mise à mort. Ce qui est vivant, il le détruit : soi-même, les autres, le monde à l'entour. Il dévaste tout, vous abandonne dans la plus radicale solitude. En conséquence doit exister également un chemin à l'envers par lequel la mort se niera elle-même. Il y avait cet autre rêve, qui ne valait pas mieux que le précédent et ne présentait que le discutable avantage de nous laisser vivants. Écrire pouvait passer aussi pour une sorte de suicide par où nous serions tous les trois réunis. Quelque part, nos doubles de papier continueraient à exister ensemble. Ce quelque part avait les apparences d'un autre tombeau où nous nous coucherions. Ce nouveau rêve n'était pas moins troublant, moins érotique, moins cruel. Je pensais pouvoir passer dans une grande hallucination de mots. Ce que le suicide faisait des corps, un livre le ferait peut-être des voix. Au mélange des chairs dans le lit répondait un autre mirage, celui des voix se mettant à résonner ensemble (se confondre, se répondre, s'appeler), passant étrangement dans leur propre perpétuel écho. Le blanc de la page n'était pas le lieu d'un saccage moins écœurant que celui des draps. Il fallait cette annulation dernière de tout ce qui avait été pour que, du désastre, puisse naître quelque chose par quoi notre fille nous reviendrait.

Le désir d'y entendre Pauline donnait à ce rêve sa force presque irrésistible d'attraction. Mais, en même temps, si, dans ce rêve, Pauline prenait la parole, c'était pour dire : « Ce n'est pas moi, tu sais, qui parle... Une autre que moi parle à ma place... Une autre que tu fais semblant de prendre pour moi... Dans ce rêve que tu rêves, je ne suis pas présente plus qu'ailleurs... Je ne suis pas là... Ce n'est pas ma voix que tu entends lorsque tu écris... Ta voix à toi seulement... C'est un jeu, rien qu'un jeu, tu comprends... Un jeu que je ne suis même plus là pour jouer avec toi... » Je l'entendais me parler ainsi dans l'hallucination à laquelle je travaillais. Alors même que je les inventais, je lui devais ces mots. Ils me protégeaient de toute la folie facile de l'oubli. Ils m'abritaient de la fiction honteuse de croire qu'écrire puisse adoucir quoi que ce soit de l'horreur passée.

Car je n'oubliais pas la pitoyable fausseté de tous ces espoirs. Je savais que Pauline ne nous serait jamais rendue. Je méprisais ceux qui troquent contre quelques pages imprimées le cadavre de ceux qu'ils ont aimés et qui, sans se l'avouer, estiment avoir fait une bonne affaire. Mais, là encore, ces raisonnements mensongers tournaient dans ma tête et suscitaient le désir de nouveaux mots. J'avais le sentiment d'être pris dans un incessant tournis. Tout ce que charriait ce vertige me mettait en colère contre le monde et contre moi-même. La curiosité l'emportait d'un langage (maladroit, misérable, pathétique) par quoi tout continuerait.

Il avait fallu que la pluie cesse. Un second printemps commençait. La maison restait encore froide et humide, mais il suffisait de pousser la porte, d'ouvrir les fenêtres pour pénétrer dans la splendeur tiède et calme du jardin. Il rayonnait maintenant de toute l'énergie accumulée au long des jours de mauvais temps. L'herbe donnait l'impression d'avoir immensément poussé avec, sur le bord du muret, les ronces, les orties. La couche nébuleuse effaçant le soleil s'était défaite et, dans l'azur, on voyait filer les magnifiques nuages de l'ouest, avec leurs formes pleines et vigoureuses croisant bien au-dessus des haies. Au matin, je m'installais devant mon ordinateur et je voyais s'épanouir devant moi le bleu de l'écran qui répétait celui de la lucarne creusée dans le mur à ma gauche. L'engin ronronnait doucement dans la pièce étroite. Parfois, je quittais le bureau pour fumer une cigarette (tantôt sur les pavés de la cour, tantôt dans l'herbe du jardin, selon l'heure et selon la lumière). Je renversais mon visage au soleil. Je restais ainsi une heure ou deux, laissant lentement les mots se reconstituer dans ma tête. Puis j'écrivais de nouveau. La journée se passait ainsi. En fin d'après-midi, je commençais à boire, et l'alcool me portait sans effort vers le soir. Je me versais un premier verre. Le whisky faisait gonfler ma langue et réveillait ma gorge. Son parfum se mêlait à l'odeur du tabac. Quelque chose de tout à fait perceptible se déroulait dans mon cerveau. J'avais l'impression de pénétrer dans une autre durée. Tout y recommençait sans que rien de ce qui précède soit pourtant effacé. J'écrivais plus vite encore. Le bleu de l'écran gagnait en clarté dans l'épaississement du soir. Isolée au bord du village, la maison se trouvait vite engloutie dans l'obscurité. La fraîcheur noire et calme de la nuit commençait. Attirés par la lumière, des coléoptères par dizaines pénétraient dans la chambre. Leur nombre croissait. Ils recouvraient bientôt toute la surface blanche du plafond sur laquelle leurs longues pattes fines multipliaient des dessins d'étoiles mutiques et mobiles. Quelques insectes se mettaient à tourner autour du feu fixe des lampes ou encore se collaient à l'écran. Lorsque cette présence devenait insupportable, il fallait tout éteindre et allumer ailleurs une lampe. Quelques minutes suffisaient pour que s'opère d'elle-même une grande diversion attirant dans la pièce voisine le vol des coléoptères. Au matin, on en retrouvait les cadavres très légers souillant le dallage.

Alice lisait à son tour. Chaque soir, elle emmenait les feuillets dans la chambre tandis que j'écrivais encore. Elle racontait que la nuit, désormais, elle rêvait le livre. Il y avait des phrases qui restaient dans sa mémoire et autour desquelles s'effectuait le travail chaotique du sommeil. Quelques mots résonnaient et devenaient le support d'un songe qui parfois était sans rapport apparent avec eux. Mais elle avait la certitude que la raison même des images (passant l'une dans l'autre, se surchargeant, s'effaçant) était celle des mots qu'elle venait de lire. Par elle, les phrases que j'avais laissées inachevées continuaient à s'écrire. Moi, je ne rêvais pas. Mais j'avais depuis longtemps le désir d'un livre qui naîtrait ainsi de la pure conversion nocturne du monde : dans le sommeil, les mots se faisaient images puis, au matin, les images redevenaient mots. Le secret que je cherchais s'engendrait de lui-même dans ce passage perpétuel (du jour à la nuit) par où la clarté s'ajoutait à la clarté, l'obscurité à l'obscurité. Alice disait qu'elle dormait à l'intérieur du roman. La nuit, elle le rêvait. Le jour, je l'écrivais. Et j'en venais à penser que l'aisance avec laquelle j'avançais ne pouvait s'expliquer qu'ainsi. Lorsque nous dormions ensemble, son rêve préparait le mien, le rendait possible, le chargeait à mon insu de toute son énergie à elle. Je lui parlais un peu de cette illusion très douce. J'aimais l'idée que le livre ne fasse que s'écrire à travers moi, qu'il vienne en réalité d'elle. Nous pouvions faire encore semblant de croire que quelque chose naissait de nos deux désirs. En somme, nous ne sortions pas de ce cercle.

Alice disait qu'elle vivait dans le livre désormais. Malgré nous, nous étions entrés tous deux dans un monde de contrefaçons. Des images nous entouraient en lesquelles nous devions apprendre à n'avoir pas entièrement confiance (en même temps, elles étaient tout ce sur quoi nous pouvions compter). Le livre ne naissait plus de notre passé (le racontant, le traduisant), mais c'était le passé qui, insensiblement, prenait la forme de notre livre (se modifiait à sa semblance). Si nous voulions nous retourner vers ce que nous avions vécu, nous découvrions un univers de phrases fabriquées. Je savais bien que chacun construit spontanément dans sa tête le roman de son existence et que le travail libre de la mémoire trie, obère, construit, assemble aussi bien qu'on le fait sur une page. Mais écrire (effectivement écrire) accentuait la rapide violence du phénomène. Écrire nous dépossédait de notre vie. Notre histoire tournait à la fable lointaine. Écrire m'apparaissait parfois comme une forme particulièrement perverse de l'oubli, aimantant les souvenirs avec tant de force qu'en comparaison tout le reste se trouvait rejeté dans un quasi-néant... Pourtant laissée à elle-même, la mémoire n'était plus qu'un paysage de débâcle. Nous pouvions mesurer chaque jour à quel point tout s'en allait.

Alice lisait et elle disait : « Alors, nous nous tuerons quand le livre sera fini. » Je la corrigeais : « Quand il sera publié... » C'était par vanité peut-être... Et puis si le roman devait être édité, nous devions être là pour le défendre. Je ne croyais guère à la possibilité romantique d'une publication posthume. Je pensais aussi que le roman n'existerait que s'il était lu par d'autres que nous. Il lui fallait des lecteurs à qui confier le secret (naïvement : des êtres vivants entre les mains desquels remettre le souvenir de Pauline après que nous serions morts). Envisagé ainsi, le temps de l'écriture se transformait en un sursis étrange. Chaque page nouvelle ajournait pour nous la décision d'en finir avec la vie (ou du moins nous donnait quotidiennement des raisons de le faire). Mais, dans la mesure même où la matière du livre ne pouvait être infinie, chaque page ajoutée nous poussait irréversiblement vers le moment de poser un point final. Ou alors, il aurait fallu savoir composer un roman au développement interminable, une spirale de mots se déroulant de volume en volume, un feuilleton différant sa conclusion au fil des épisodes. Pour rester vivants, il aurait été nécessaire de concevoir un texte surgissant perpétuellement de lui-même, ayant fait de l'inachèvement son principe même. Alors, les mots auraient toujours manqué pour que quiconque puisse jamais avoir le sentiment que quelque chose, enfin, avait été accompli.

Le soir, Alice emportait le livre jusqu'à la chambre. Elle lisait, et puis elle s'endormait. Le roman était loin d'être terminé. Elle tournait les pages, avide de connaître notre histoire, soucieuse de vérifier que justice était bien rendue par l'auteur à ses trois personnages. Mais, tel quel, le roman ne lui semblait pas tout à fait juste. Elle m'en voulait de taire certaines scènes ou de me complaire à des descriptions trop abstraites. Elle disait : « Ce n'était pas ainsi, pas du tout ainsi. » Elle m'empêchait d'écrire un pur poème de deuil et d'oubli. Elle me donnait de dures leçons de réalisme. J'écrivais pour elle les épisodes de ce feuilleton nocturne. Je portais jusqu'à sa chambre la morphine des mots, le narcotique des phrases. Je rêvais que se poursuivait ainsi le long conciliabule des nuits d'insomnie lorsque, dans la petite chambre, au sommet de l'escalier de bois rouge, nous tentions tous les trois de distraire la souffrance à force de récits. Je gagnais du temps. Chaque nouveau chapitre écrit faisait entrevoir la possibilité d'un nouveau jour. Il fallait juste que le conte ne s'interrompe pas. Je devais être assez habile pour que ne cesse pas le désir de tourner la page et que ne naisse pas celui d'abandonner au chevet les feuilles cornées du manuscrit. Cela ressemblait confusément à l'une des vieilles légendes que je racontais à Pauline. Nous avions juste changé de sexe. Schéhérazade obtenait du sultan la grâce d'une nouvelle histoire. Elle se servait de l'appât de ses fables pour lui rendre goût au récit de sa vie. Au-dessus de sa tête, l'épée restait suspendue tant que durait la grande charade magique des contes.

Mais tout était bien plus confus. Je ne pouvais pas m'empêcher de me demander si je sauvais Alice (et moi avec elle) ou si, en réalité, je la trompais. Écrire était comme un piège où je l'avais attirée à ma suite. Peut-être avait-elle raison, peut-être aurait-il mieux valu en finir tout de suite... Écrire n'avait certainement rien de glorieux. Il y avait un réel déshonneur à passer ainsi dans le camp des mots. Ce choix-là n'avait jamais été offert à Pauline (du moins pas en ces termes confortables). Sa pensée ne nous quittait pas. Quels que soient les signes que je m'imaginais pouvoir lui faire, elle restait sur l'autre berge où rien ne l'intéressait du calcul maniaque des phrases. Dans son agonie immobile, un tuyau de plastique descendait dans sa gorge et la privait de tous les mots dont je jouais en son nom. À mon tour, j'aurais voulu qu'elle me pardonne. J'avais honte du plaisir que me procurait le glissement si aisé des lettres blanches sur la surface bleue de l'écran. Je méprisais la facilité de tout cela. Je m'en voulais de ce mensonge où j'entraînais Alice. Même la certitude de ma propre folie ne me disculpait pas à mes yeux. Une rage froide et inapaisable me donnait la force de poursuivre. Cela n'avait rien d'héroïque ou de grandiose. Le pathétique de la situation provenait de sa modestie, de sa médiocrité.

Car, en vérité, rien ne changeait. Le livre ne réparait rien du désastre de la vie. Et ce sentiment de catastrophe nous était cher. Nous lui étions reconnaissants, car par lui se perpétuait le désespoir d'avoir perdu notre fille. Or ce désespoir était d'elle ce que nous conservions de plus vrai. Il y avait d'une part le monde du roman et de l'autre le monde de la vie. Ce qui se passait d'un côté n'exerçait aucune influence de l'autre. Écrire ne nous sauvait pas (ou alors seulement de manière provisoire et inessentielle). D'ailleurs, nous n'aurions pas voulu d'un tel salut.

C'était le matin. Alice se levait. Les volets de la chambre ouvraient sur la cour pavée d'où montait l'odeur fraîche d'une nouvelle journée. Nous nous lavions. Nous nous habillions. Sans trop parler, nous prenions tour à tour notre petit déjeuner. Depuis une heure déjà, je m'étais mis au travail. Nous nous retrouvions dans le jardin. L'herbe était encore toute trempée de rosée. Une bande de gravier entourait la maison, et nous avions installé là, autour d'une table ronde, quelques fauteuils de métal à la peinture blanche éclatée de rouille. Tout était encore recouvert d'une ombre douce. Nous regardions le monde. Sa beauté banale (si nous pouvions la constater) ne nous concernait pas. Elle appartenait peut-être aux autres (mais ils ne la regardaient pas). L'indifférence de l'univers n'était pas triste. Sans doute était-elle, en vérité, la condition de sa splendeur. Il était déjà un peu ridicule de notre part d'y prêter attention et il aurait été totalement stupide de s'en désoler. La montée lumineuse du jour n'évoquait pas le passage du temps, mais faisait davantage songer à son immobilité paisible : la répétition des journées identiques, le travail prévisible de la clarté sur les reliefs, le bleu surplombant du ciel s'approfondissant peu à peu. Nous nous laissions aller à toute cette poésie inutile. Nous finissions notre café. Nous remuions un peu nos membres pour secouer l'humidité posée sur nous. Puis nous rentrions dans la maison.

Ensuite, je retournais au travail. Parfois, je m'inquiétais du silence d'Alice et j'allais jusqu'à la chambre. Elle était assise sur le lit. Elle était allée chercher le sac en plastique rangé sur une des étagères du placard. Elle reprenait le compte des médicaments. Elle me voyait entrer, levait les yeux vers moi. Elle disait par exemple : « Maintenant, j'en ai assez… Ce n'est plus du jeu… Ce n'est plus du jeu, tu comprends… Je veux qu'on me la rende, maintenant… » Elle ressemblait un peu à une petite fille qui se serait plainte d'une étonnante injustice. Elle cherchait qui prendre à témoin. Il devait y avoir forcément quelqu'un pour réparer le tort qui lui avait été fait. Sa voix était très calme et très tendre. Elle protestait avec naïveté contre le sort. Elle était comme une enfant qui se sait dans son droit et qui ne peut supporter (qui a raison de ne pas supporter) que l'ordre du monde ne lui donne pas raison. Je disais : « Oui, ce n'est pas juste. » Je m'asseyais près d'elle. Je pouvais la toucher, lui parler mais cela ne servait à rien. Je m'allongeais sur le lit à ses côtés. Puis je n'osais plus la regarder de peur de la voir pleurer.

Parfois, je ne pouvais pas faire semblant de ne pas voir. Mais la vérité est que nous pleurions très peu. Nous avions toujours très peu pleuré, même aux moments les plus violents. Par ma faute, très certainement, nous avions toujours pris soin de ne pas trop montrer notre peur ou notre peine. Nous nous disions que c'était pour ne pas alarmer Pauline. Mais Pauline elle-même, par délicatesse, s'était mise à nous imiter (tout de suite : dès la première nuit d'hôpital). Il était très rare qu'elle se laisse aller à exprimer devant nous l'effroi total — ou même la pure douleur physique — qu'elle ressentait. De tout son cœur, elle était entrée dans le jeu et nous y surpassait tant et si bien que, souvent, nous oubliions qu'elle jouait mieux que nous. Nous nous étonnions alors de la gaieté, de la force de son caractère sans percevoir qu'il s'agissait là d'un simple jeu joué à dessein pour nous apaiser. Afin de nous épargner, elle interprétait son rôle dans la comédie. Et croyant nous-mêmes la protéger, nous lui donnions la réplique. Aux yeux des autres, nous devions sans doute passer pour fous, parfois si légers, si insouciants, si enjoués. En un sens, ce stratagème (dont nous avions perdu peu à peu la conscience) nous avait sauvés tout au long de la maladie. Les sentiments que l'on simule, on finit par les éprouver. À force de feindre le courage, sans doute étions-nous devenus courageux (du moins c'était le jugement que les autres portaient sur nous). Tout cela semblait dérisoire désormais, ridicule. Il aurait mieux valu perdre la raison, devenir déments, trouver dans la folie un refuge où pouvoir tout perdre de vue.

Voir Alice pleurer me faisait pleurer. Mais écrire ne me faisait pas pleurer. Penser à Pauline ne me faisait pas pleurer. Je pleurais plutôt lorsqu'il m'arrivait de céder à l'oubli de tout. Chaque jour, en début d'après-midi, je prenais la voiture et roulais jusqu'au village voisin pour y acheter le journal et les cigarettes. Je trouvais là un prétexte pour interrompre mon travail tant que la chaleur pesait avec trop de lourdeur sur la maison. Il y avait environ une quinzaine de kilomètres à parcourir. La route était étroite. Elle filait dans la campagne puis finissait par rejoindre une nationale peu fréquentée. Je conduisais sans me presser, fenêtres baissées. J'avais vite appris par cœur le chemin, mémorisant d'abord les croisements, les feux, puis enregistrant mentalement le paysage à l'entour. Je suivais des yeux les lignes qui bordent la chaussée. Je reconnaissais les masses des bosquets, les flèches des arbres, les façades noircies des maisons collées à la route, les vitrines des magasins. Conduire effaçait toute pensée de mon esprit. Le peu d'attention que nécessitaient le maniement de la voiture et la surveillance de la route m'empêchait de laisser se construire dans ma tête une réelle pensée où Pauline aurait eu sa place. Ma conscience se vidait. Alors, je me mettais à pleurer sans comprendre pourquoi. Il n'y avait pas de sanglots ni de spasmes. Ma gorge ne se nouait pas. Mais je sentais les larmes couler de façon ininterrompue, rouler sur mon nez, sur mes joues, s'accumuler contre le cercle d'acier de mes lunettes, en embuer les verres. Tout en conduisant, je m'abandonnais à cette paix très triste. Pleurer me délivrait un peu de tout ce chagrin mais, en même temps, m'en faisait mesurer l'immensité sans limites. Je ne peux même pas dire que je pleurais Pauline puisque, étrangement, c'est lorsque je cessais de penser à elle, lorsque je me défaisais de sa pensée, que les larmes me venaient. J'avais le sentiment de m'abandonner malgré moi à un grand chagrin abstrait qui, sans doute, naissait de la perte de notre fille mais enveloppait, en réalité, la forme même du monde. Rien n'était épargné par cette douceur désolante. C'était une révélation, si l'on veut, mais si dérisoire, si évidente, si inutile surtout, qu'elle méritait à peine ce nom. Il me semblait alors percevoir sur mon visage l'absence de sens de toutes choses. Les larmes brouillaient un peu mes yeux, et tout devenait pâle autour d'eux. J'aurais pu forcer davantage l'hallucination si j'en avais espéré quoi que ce soit. Mais j'étais trop loin de tout pour croire qu'il y avait là un mystère à percer. Le monde laissait se manifester sa splendeur vide. Je pleurais, et les larmes ne prouvaient rien. Elles ne disaient ni la tristesse ni la joie de l'expérience. Devant moi, je ne poussais aucune porte mentale. La vérité ne me faisait pas face. Elle m'entourait plutôt. Je la voyais tout autour de moi. Je pleurais de toute cette grande absence m'environnant à perte de vue et à laquelle je n'avais plus le désir d'attribuer de signification. Il y avait le monde, et c'était tout. Je voyais tourner le spectacle des phénomènes et leur liberté indifférente. J'étais fatigué. Je rangeais la voiture sur le bas-côté. Je coupais le contact. Je passais la main sur mes yeux.

Le livre était presque terminé. Le soir, parfois, je n'écrivais plus. Je savais ce que seraient les dernières pages du roman et je me laissais le temps. Je m'asseyais dans le jardin. J'escaladais le muret qui bordait la propriété. Je m'adossais à une anfractuosité du mur. Je regardais bêtement le soleil se coucher. J'avais pris l'habitude de trop boire. J'emportais le whisky avec moi. Je fumais cigare sur cigare sous la grande ouverture embrasée du ciel. L'ivresse était très calme. Elle s'effaçait d'elle-même. Chaque nouveau verre donnait l'impression d'annuler les effets du précédent. On dit : se noyer dans l'alcool. Je me noyais, c'était vrai, mais la noyade avait lieu en plein ciel. Grimpé sur le mur, je croyais être passé au cœur du tranquille chaos rouge des nuages. Les limites de mon corps disparaissaient. Je serais passé avec gratitude dans un néant semblable à celui-là. À mesure que je buvais, le ciel se défaisait. Le noir du sol montait en lui, le repoussait vers le haut où, avec le déclin de la clarté, les nuages avaient perdu de leur volume et de leur netteté. Les premières étoiles étaient apparues. Venues de nulle part, émergeant du fond impensable du soir, elles s'étaient approchées, de plus en plus nombreuses, inégales, dispersées. Cela faisait deux heures au moins que je restais ainsi sous le ciel. Je pleurais. J'étais ivre, immobile, silencieux, vide de toute pensée. J'entendais la musique qu'Alice écoutait, le relief lointain du piano et du violon. Cela se passait derrière moi, dans un espace qui n'était pas celui de la chambre ouverte sur le jardin, un espace que les notes créaient à mesure. Cette mélodie-là était nécessaire au monde qui, dans le noir, s'effaçait. Elle ne disait rien de lui et, seule, parvenait ainsi à être fidèle à son silence. Toutes les histoires (la nôtre aussi bien) se trouvaient contenues en elle, dans sa géométrie sensible, indifférente au bonheur comme au malheur des vivants.

Un soir, il a fallu en finir. Seule la toute dernière partie du roman restait à écrire. J'ai pris place derrière mon bureau et je me suis mis au travail en me disant que le dernier mot serait posé cette nuit. Le texte que j'ai écrit d'abord relatait la mort de Pauline (la longue journée où nous l'avions veillée). Je ne voulais rien taire des circonstances précises de l'agonie. Je ne voulais pas des facilités poétiques qui m'auraient permis de faire l'ellipse de l'horreur, dire simplement : « elle est morte au matin », et repousser du pied le reste dans l'ombre. Je n'ai pas tout dit, mais j'ai laissé le plus insupportable s'écrire. Je ne voulais pas de l'élégance blanche des phrases se détournant du lit où elle était livrée, toute seule, au travail inouï de mourir. J'ai dit tout ce que je pouvais dire. La proximité du point final me précipitait vers l'avant. Il fallait faire vite, désormais. Les dernières pages étaient chargées de toute l'accumulation insoutenable du sens. Je tenais à laisser la parole à toute cette douleur (ne rien gommer du pathos de la fin). Le texte s'arrêtait sur l'image du petit cadavre bercé indifféremment par les machines médicales. À cette vérité-là, il n'y aurait eu en un sens rien à ajouter.

Pourtant, ce cadavre n'était pas pour nous un cadavre. Nous ne cessions pas de voir en lui le corps de notre enfant vivante. Laisser le roman s'achever sur cette image revenait à accepter que tout se résume à elle. Les mots n'auraient fait que ramener Pauline au point où nous avions dû la quitter. S'arrêter là consistait à l'abandonner une seconde fois, admettre qu'elle était bien devenue cette chair vide que les autres voyaient en elle. J'ai donc écrit à la suite un second texte qui évoquait de façon plus obscure le moment de l'enterrement. Une seconde image s'ajoutait à la première et la corrigeait. Tout en parlant d'une résurrection à laquelle nous ne croyions pas, les mots de l'Église disaient de la mort qu'elle n'est pas une victoire. J'essayais de voir tout se confondre en une même hallucination. La fumée du crématorium, l'urne déposée dans la fosse étroite, les fleurs, les graviers dispersés sur la tombe (à la façon dont je les décrivais) irradiaient une lumière blanche qui ramenait aux premières pages du livre. La douce promenade d'hiver par quoi tout avait commencé ne se terminerait pas. Tous les trois, nous en revenions là. Cette vision-là était plus vraie que celle du cadavre. Le cercle était fermé.

Mais cette seconde image se superposant à la première (se substituant à elle) ne me satisfaisait pas davantage. Elle semblait envelopper toute l'histoire de sa fausse poésie. Avec elle, nous pouvions imaginer que le livre se refermant sur lui-même évacuait toute l'horreur du réel, la faisait se dissoudre en lui. Finissant avec cette image, le roman aurait eu l'air de triompher à trop bon compte. Alors, j'ai écrit encore un troisième texte qui a été le dernier. J'y constatais en quelques phrases l'existence du livre et son inutilité. Cette ambiguïté (puisque j'étais incapable de la lever) me semblait la plus fidèle à la vérité, la plus sincère. Les mots étaient là, ils n'étaient d'aucun secours, ils étaient là. Et puis, je me suis inventé un rêve que je ne rêvais pas. Je m'imaginais (en rêve) retrouvant Pauline dans sa chambre, la prenant dans mes bras et descendant avec elle (une fois encore) l'escalier de bois rouge. Ce rêve n'ajoutait rien au sens du roman. Il était un dernier secret qui pouvait tout signifier. Par lui, je ne disais rien. C'était juste un cadeau que je me faisais à moi-même, un signe vide que je m'adressais, disant : plus tard, peut-être, je comprendrai. J'écrivais ce rêve afin de me donner une chance, un jour, de le rêver, de passer tout entier en lui.

Lorsque j'ai éteint l'ordinateur, il était très tard. La nuit avait avancé vertigineusement vite. J'étais fatigué. Je suis allé jusqu'à la chambre où Alice dormait et je me suis couché. Je m'attendais à m'écrouler tout de suite. Mais le sommeil ne venait pas. J'ai mis un moment à comprendre pourquoi. Auparavant, l'alcool ne m'avait jamais rendu malade. Ce soir-là, tout en écrivant, j'avais sans doute bu beaucoup mais, à vrai dire, dans des proportions tout à fait comparables à ce qui était devenu mon ordinaire. J'ai attendu et je me suis dit que cela allait passer. Les mots du roman continuaient à tourner dans ma tête. Ils avaient déjà pris un peu de l'allure curieuse qu'ont les textes qu'on se récite à soi-même dans le sommeil. Toutes les phrases semblaient être en train de se traduire d'elles-mêmes dans la langue étrangère du rêve. J'étais curieux de retrouver le livre fini au matin, un peu inquiet à l'idée que les dernières pages n'aient été produites que par l'hallucination progressive de l'alcool, et qu'elles s'avèrent en définitive mauvaises. Peut-être étais-je déjà passé dans le rêve que j'avais imaginé (mais je n'y retrouvais pas Pauline). Peut-être étais-je à mon tour en train de rêver le livre désormais fini (mais il se transformait de telle façon que je ne le reconnaissais plus).

Je ne pouvais pas rêver, cependant, puisque je ne dormais pas. J'ai réalisé que je transpirais énormément sous les draps qui s'étaient mis à coller à ma peau. En même temps, j'étais glacé de froid. Je me disais que j'étais juste malade, que le sommeil viendrait bientôt effacer tout cela. Puis je me suis assis brutalement sur le lit. J'ai pensé aller à la cuisine me faire un café, ou prendre l'air dans le jardin. Dans le couloir, j'ai commencé à vomir un peu. J'ai pu à peu près me retenir, porter la main à ma bouche tout en m'appuyant au mur. J'ai vaguement aperçu que le sol et les plinthes étaient souillés d'une longue trace brune sinueuse derrière moi. J'ai pensé : je vais tout vomir, ça ira mieux, le livre est fini, j'irai me coucher, je dormirai. Je me suis agenouillé devant l'ovale blanc des toilettes sur lequel je m'appuyais, j'ai penché le buste en avant. Je sentais une grande barre comprimant mon ventre, pressant sur mes reins. J'ai incliné davantage encore ma tête, je me suis contracté, j'ai craché tout ce que je pouvais au fond de la cuvette. Mais, malgré mes efforts, je ne parvenais plus à vomir. J'étais secoué de spasmes qui creusaient mon abdomen et me coupaient le souffle, mais je ne rendais rien. J'avais du mal à conserver mon équilibre. Je me suis allongé par terre. La lumière électrique était violente sur le blanc de l'émail. Le froid du dallage me glaçait le dos, les épaules, les cuisses. Je fixais le plafond (des insectes sur le papier peint, des taches d'humidité, les canalisations grossièrement peintes coudées contre les parois). Le chauffe-eau surplombant les toilettes donnait l'impression de basculer vers l'avant. La pièce s'allongeait vers le haut. Les lignes se mettaient à filer dans des directions impossibles. Je constatais le remuement presque imperceptible de l'espace au-dessus de moi et, si je fermais les yeux, je sentais comme une vibration irrégulière, venue du sol, agitant mes membres. Je tremblais un peu. J'ai essayé de me rasseoir, mais quand j'ai pris appui sur mon coude, j'ai su que j'allais vomir pour de bon. Je me suis renversé en avant aussi vite que j'ai pu. Il y a eu une dizaine de spasmes entre lesquels je tentais de reprendre ma respiration. Les vomissures, quand elles n'étaient pas projetées vers le fond où elles se défaisaient dans l'eau, tachaient en corolle tout l'intérieur de la cuvette. J'attendais que mon corps en ait fini, je lui laissais le temps. J'étais devenu tolérant avec lui. Je n'étais pas vraiment dégoûté. La consistance râpeuse, l'odeur forte de ce que je régurgitais tournaient dans ma bouche, à l'intérieur du cercle de mes dents, logeaient dans le fond de ma gorge. J'étais très calme. Les contractions se faisaient moins violentes. Je m'essuyais les lèvres et les yeux.

Le livre était fini. Je pensais à Pauline et à la façon dont la maladie l'avait forcée à vomir sa vie. Je ne pouvais pas ne pas me rappeler la nausée des drogues, sa tête penchée sur la cuvette de métal ou de carton que les infirmières laissaient à son chevet. Je ne pouvais pas ne pas me souvenir de son dégoût de tout quand s'achevaient les cures, de son visage crispé quand elle sentait venir les spasmes, de l'explosion violente de ses vomissements quand les contractions la surprenaient dans son lit, dans nos bras, dans la rue ou au milieu de ses jeux. Moi, je m'endormirais bientôt, et demain tout serait oublié des sueurs, des tremblements, des vertiges. Je rentrerais dans mon corps un peu fatigué, mais ignorant de toute douleur vraie. Sous l'effet des médicaments qui tentaient en vain de rompre le charme de sa mort, Pauline avait dû vomir sa vie. Malgré moi, je revenais vers la vie et je ne vomissais jamais que les mots que j'avais écrits.

Elle : *Je me dis que je n'aurais pas dû t'écouter. Parfois, j'ai l'impression qu'il n'y a plus que le livre. Tout le reste a disparu. Je m'en récite des phrases. Je me souviens de scènes. Je crois revenir vers des événements qui se sont effectivement passés. Et puis je m'aperçois que ce sont des pages, en réalité. Je me dis que le livre m'a volé ma vie. Mais, en même temps, seul le livre témoigne de ce que j'ai été avec Pauline. Par lui, les gens disent qu'elle est éternelle…*

Lui : *Elle n'est pas éternelle, elle est morte.*

Elle : *Je sais bien, je suis celle qui le sait mieux que tous les autres, mais tout le monde dit qu'elle est éternelle…*

Lui : *Ils le disent pour ne pas devoir penser qu'elle est morte… C'est une autre éternité qui n'a rien à voir avec la littérature, ni même avec la mémoire. L'expérience est ouverte à chacun. Je suis certain que Pauline l'a connue, et nous avec elle. Après, on peut mourir. Il n'y a rien d'autre à espérer de la vie, rien d'autre à en savoir. Une fois cela acquis, on est dans la vérité, à jamais, quoi que le reste réserve…*

Elle : *Qui le comprend ?*

Lui : *Personne, sans doute.*

Elle : *Personne ne veut comprendre, personne ne veut savoir. Ils sont tellement violents, tous les autres, dans leur désir de ne pas comprendre, dans leur obstination à ne pas savoir. Les mères éloignent de moi leurs enfants. Elles se racontent à elles-mêmes que c'est par délicatesse, par égard pour moi, pour ne pas m'exposer au chagrin de penser que j'ai perdu ma fille. Mais en réalité je sais bien que c'est par pure frayeur. Elles veulent me tenir à l'écart. Elles pensent au fond d'elles-mêmes que je porte en moi le scandale de cette mort, que j'expose à ce scandale ceux ou celles qui m'approchent... C'est drôle...*

Lui : *Oui, en un sens, c'est comique de bêtise et de cruauté...*

Elle : *Parfois, c'est juste drôle... J'en ris presque toute seule... C'est mal, tu crois ?*

Lui : *Non, certainement pas. Je pense à tous ceux qui se croient obligés de me confier leur refus de lire le livre. Ceux qui ont peur. Ceux qui considèrent avec une petite moue supérieure que ce n'est pas de la « littérature ». Une page blanche est un univers plus à leur mesure qu'une chambre d'hôpital... On y fait face à des réalités moins sauvages. On n'y hurle pas pour de vrai. Tout se passe entre guillemets. Le mot « impossible » devient un jouet. On peut s'amuser avec les simulacres de l'horreur. C'est très gratifiant. On se sent vraiment héroïque à tournoyer ainsi dans un faux néant. On rivalise d'audace dans la comédie de l'anéantissement. Cela donne matière à de très belles pages, dominées, mesurées, sublimes, sans une seule facilité de syntaxe ou une seule faute de goût. Moi, je ne suis certain que d'une chose : mon désir d'une histoire vraie, sans oubli. J'essaye de ne rien effacer de l'horreur ou de la splendeur concrètes de ce qui a été vécu. Le concret, voilà le vrai... La tache ocre sur le pyjama blanc, la posture de son corps sur le lit blanc... Toute la traversée douce de ce cauchemar qui peut être décrit... Si un romancier n'est pas capable de raconter ce qui se passe dans un service d'oncologie pédiatrique, s'il juge que ce n'est pas un lieu littéraire, s'il préfère aller voir ce qui ne se passe pas ailleurs, tant pis pour lui... Il ne suffit pas de dire emphatiquement l'atroce et le sublime et d'attendre les applaudissements des gens de goût qui ne veulent pas en entendre davantage. Il faut dire aussi tout le reste, tu comprends, et prendre le risque de passer pour crétin, impudique et sentimental...*

Elle : *Quand je la tenais dans mes bras, et que nous lisions des livres tous les trois, c'était concret... Ou que nous bavardions pour rien dans le noir en t'attendant les soirs où tu rentrais de Londres par le dernier train... Et que je prenais soin d'elle... Quand je la prélevais au cathéter pour éviter les aiguilles ou que je courais dans tout le service après la morphine, ça aussi c'était concret. Je me souviens si bien de son visage, de son corps, de sa force, de sa tendresse... Sans cette douceur-là, tout deviendra insupportable.*

Lui : *Je ne pourrai plus, tu sais...*

Elle : *Cela va devenir complètement asphyxiant si tu continues ainsi... Le chagrin sera plus fort que toi...*

Tu n'y pourras rien... Tout deviendra chagrin... Même la violence de ta peine disparaîtra à mesure que tout se fera plus lourd, plus lent...

Lui : *Ce sont les phrases qui me tirent d'elles-mêmes vers le bas. Ou plutôt, elles m'entraînent. Cela fait un mouvement très doux, très régulier. J'ai l'impression de glisser le long d'un paysage très fade, très monotone dont je sais déjà tout. Il y a juste des détails que je découvre, mais il n'y a rien à quoi je puisse vraiment m'accrocher... Tout cela m'entraîne et je vois se dérouler le récit de notre vie où Pauline n'est plus... On ne peut que jouer le jeu du temps, se laisser aller à son vertige jusqu'à se confondre avec lui. À cette condition-là, le vrai travail commence. On peut de nouveau ne pas désespérer de la chance. Devenir soi-même le mouvement perpétuel du temps.*

Elle : *Moi, je n'attends rien et désespère de tout. J'avais raison, Félix : tu es fou, totalement fou...*

Lui : *Tu n'as pas confiance en ma folie.*

Elle : *Tu n'y crois pas toi-même. C'est un jeu...*

Lui : *Patience, tout vient juste de commencer...*

Elle : *C'est un jeu pour nous distraire du désespoir, n'est-ce pas ?...*

Lui : *Et si ça n'était que cela...*

Elle : *Elle me manque, c'est tout. Si tu savais comme elle me manque... Si tu pouvais savoir à quel point, tout simplement, elle me manque. Je suis fatiguée du reste, de tourner en rond parmi tous ces mots dont nous ne comprenons pas le sens, de faire semblant d'avoir des idées, des pensées, des sentiments. J'en ai assez. Souvent, je me dis : je ne veux plus jouer. Et puis je reprends avec toi une nouvelle partie de... De quoi, au fait ? C'est un jeu dont nous ne connaissons même pas le nom.*

Lui : *La mémoire...*

Elle : *Quoi ?*

Lui : *Ce jeu se nomme la mémoire. On ne peut pas s'arrêter de jouer. Si la partie cessait...*

Elle : *Mais elle n'est plus là pour jouer avec nous...*

Lui :... *Nous deviendrions fous...*

Elle : *Nous le sommes déjà... Je la voudrais encore avec nous.*

Lui : *Oui, c'est aussi simple que ça.*

Elle : *Je la voudrais tant avec nous, tu sais ?*

Lui : *Oui, je sais.*

III

Le « Memory » est l'un des premiers jeux de société auxquels il soit possible de jouer avec un enfant. Opposé à un petit garçon ou à une petite fille, un adulte peut y perdre une partie sans presque être obligé de tricher. (Que chacun puisse honnêtement l'emporter est la condition qui donne son sens au jeu, qui transforme le temps passé ensemble autour d'une table en un véritable affrontement affectueux où l'on se trouve à égalité.) Les règles sont assez simples pour pouvoir être comprises et assimilées avant même que ne soit possédé tout à fait le maniement du langage. Le désir de gagner (de l'emporter sur la grande personne, de l'emporter vraiment sans devoir compter sur sa complicité) aiguise chez l'enfant toutes les ressources d'attention. L'adulte, lui, pense à autre chose. Gagner lui importe assez peu, et puis il croit avoir sur son petit adversaire tout l'avantage de l'intelligence et de l'expérience. Il n'enregistre que distraitement les combinaisons de formes qui apparaissent et disparaissent tour à tour sur le plateau de jeu : l'arbre, la guitare, la pomme, la pelle et le seau, l'arbre encore, le tambour, la pomme de nouveau… L'enfant, lui, observe, ne laisse rien lui échapper, note mentalement la configuration de cet univers caché où les choses surgissent et s'effacent, se replient à l'intérieur d'elles-mêmes, retournent dans cet envers-là où elles ne cessent pas d'exister et de l'attendre. L'enfant marque des points, capitalise les petits carrés de carton colorés que lui valent ses coups gagnants. L'adulte le laisse prendre de l'avance. Il sourit de l'enfant qui dissimule, en joueur aguerri et adroit, le contentement de voir, petit à petit, pencher en sa faveur la balance. Puis vient le moment où le cours du jeu ne peut plus être inversé et l'enfant manifeste tranquillement sa satisfaction de l'avoir emporté. Les combinaisons encore à découvrir sont en nombre si restreint qu'il suffit maintenant d'une seule carte retournée pour que toute la fin de la partie soit jouée en quelques instants. Les coups s'enchaînent logiquement, à chaque fois victorieux. Les images disposées sur la table ou à même la moquette du salon sur laquelle les deux joueurs (le grand, le petit) se sont accroupis tout à l'heure se font de plus en plus rares. Le grand rectangle régulier, compact, qu'elles formaient il y a quelques minutes s'est défait. Les quelques figures encore dissimulées (face à l'envers) sont si rares que le travail de la mémoire en devient extraordinairement aisé (là, en haut à droite, le dessin d'arbre tout à l'heure découvert ; isolée au centre, la guitare dont l'image jumelle ne peut se trouver que plus bas vers la gauche, etc.). L'enfant ramasse sans hésitation les dernières cartes, les entasse sur la pile chancelante de ses précédents trophées. Il ne sait pas encore compter mais la disproportion des gains est sans ambiguïté. La partie est gagnée. On peut recommencer.

Le « Memory » se joue en principe avec un ensemble de vingt-quatre ou trente-deux cartes spécialement conçues à cet effet. Il faut que ces cartes aillent par deux, qu'elles forment sur l'une de leurs faces des couples d'images strictement semblables et que, sur l'autre face, elles reproduisent un motif identique qui les rende indiscernables. Donc : douze ou seize fois un dessin répété deux fois. On renverse sur une surface choisie la boîte, on disperse les carrés de carton, on les place à l'envers, on les mélange. Retournées, il est impossible désormais de deviner où sont les cartes jumelles. On dispose l'ensemble selon un dessin simple et régulier (rectangle ou carré, c'est selon). Chaque joueur, quand vient son tour, dévoile deux cartes de son choix (que les adversaires photographient de leur mieux), puis les masque à nouveau. Si les deux images découvertes sont identiques, on empoche les cartes qu'on retire de la table sans toucher à la disposition de l'ensemble. La victoire va à celui des joueurs qui mémorise avec le plus de sûreté l'emplacement des images, n'oublie jamais la localisation d'une carte de façon que, quand apparaît pour la seconde fois un dessin, il puisse aussitôt, et sans se tromper, pointer du doigt le lieu où, auparavant, a été mise au jour la même figure.

De ce jeu, je suis libre encore de modifier les règles. Et puisque je ne peux plus ouvrir le grand carton où sont scellées les affaires d'hier (les livres, les poupées, les jouets), je vais jusqu'à l'armoire et, sur l'un de ses rayons, je prends la lourde et incommode collection des pochettes de papier glacé contenant la longue suite d'autres images. Je choisis un nombre pair de photographies que je dispose devant moi de façon que leur somme simule la forme régulière d'un grand carré. Je les retourne ensuite. La partie peut commencer.

J'ai mis longtemps à comprendre ce qu'était une photographie. Tout cela ne m'intéressait pas. L'image la plus vivante était toujours la dernière et elle effaçait toute trace des autres. Je ne voyais pas la nécessité de tous ces fétiches. Je préférais toujours la figure la plus récente de ceux que j'aimais. J'aurais eu le sentiment de leur être infidèle à éprouver une trop grande tendresse pour ceux qu'ils avaient été autrefois. Sur les photographies d'hier, ces hommes, ces femmes, ces enfants étaient « nous », au passage près des ans. Ils vivaient dans un autre temps où rien de ce qu'ils connaissaient ne nous concernait vraiment. Ils étaient plus jeunes, mais leur jeunesse était à peine enviable car elle était celle d'autres corps devenus irréels quand nous avions sur eux l'avantage (tout relatif) d'exister encore. Un intense effort d'imagination devenait indispensable pour habiter mentalement chaque image. Il fallait prêter des pensées à toutes ces figures à peine familières, assises face au soleil, fixant l'objectif, simulant (déplorables acteurs) de banales occupations dans une mise en scène maladroite de la vie. Sans doute étions-nous plus heureux alors… Mais les mots n'avaient pas de sens vrai, si l'on y réfléchissait bien. Que signifiait ce « bonheur » qui, peut-être, avait été le nôtre, mais dont aucune expérience authentique n'attestait plus ? Et qui, en réalité, ce « nous » désignait-il ? Si nous étions « nous » aujourd'hui, nous ne pouvions tout à fait l'avoir été hier. Et si, eux, sur l'image, dans l'apparat inutile et insolent de leur bonheur, étaient « nous », alors qui étions-nous, qui les regardions depuis l'écœurement triste de notre vie ?

Pour comprendre, quelque chose me manquait. La mort n'est pas nécessaire pour donner sens aux simulacres, mais il faut au moins la possibilité de son horizon. Le « soi » dont on arrête la forme, on devine déjà son inéluctable effacement. Photos d'enfants (manie de parents) : ils vont grandir, un jour plus rien ne rappellera qu'ils ont été cette forme fragile, leur splendeur native va disparaître dans la lourde et troublante enveloppe d'un corps autrement sexué. Le temps appelle cette magie noire : tuer l'enfant afin de le sauver, papillon épinglé après la mue, l'assigner à cette apparence de lui-même qu'il va quitter. Albums : cimetière, nursery, collection de fosses naïves. J'ai lu récemment, sous la plume d'un écrivain, qu'une photographie est une pierre tombale. Cet écrivain ne voulait pas être « pris ». Le fin mot de la sagesse : l'insouciance à l'égard de son propre cadavre. Les gens qui sont capables de se désintéresser du devenir de leur propre dépouille sont aussi rares que ceux qui peuvent, en toute indifférence, considérer le volume de chair en lequel ils se transforment, figés dans la lunette un peu trop vulgaire d'un objectif. « Ne me prenez pas en photo » veut dire le plus souvent : « Ne me rappelez pas le cadavre que je suis », mais aussi pour d'autres : « Je sais bien le cadavre que je suis, pourquoi donc tenez-vous tant à lui ? » Ma mère, depuis toujours, sur toutes les photos d'elle, la main devant le visage, ou bien faisant la grimace à l'objectif, ne laissant rien d'autre à l'appareil que l'apparence excédée de qui consent malgré soi aux manies puériles de son entourage. Ni photo ni anniversaire, laisser seulement le temps passer sans céder à l'illusion que quelque chose puisse se marquer en lui. Quelle trace la cendre saurait-elle laisser dans la rivière ? Je suis poussière et retournerai en poussière. J'aime mon devenir de poussière soufflée par le vent, nulle part assignée, indifférente à toute sépulture. Quelle image retenir de celui qui sait déjà la dissolution de son être ? Pourquoi se préparer à chercher parmi les morts celui qui, une fois, a été vivant ? Une fois, c'est bien assez.

Je les regarde et je me demande comment toutes ces photos se sont faites. Je ne me souviens pas d'avoir eu le désir ni même la conscience de les prendre. Elles sont nées sans moi à la faveur d'une sorte d'automatisme dont je ne concevais pas vraiment l'existence (je pense : comme naissent, le plus souvent, les enfants, sans volonté formulée de la part de leurs parents, produits par le consentement spontané des individus à la règle biologique. Cela veut dire, j'imagine : les images se multiplient comme les corps et pour les mêmes raisons absurdes). Quelques mois à laisser dormir l'appareil dans l'un des tiroirs de la commode, et puis une certaine lumière, une promenade dans le vide d'un dimanche d'hiver, le temps creux des vacances, l'incision dans le calendrier d'une date de fête dont on se dit que l'usage veut qu'on la marque de quelques images... Plus rien, ensuite, pour quelques mois, juste la négligence de l'œil qui compte trop sur la mémoire et laisse se recouvrir, s'effacer les scènes.

Je rêve souvent au devenir de tous ces clichés. Le hasard des déménagements et des partages familiaux m'a mis en possession d'un meuble ancien. Dans ses tiroirs avaient longtemps échoué toutes les photographies jugées indignes des albums. Plus personne, déjà, n'était capable de nommer avec certitude les hommes et les femmes figurant sur les tirages les plus anciens, ou même de dater ces derniers (sinon de la façon la plus approximative qui soit, en se basant sur le style des vêtements portés). Mais aucun de nous, pourtant, ne s'était résolu à jeter à la poubelle toutes ces images illisibles, indifférentes. Je n'ai jamais vu qui que ce soit détruire un cliché (même totalement flou, raté, grotesque, incompréhensible) sans hésitation et un réel sentiment de culpabilité. Une photographie est faite pour être conservée. La faire disparaître revient à attenter gravement à son essence même ; davantage : à humilier la volonté, non pas de celui qui l'a prise, mais de ceux qui ont posé pour elle (leurs silhouettes ne méritaient pas le carré de papier qui en retient la trace). On ne détruit pas davantage la photo d'un individu qu'on ne se résout à l'élimination totale de sa dépouille. Pour cette raison, le monde des images grossit au même rythme que celui des tombes. Je ne peux pas m'empêcher de me demander où iront ces millions d'images devenues vaines. Pour exonérer la conscience des vivants, il leur faudrait au moins l'ossuaire d'un musée. Mais qui aurait à cœur de dévisager tout ce passé ?

La fabrique d'images ne cesse jamais de manufacturer l'inutile, de produire ses tableaux miniatures dédiés au grand rien qui les absorbe et les éteint. Je promène mon regard sur le monde. J'exerce sur lui ma souveraineté modeste. J'enferme dans un rectangle des paysages peuplés d'êtres, d'animaux, de palais ou de statues. Je photographie des images déjà faites (bien mieux fixées par d'autres, plus adroits, plus professionnels, mieux équipés, sur des cartes postales ou dans des livres d'art, mais ce qu'ils ont vu ne me concerne pas). Même à ma façon malhabile, je veux être celui qui signe le monde, qui pose sur lui le sceau tangible de son passage. J'ai été là aussi dans cette splendeur pour laquelle je ne suis rien : éternité fixe et indifférente de l'espace. Ou plutôt : c'est le monde qui me signe lorsque je pose mon regard en lui. C'est son image, inutilement multipliée, qui authentifie ma présence. Si je suis dans la photographie, ou encore derrière elle la rendant possible, étant celui par qui tel ou tel monument identifiable se fait à nouveau techniquement visible, je présente la preuve rassurante que j'existe. La manie des photographies montrées aux proches et l'ennui poli de ceux qui, à charge de revanche, acceptent de vous donner acte, par leur attention distraite, de ce que vous avez bien fait escale dans l'espace.

Je laisse apparaître dans le cadre l'apparence de ceux que j'aime. J'imprime leurs formes sur le papier. Je vérifie leur existence dans le temps, et la mienne avec elle. De tout cela, je produis la preuve. Je me dis : ainsi, nous aurons été là. C'était, par exemple, un jour de juillet. Nous nous étions longuement promenés tous les trois dans la ville (des courses, de quoi dîner, le journal, les cigarettes, quelques livres). La lumière fléchissait. Nous étions un peu fatigués, et l'heure venait de rentrer. Elles se tenaient par la main et marchaient quelques pas devant moi. Nous devions traverser la grand-place pour parvenir à la voiture. Elles portaient toutes deux des vêtements d'été. Je me sentais léger, ne pensais à rien, éprouvais le bonheur enfin de ne penser à rien, de les regarder simplement marcher et parler (elles étaient trop loin et je ne pouvais pas suivre leur conversation). Au fond de l'espace, il y avait la grande masse carrée de l'église, les marches, les colonnes, et elles semblaient se diriger là-bas. Elles sont passées près de la haute statue équestre, et leurs silhouettes ont été prises dans le grand éblouissement jaune et rouge des fleurs du parterre. J'ai appelé, et elles se sont retournées. J'ai sorti de ma veste (de ses poches déformées) le petit volume en carton de l'appareil jetable que j'ai agité au bout de mon bras. Elles se sont arrêtées. J'ai vérifié la place du soleil et pris garde à la disposition des longues ombres sur le pavé. Je me suis approché, mais pas trop près, parce que le caractère rudimentaire du viseur m'empêchait de cadrer avec trop de précision. J'ai demandé à Alice de s'accroupir derrière Pauline. Elle s'est baissée et l'a entourée de ses bras. Elles ont pris la pose et Pauline, à son habitude, souriait de façon emphatique, inclinant légèrement la tête. Un nuage est tout à coup passé devant le soleil, effaçant la lumière. J'ai dit qu'il n'y en aurait que pour quelques secondes. Quelques vieilles femmes marchaient lentement dans le champ avec leurs chiens en laisse. J'en ai profité pour faire encore un ou deux pas en avant. J'ai laissé le reste de la place s'effacer de l'image. Il n'y avait plus que les deux corps serrés l'un contre l'autre, souriant, visages émergeant de l'éclatement fixe des tiges et des pétales. Alice s'est impatientée de l'inconfort de sa position et m'a demandé ce que j'attendais. En riant, Pauline s'est mise également à protester. Cela a fait un tendre chahut simulé de quelques secondes. Puis la clarté est revenue d'un coup. J'ai dit que j'allais pouvoir prendre la photo. Les sourires sont automatiquement revenus à leur place. J'ai appuyé sur le déclencheur en faisant attention à ne pas trop bouger. J'ai entendu le clac et j'ai fait tourner avec le pouce la molette de plastique. La photo est devant mes yeux, posée sur la surface blanche du bureau.

Je rêve depuis toujours d'un jeu qui n'aurait pas de fin. J'imagine qu'écrire est venu maintenant prendre la place de ce rêve, lui donner une forme envisageable dans le temps. Il n'y a pas de fin à l'exercice vrai d'un jeu. Le joueur entre dans un univers fait de la somme pensable de tous les coups. Il habite le cœur d'une mémoire qui lui semble illimitée et où se déroulent ensemble toutes les parties pensables. Il y a la figure inouïe du temps et, en son cœur, la figure moindre du jeu qui en simule et en comprend l'immensité d'abîme. Écrire est ce jeu, aussi. Le temps se fait espace et, à partir de là, il devient possible de le traverser dans toutes les directions à la fois, vers l'avant, vers l'après, selon toutes les diagonales possibles qui, découpant ce carré infini, délimitent en lui des figures incessantes et inégales.

Les pages sont elles aussi des images renversées dont la somme forme la figure ouverte de sa vie. Il faut les écrire pour les voir tourner vers soi leur face. Dans l'espace idéal du livre, elles ne se succèdent pas, mais sont là toutes ensemble offertes à la main qui les retourne et les rapproche. Il y a autant de récits que de scènes résonnant ensemble. Toutes les combinaisons sont pensables, et il n'en est aucune qui soit privée de sens. L'hallucination extrême consiste à voir l'espace devenir cette juxtaposition de rectangles, comme une nappe recouvrant le précipice plombé du temps, sans limite ni centre, habitable en chacun de ses points. Le jeu, alors, a pris ses dimensions impossibles. Plus personne ne le comprend vraiment, et pourtant c'est le même jeu d'enfant faisant surgir sous ses doigts à chaque fois la forme précise du vrai, et cette forme est celle, modeste, incontestable, évidente, d'un arbre, d'une pomme, d'un jouet, d'une petite fille glissant sur la rampe rouge d'un toboggan, caressant sur ses genoux un animal familier, feuilletant un livre illustré, ou encore serrée dans les bras de sa mère devant l'éclatement (jaune, rouge) d'un parterre de fleurs...

La comédie familiale (chacun la sienne) veut que, chez moi, ma mère se récrie dès qu'il s'agit de la prendre en photo alors que mon père, à l'inverse, multiplie presque obsessionnellement les clichés autour de lui. C'est devenu, entre nous tous, un sujet de plaisanterie et d'exaspération simulé. Leçons inverses : comment traiter les corps dans le désastre du temps ? Depuis toujours, mon père enregistre tout de sa vie : agenda, cahier de comptes, calendriers, archives, photos, films, le tout classé dans le désordre le plus indescriptible, interdisant qu'aucune de ces traces ne soit véritablement lisible par quiconque. À mesure qu'il vieillit, il parle de moins en moins. Il quitte la table du dîner et se met à filmer. Quand, du vivant de Pauline, nous nous rendions chez mes parents, la caméra nous attendait sur le seuil avec l'œil fixe lumineux du flash qui nous éblouissait un peu et nous empêchait de distinguer, au-delà de la clarté, autre chose que sa silhouette un peu alourdie par l'âge. La vérité est que nous nous agacions de cette constante présence. Nous nous demandions à quoi tout cela pouvait bien servir. Nous prenions modèle sur ma mère et faisions semblant d'ignorer tout de ce manège. Mais je ne parvenais jamais à m'y résoudre tout à fait. J'amenais Pauline à se tourner vers la caméra, devenais le complice un peu mal à l'aise de mon père, et je lui dédiais en secret ces images.

Je n'ai pas été surpris que mon père, au seuil de la chambre mortuaire où reposait Pauline, m'ait mis dans la main le petit appareil photographique qui ne quitte pas sa poche ou la boîte à gants de sa voiture. Je m'attendais à ce qu'il le fasse. Il a juste dit que ma mère n'était pas de cet avis, mais que, quant à lui, il croyait nécessaires ces dernières images même si elles ne devaient jamais être regardées par personne. L'important était qu'elles existent. Je lui ai juste dit que les photographies avaient déjà été prises, mais sans lui expliquer pourquoi elles l'avaient été, car je ne le comprenais pas clairement moi-même.

Je n'ai pas voulu écarter ces images. Elles figurent devant moi à leur place parmi les autres. Elles n'ont ni plus ni moins de valeur que celles qui les accompagnent. Elles appartiennent au même titre à l'histoire. Parfois je les regarde poussé par la curiosité de vérifier que tout cela a bien été. Je fais moins confiance à ces images qu'à ma mémoire, mais je ne vois aucune raison de me priver de leur évidence. Elles me semblent beaucoup moins pathétiques que le moindre souvenir habité. À tous, elles apparaîtraient comme monstrueusement obscènes. Je ne connais personne qui accepterait (sinon par défi ou pour certains, peut-être, par perversion) de les voir. Mais, bien entendu, nous ne proposons jamais de les montrer. J'imagine qu'on les jugerait insupportables pour la preuve qu'elles produisent de la façon dont la chair, dans la maladie puis la mort, devient déchet.

Personne ne verra jamais son propre cadavre et chacun cherche à éviter autant que possible tout ce qui pourrait en constituer à ses yeux une figure trop proche. L'exhibitionnisme morbide ne constitue pas vraiment une exception à cette règle : on se distrait de dépouilles peu vraisemblables, de cadavres télévisuels afin de se convaincre de leur peu d'existence ; la surenchère d'horreur sert à rendre invraisemblable l'éventualité de sa propre mort, à l'exiler dans le domaine rassurant de la fiction. On se divertit de simulacres et on les veut toujours plus atroces pour qu'ils paraissent toujours moins réels. Devant la photo d'un cadavre, l'horreur vient de penser : voilà ce que je deviendrai, ce que je suis donc déjà en puissance, cette chair couchée, avalée par la terre qui va la mâcher, la digérer, cette chose qui n'a plus sur elle-même aucun droit et qu'on s'apprête à délaisser... Mais, à aucun moment, si j'y pense, le corps de Pauline ne nous avait fait horreur (ni dans l'avant ni dans l'après de l'agonie). Si je regarde les toutes dernières photos, elles ne me frappent pas de stupeur. La mort n'a ni sanctifié ni souillé son corps. Étrangement, peut-être, je continue à reconnaître Pauline. Elle ne cesse pas d'être elle-même. Parmi les fausses paroles de consolation qui nous sont parvenues, certaines disaient : il valait mieux désormais que Pauline meure, car elle avait cessé d'être elle-même. Ces mots signifiaient que la douleur, la lassitude, la tristesse l'avaient tellement changée qu'il était préférable, pour son bien, qu'elle disparaisse. Ainsi deux enfants existaient et, au nom de l'un (la

« vraie » Pauline), il était juste que l'autre s'efface (mais l'« autre », la « fausse », seule, n'était pas irréelle, demeurait infiniment aimable, n'ayant rien perdu du tout de ce qui la faisait « elle »). Nous n'avions pas le sentiment de cette transformation qui semblait si évidente aux yeux des autres car, pour nous, même dans la douleur, la lassitude, la tristesse, Pauline ne cessait pas d'être elle-même. Nous n'éprouvions aucune difficulté à la reconnaître, jusque dans le moment tournoyant de la mort. Alice s'approche encore une fois. La lumière dédoublée du flash illumine le visage de l'enfant. Sa tête penche dans le volume des oreillers. Les yeux sont doucement fermés.

La première image est fatalement la dernière. Il y a une grande tache de clarté sur son front et elle se prolonge un peu sur l'arête presque invisible du nez. Les cheveux sont très ras et dessinent clairement leur géométrie sur le sommet du crâne : triangle poussant sa pointe vers le bas puis s'élargissant de part et d'autre sur les côtés. Un arc plus blond apparaît au-dessus de la tempe gauche, mais il ne s'agit sans doute que d'un reflet. Elle s'est blessée, égratignée juste sous l'œil gauche, et cela fait là comme une minuscule pointe de sang. Deux volumes blancs encadrent sa tête. Ce sont de petits oreillers entre lesquels on a essayé de la caler au mieux. Un long trait d'adhésif barre son visage à la base du nez et un autre (plus petit, un peu souillé) le redouble juste en dessous. Entre eux passe le tuyau de plastique qui plonge dans la narine gauche (on peut l'imaginer sans mal glissant dans la fosse nasale et descendant dans la gorge). À l'autre extrémité, le tuyau s'emboîte dans une sorte d'embout fixé lui-même au large diamètre du respirateur qu'on aperçoit tout juste posé sur un chevalet. La tétine de plastique masque la bouche et l'essentiel du menton dont la pointe repose sur la poitrine. Le drap rose remonte jusqu'à hauteur de ses seins, découvrant l'un d'eux dont l'aréole pâle côtoie une autre marque rouge de dimension et de forme égales, petite étoile de chair là où le cathéter (désormais ôté) glissait sous la peau. De l'autre côté, on aperçoit la ligne verticale, légèrement brisée, rouge encore vif, de la grande cicatrice qui partage en deux le thorax. Au premier plan, sur l'épaule droite, épousant exactement sa rondeur, se trouve collé un disque de plastique dont le centre métallique est pincé par l'extrémité d'un câble électrique gris transmettant ses informations régulières aux machines (invisibles sur l'image). Hors champ, son bras s'étend, serrant comme pour les protéger trois poupées rangées près d'elle par ordre de taille, adossées à la saillie de sa hanche, de sa cuisse.

Elle se réveillera tout à l'heure. Ou, peut-être, le moment est-il déjà passé. Elle donne en tout cas l'impression de dormir, très loin dans la profondeur calme des drogues. C'est à cela qu'on peut savoir avec certitude qu'elle n'est pas morte encore. Son corps est dans l'abandon sans forme et confiant du sommeil. Les infirmières ne sont pas encore venues le délivrer, l'arranger, l'allonger et, repliant les mains sur le ventre, lui donner sa forme définitive d'hiéroglyphe étendu dans le blanc, les paupières incomplètement baissées. L'image se laisse emplir tout entière par la forme de son visage. Elle n'a pas encore sombré dans l'horizontalité sans appel des gisants. Il n'est pas trop tard pour passer la main sur l'ovale plein de son front ou celui de ses joues, espérer un signal en réponse. Sa main a vaguement bougé. Elle cligne des yeux, ne voit rien, détourne la tête, cherche un répit plus certain sur l'autre côté du lit où son corps est imparfaitement fixé. Elle sort sans surprise ni effroi de la longue torpeur qui leste depuis des heures ses organes et ses membres. Une lumière inutile l'appelle à la surface d'elle-même. Cela ressemble à une sorte de soleil creux et humide au fond duquel elle aurait été prise et dont elle crève doucement l'écran, portée vers le haut comme dans l'eau tiède d'un bain, apercevant de chaque côté (dans une lumière qui efface presque leurs traits) le visage de ceux qu'elle aime. Elle convoque toutes les sensations de son corps auxquelles sa mémoire donne à peu près sens. Elle perçoit sur sa peau (de façon étouffée sous l'effet des drogues) la pression des capteurs et des pointes, le poids des tuyaux, la façon dont tous ces instruments insidieux ouvrent son corps, passent outre à son enveloppe. Elle se sait à leur merci. Elle comprend qu'elle ne peut plus parler. Quelque chose, à l'intérieur d'elle, respire à sa place, lui prend son souffle avant même qu'il ne naisse. Mais elle se dit en elle-même que tout cela ne compte plus, qu'elle veut juste qu'on la laisse enfin en paix.

La seconde image que je découvre est la suivante : elle la représente couchée encore. Pauline vient de naître. Son visage est comme un petit poing fermé. Il va s'ouvrir quand la douleur du choc se sera un peu atténuée. Autour des yeux, le visage va s'affiner. La bouche, le menton, les joues prendront doucement leur place quand la grimace de stupéfaction aura fini de rassembler les traits en une minuscule boule opaque et grise. Tout viendra s'installer harmonieusement sous le large volume du crâne. C'est tout le corps, en fait, qui semble replié sur lui-même. Il ne veut pas s'étendre sur le rectangle mince du matelas. Il refuse de se détendre. Les genoux et les bras restent pliés. Il est trop tôt pour se laisser aller. Le dos et les jambes forment un arc tendu dans le pyjama bleu sombre. Elle tente de téter sa main gauche pour se consoler. Elle n'a pas quitté la forme du ventre où elle vivait, si longue, si grande.

Le berceau où on l'a installée est une coque entièrement transparente (à l'apparence de verre ou de cristal) reposant sur deux tréteaux d'acier. On dirait qu'elle est allongée dans le vide, qu'elle flotte au-dessus du sol dans sa capsule de rien. Elle n'est pas tout à fait sur terre, encore. Elle vient de très loin, d'une profondeur inquiète dont personne ne sait grand-chose. Elle a ramené de là-bas tout un monde de sensations muettes et puis, seule trace visible, l'épais mucus vert sorti, la première fois, en abondance de ses intestins (sa consistance si étrange, comme la substance excrémentielle d'une espèce inconnue sur la terre). Elle doit se dire qu'elle rêve, et c'est pourquoi elle dort avec tant d'obstination, dans sa petite barque posée sur son double pied d'acier, pensant que si elle va jusqu'au bout de son nouveau rêve, celui-ci cessera de lui-même et la ramènera enfin jusqu'à la réalité qu'elle connaît. Pauline vient de naître entre les mains d'un chirurgien, elle mourra entre les mains d'un autre. Il y a eu deux fois ce sentiment de lame dans le ventre de sa mère. On m'a dit que je devais quitter la clinique, que le travail ne commencerait pas avant le lendemain matin, qu'aucun indice ne signalait la proximité de l'accouchement. Et puis, une heure après mon départ, le monitoring s'est mis à émettre son signal d'alerte. À la première évidence de « souffrance fœtale », il faut, avant qu'il ne soit trop tard, pratiquer une césarienne. Les infirmiers ont fait dévaler le lit jusqu'au bloc où attendait l'obstétricien (rappelé de toute urgence). Quand je suis arrivé, Pauline était née. Mais est-ce exactement naître que venir au monde par une plaie plutôt que dans le ruissellement de la sueur, l'entortillement des membranes ? On l'avait placée dans une sorte de couveuse cubique où, en pleurant, elle dépliait un peu ses membres trop longs. Une infirmière la manipulait doucement, disant que tous les examens étaient satisfaisants, que cette grande petite fille était en parfaite santé. Puis on a fait rouler l'appareil jusqu'à la pièce où Alice se reposait. Nous ne sommes montés dans la chambre que bien plus tard dans la nuit. Par la fenêtre, on voyait l'obscurité fausse pesant sur la ville.

L'usage veut qu'on accueille un enfant dans l'émerveillement, l'attendrissement. Je pourrais mentir et nous décrire penchés tous deux, souriant sur le berceau. Mais, en vérité, nous n'étions ni émerveillés ni attendris, mais plutôt sidérés par ce qui venait d'arriver et qui ne prenait sens que tout à coup, à quoi la longue attente difficile et abstraite de la grossesse ne nous avait pas du tout préparés. Quelque chose d'irréparable venait de se produire à quoi nous étions mêlés sans parvenir tout à fait à nous en considérer comme la cause. Ce « quelque chose »-là prenait la forme d'un « quelqu'un » : la totalité inouïe, ineffaçable d'une personne. Sa venue au monde ne nous semblait en rien triomphale. En profondeur, elle nous apparaissait davantage à la façon d'un désastre auquel nous aurions désormais à échapper tous les trois. Il fallait demander pardon à la petite fille que nous avions imprudemment, inconsciemment, égoïstement, appelée auprès de nous sur ce versant-ci des phénomènes. Je souhaitais cette miséricorde que je savais ne pas mériter, et cela faisait comme une prière abstraite adressée dans le vide. Et puis, dans le noir de la chambre, calé dans le grand fauteuil dont j'avais basculé le dossier en arrière, ne disant rien, je regardais Alice et Pauline et j'aurais voulu connaître une grande parole de pitié, de compassion qui puisse nous envelopper tous les trois.

Le berceau est à sa place dans le box vitré qui occupe l'angle de la chambre, de l'autre côté du lit, à l'opposé de la fenêtre. Une affichette est placardée : « Par mesure d'hygiène, il est recommandé de laisser bébé dans son box pendant les visites, merci. » Le flash fait vaguement surgir un reflet sur la paroi vitrée. La photo est ratée, mais elle nous réunit tous les trois : Pauline dans son berceau, nos deux apparences de fantômes sur le plan vertical de la vitre (Alice assise et moi debout, disparaissant presque entièrement derrière l'éclat du flash).

La première image, cette fois, est vide. Elle représente un salon remarquablement bien décoré. On imagine la photographie prise depuis le couloir ou sous le chambranle de la porte d'entrée. Il aurait été impossible de faire tenir toute la pièce dans le cadre. La prise de vue trace donc dans l'espace une sorte de diagonale à la droite de laquelle rien n'est plus visible (rien : c'est-à-dire le battant de la porte, la commode, le haut vaisselier de bois ciré). Mais, sur la gauche, l'entrée de la cuisine n'apparaît pas davantage. Le cliché découpe un rectangle absurde et sans relief où tout se trouve déséquilibré. Dans un coin s'entassent le canapé, la table ronde recouverte d'une nappe et sur laquelle repose une lampe sphérique coiffée de son abat-jour blanc, les chaises. Le mur du fond est tout éclairé par la symétrie des grandes fenêtres, prises elles-mêmes dans le cadre d'un large drapé vert. Les stores blancs sont à demi déroulés. La porte qui donne sur le balcon est ouverte. La partie centrale de la rambarde en fer forgé manque. Derrière, tout est pris dans le fouillis vert et blanc des feuilles. L'absence de profondeur de l'image fait croire à l'extrême proximité des arbres. On dirait que la maison est posée au milieu d'un parc, qu'elle n'est pas séparée du square par toute la largeur de la chaussée.

Depuis le trottoir, c'est à l'absence de la rambarde qu'on identifie la maison parmi toutes les maisons semblables (couleur, forme identiques) qui s'alignent dans la rue. L'appartement est au premier, et son balcon repose sur le sommet du « bow-window » du rez-de-chaussée. En vérité, il s'étend sur deux étages selon la structure très particulière des maisons victoriennes que les « landlords » ont le plus souvent découpées en trois logements indépendants qu'ils vendent ou qu'ils louent selon leur intérêt au gré du marché. Les maisons se tournent le dos mais, par-derrière, entre leurs rangées symétriques de cubes empilés, s'étend en contrebas une sorte de bande nue de terrain quelquefois arrangée en jardin, le plus souvent tournant au dépotoir ou à la friche.

Si l'image est vide, c'est sans doute que nous sommes encore en chemin. La voiture roule vers la mer, et la nuit va tomber, mais le trafic incessant des poids lourds vers le continent est tel que les traversées ne s'interrompent jamais très longtemps. Le port est toujours ouvert. Au bout de l'autoroute, il élargit ses gigantesques chaussées qui, après les guichets de péage, distribuent les automobiles en interminables et rectilignes files d'attente. Plusieurs bateaux sont à quai, leurs derrières comiquement ouverts. Pauline a deux semaines. Alice n'a pas voulu rester à Paris. Londres lui donne un lieu où nous pouvons fuir ensemble. Sur le bitume qui mène à la zone d'embarquement, l'attente est brève. Des hommes en combinaisons fluorescentes guident de rares véhicules jusque dans le ventre béant du bâtiment. Le navire est presque vide, en cette nuit froide d'hiver. On ne croise pas même le peuple des prolétaires anglais (le mot, là-bas, a encore un sens) se payant l'aller-retour Douvres-Calais qui, le temps d'une double traversée, sans même prendre le risque de poser le pied sur un territoire étranger, absorbent et font provision de toute la bière légalement offerte hors taxes. Nous nous installons à l'intérieur, quelque part du côté de la proue. Pauline n'est pas encore sortie de son long sommeil natif. Elle s'accroche tout entière à la sucette de plastique que mâchonnent ses lèvres, et ce mouvement régulier la berce où qu'on l'emmène. Alice verse de larges mesures de poudre dans le cylindre du biberon, tachant de blanc la table ronde du bar autour de laquelle nous sommes assis. Mais l'eau minérale n'est pas même tiède, et le lait se fige en grumeaux qui adhèrent aux parois de verre ou s'agglutinent dans le cône de plastique. Il faudrait pouvoir élargir l'ouverture de la tétine. Pauline aspire méthodiquement. Elle se laisse nourrir sans difficultés puis, quand elle en a assez, repousse de la langue le bout du biberon et bascule en arrière dans l'assoupissement de son monde. Le bateau se balance doucement d'avant en arrière. Il ouvre son chemin entre le noir de la mer et celui du ciel, dans l'huile lourde et inquiétante de la nuit agitée par le vent. Tout cela est à peine visible de derrière le disque embué des hublots. Je déteste ces traversées, le faux luxe des ponts qui sentent la graisse, les bars et les restaurants pris d'assaut, la chasse aux banquettes les plus tranquilles où tenter d'effacer la nausée en s'allongeant à l'écart, le rituel des « duty-free », la ruée vers les cales lorsque les lumières du port apparaissent dans le lointain et que deviennent perceptibles les premières manœuvres d'approche, le ronronnement prématuré des moteurs dans la cale... Le bateau semble immobile, pris dans le nulle part obscur qui sépare les deux côtes. Il ne donne pas l'impression d'avancer, mais de laisser venir à lui l'autre côté indifférent du « channel ». La mer se retire sous lui jusqu'à ce qu'il vienne heurter le quai et qu'il délivre son maigre flot de voitures. Il y a d'abord la longue côte de Douvres, le rappel aisé de la conduite à l'envers (rouler sur la gauche et surtout prendre les ronds-points dans le sens des aiguilles d'une montre). L'entrée dans Londres est interminable en l'absence de grand axe pénétrant dans la capitale :

Greenwich (l'observatoire), Elephant and Castle (la zone invraisemblable de saleté), Vauxhall Bridge (le flux des voitures au-dessus de la Tamise), Waterloo puis le centre, depuis Marble Arch (la porte ouvrant sur les parcs) en suivant Edgware Road (enjambant les canaux)...

Ou alors, si l'image est vide, c'est que je suis rentré plus tard qu'à l'ordinaire. J'ai eu beau me presser, mon dernier cours fini à l'université, j'ai manqué le train de 21 h 07 à Euston Square. J'ai attendu un quart d'heure la connexion à Finchley Road. Je marche vite le long de Kilburn High Road. Il est si tard que seuls sont encore ouverts les « off-licence » et quelques épiceries indiennes. Je suis inquiet pour Alice et Pauline. Je me demande de quoi leur journée a pu être faite dans cette ville où elles ne connaissent personne, où elles sont entièrement livrées à elles-mêmes. Je pousse la porte de la maison. Je grimpe à l'étage. Toutes les lumières sont éteintes. Je ne fais pas de bruit. Je ne veux réveiller personne. Une forte odeur de caoutchouc brûlé vient de la cuisine. Dans l'évier trempe le stérilisateur. Je soulève le couvercle. Tout le fond est pris dans une pâte brunâtre et nauséabonde où l'on perçoit le vestige de quelques tétines dissoutes. L'armature de plastique blanc qui, en principe, reçoit les biberons a fondu, emprisonnant entre ses tiges tordues les six cylindres de verre coiffés de leurs bouchons qui s'affaissent sur eux-mêmes. L'ensemble fait bloc. Cela ressemble à une très plausible sculpture contemporaine. Elle pourrait s'intituler : Maternité moderne... Dans le grand lit, en mon absence, Alice a couché Pauline auprès d'elle. Elles se sont endormies pendant que l'engin restait sur le feu et, quand toute l'eau s'est évaporée, le contenu de l'appareil s'est mis à chauffer, jusqu'à ce que toutes les formes se mélangent en lui. Alice se tient derrière moi. Elle m'a entendu rentrer. Elle est toute désarmée devant cette catastrophe domestique. Je tiens à bout de bras le fouillis figé de verre et de plastique à quoi se réduit désormais le stérilisateur. Cela a l'allure d'une étrange machine risible sans usage possible ni place sensée dans notre vie. Il faut vite ouvrir la fenêtre pour que le froid efface l'odeur âcre qui se répand dans l'appartement.

Ou encore, si l'appartement est vide, c'est parce que nous venons de le quitter. Les cartons sont à peu près complets et les affaires triées. Les déménageurs ont reçu leurs consignes et passeront d'ici à une ou deux semaines lorsque la promesse de vente aura été officialisée par les « sollicitors » des deux parties. Tout semble en règle et il n'y a pas lieu de véritablement s'inquiéter. J'ai vérifié que le gaz était bien fermé. L'assurance court encore pour deux à trois mois. Nous n'emportons avec nous que l'essentiel qui tient dans deux valises et quelques sacs trop lourds. Il va falloir traîner tout ce barda jusqu'à la grand-rue et espérer là le passage d'un taxi malgré l'heure matinale. Le train pour Paris quittera la gare dans une heure et demie.

Pauline a fait, une dernière fois, le tour de ses jouets dans sa petite chambre tapissée de vert. Elle a vérifié leur présence dans les grands cartons. Elle embrasse son ours en peluche et nous la laissons à l'intimité de cet au revoir. Elle lui dit de ne pas être inquiet, que tout va bien se passer, qu'il peut lui faire confiance, qu'il ne restera pas tout seul très longtemps. Des monsieurs anglais vont venir bientôt le prendre avec toutes les autres affaires. Peut-être qu'il comprendra ce qu'ils diront puisqu'il est anglais lui aussi. Et puis ils l'emmèneront dans la maison de Paris où elle le retrouvera et l'installera avec toutes ses autres peluches. Dans sa chambre (en haut d'un grand escalier tout rouge), les poupées ont leur place dans leurs poches de toile suspendues au mur. Quand Teddy (c'est son nom, bien sûr) arrivera, ses cheveux à elle auront un peu repoussé. On a déjà enlevé le cathéter et ce n'est plus la peine de retourner à l'Institut (sauf pour des « photos ») puisque la « boule » est devenue tellement petite qu'on ne la voit plus. Après Noël, elle retournera à l'école avec Adela et toutes ses amies qui l'attendent. Elle raconte tout cela à l'oreille de l'ours qui a l'air d'accord. C'est un peu triste de quitter la maison de Londres, mais c'est comme ça ! Les parents expliquent qu'il faut le faire pour avoir assez d'argent pour acheter une plus grande maison près de Paris. Ils disent qu'il y aura un jardin, des fleurs, une balançoire. Parfois, le soir, ils en parlent avec elle et elle redit des mots semblables à son ours en pensant que ce sont de telles paroles de réconfort qu'il faut murmurer aux plus petits que soi quand on se prépare à les quitter. Elle a l'impression que changer de maison a quelque chose à voir avec le fait de guérir, de laisser derrière soi tout le reste de sa vie.

La seconde image est vide également. Elle représente l'appartement parisien et l'escalier rouge qui monte jusqu'à la chambre. L'angle malcommode sous lequel la photographie a été prise en accentue encore l'apparente verticalité. On dirait une échelle aux côtés dissymétriques grimpant jusqu'à une sorte de grenier. Sur la gauche se trouve la cuisine, mais on n'aperçoit que les pans de la lourde tenture verte aux motifs géométriques (et dépassant de ses plis l'angle du radiateur). La rampe (sur la droite) est presque invisible, car la ligne ascendante qu'elle trace se confond avec le rebord de l'escalier. Quant à la petite barrière au sommet (destinée à protéger les enfants de la chute), on ne peut en voir que la base (trois lattes rouges composant le cadre entrouvert d'une porte).

C'est en somme la seule photo qui, avant de partir, puisse être faite grâce à l'appareil jetable retrouvé au fond d'un tiroir. Toutes les autres pièces sont encombrées par l'accumulation invraisemblable des cartons (vaisselle, vêtements, documents, livres surtout...). Une image ne rendrait rien. On ne verrait que l'empilement comique et chancelant de ces cubes bruns ou (plus loin, derrière) les rayonnages vides des bibliothèques, des armoires dont les portes ont été laissées ouvertes. Les rideaux ont été décrochés et cela fait une lueur très calme dans l'appartement malgré l'absence de soleil sur Paris. Les fenêtres surplombent l'angle de la rue Lecourbe et du boulevard Pasteur, presque vide de toute circulation comme chaque dimanche, avec seulement (juste à hauteur des croisées, de l'autre côté de la chaussée) le passage silencieux des métros sur la ligne aérienne, glissant derrière les arches grises, sur les piliers de pierre. Il y a au mur les rectangles jaune pâle des cadres décrochés. On dirait que l'appartement a rendu doucement tout ce qu'il contenait dans son ventre, l'incroyable volume des choses inutiles qui tenaient secrètement en lui. Tout est sens dessus dessous, presque irreconnaissable, et cela rend le départ plus facile.

Les affaires de Pauline ont été rassemblées à part dans des cartons soigneusement étiquetés. Alice a plié les vêtements, classé les livres, rangé les jeux dans leurs boîtes d'origine comme si tout cela était destiné à être un jour ouvert par quelqu'un. J'ai scellé les emballages en les emmaillotant de papier adhésif. Chaque boîte est devenue une pure bulle de temps destinée à commencer sa longue traversée insensée en direction de nulle part. Inévitablement, il y aura bien plus tard (après nous, sans nous) une personne pour détruire ou s'approprier toutes ces choses auxquelles plus aucun souvenir ne sera attaché. Tout cela se passera dans un avenir si lointain qu'il est impossible à penser. Pour l'heure, il s'agit de découvrir une cache où toute cette cargaison (insupportablement douce) soit en sûreté.

Au milieu du désordre, l'escalier rouge est le seul lieu épargné (et au-delà de lui la chambre de Pauline, trop exiguë, trop difficile d'accès pour qu'on ait pu y entasser quoi que ce soit). J'ai pris les photos sans rien dire. Je demande à Alice de s'asseoir sur l'une des marches (un peu plus haut de façon qu'elle soit autant que possible au centre du cadre). Je veux en finir avec la pellicule. Je lui demande de ne pas bouger. D'image en image, on peut voir son visage imperceptiblement changer (les lèvres, les yeux, la tête qui penche un peu sur le côté). Je monte à mon tour, me tient derrière la balustrade basse sur laquelle je prends appui de mes bras tendus. Ce que j'ai sous les yeux, alors, doit être (outre la trappe étroite où grimpe l'escalier) la chambre vide : les placards blancs, la moquette usée, les murs marqués par les traces des quelques meubles qui y étaient fixés et le haut volume de la pièce elle-même, son apparence de puits sous le haut vasistas par lequel on aperçoit les griffes tendues de quelques antennes. Je prends la pose. Alice lève vers moi l'œil de l'appareil. Elle presse sur le déclencheur.

Il fait froid et la nuit tombe vite. C'est pourquoi il a fallu se presser de tout voir (d'épuiser toutes les images possibles) avant que ne vienne l'heure de la fermeture. L'absence de presque tout visiteur, en cette après-midi d'hiver, fait qu'on se croirait seuls au milieu d'une forteresse de pierre, d'arbres, de pelouses et de cages, trouée en deux par le passage de la rivière. Tout voir, non pas parce que chaque animal mérite forcément qu'on s'attarde devant lui, mais parce que notre modeste devoir (le nôtre puisque personne d'autre n'est là aujourd'hui) nous incombe de vérifier l'immensité fidèle de la Création. Ainsi il ne faut pas négliger le pavillon latéral où dans de gigantesques aquariums glauques tournent des requins, passent des tortues en laissant glisser sous nos yeux le splendide dessous lisse de leur ventre ou encore gisent les ignobles murènes au corps comme des cylindres interminables et sans vie.

Je regarde Pauline courir doucement devant nous. Que seul son bras droit se balance contre son corps tandis que le gauche reste toujours discrètement replié donne à sa course une allure légèrement asymétrique (comme si, dans une cour de récréation, elle jouait et imitait le trot lent d'un poulain). Je pense : « Elle va bien. » Cela veut dire : « Elle ne peut pas ne pas aller bien puisque son traitement s'est achevé depuis un mois, que même les contrôles sanguins sont devenus inutiles, que le dernier scanner pulmonaire n'indiquait rien d'une possible récidive, que tout est organisé désormais pour que les prochaines semaines (les vacances de Noël à la neige, la rentrée de janvier auprès de ses petits camarades d'école) la ramènent vers la vie. »

Pour aller vers les fauves, il faut passer par un long boyau un peu obscur qui réunit les deux moitiés du zoo de Londres. Il est décoré de motifs d'animaux imités de Lascaux. Pauline montre du doigt un mammouth et reconnaît des dessins d'« hommes historiques ». Mais nous devons nous dépêcher si nous voulons garder du temps pour les lions et les lionnes. Loin derrière le fossé qui les entoure, ils sont couchés sur un peu de pelouse usée, à deux pas de quelques arbres qui dispersent sur le sol leurs feuilles jaunes, dans un décor de campagne anglaise auquel quelques rochers ne parviennent pas à donner une allure africaine. Si l'on fait le tour, on arrive devant les tigres. Les cages ne sont pas grillagées mais bordées d'une épaisse vitre en verre derrière laquelle tournent les animaux, et l'on peut donc avoir l'illusion d'être tout à côté d'eux.

Le premier tigre s'approche et Pauline le montre du doigt en disant qu'il s'agit du terrifiant Shere-Kan, le mangeur de petit d'homme, celui qui répand l'effroi dans la forêt et que craignent toutes les créatures, jusqu'au python Kaa et aux loups de la meute. Un zoo est un livre ouvert dans la jungle. Si la visite s'éternise, c'est qu'aucun enfant ne voudrait devoir regagner le village des hommes où l'attend la corvée de vivre. Il se préfère panthère, ours, ou singe, du moins le plus longtemps possible. C'est là toute la morale à retenir. Notre philosophe préféré, notre héros dans la vie réelle ? Baloo ! Juste ce qu'il faut de maladresse, de gaucherie, d'embonpoint pour être crédible... Feriez-vous confiance à un penseur maigre ? Mais rien de la lassante immobilité impassible d'un bouddha... Un Falstaff un peu plus vif... L'anti-Hamlet qui, en s'esclaffant, congédie toute possibilité de tragédie... Tranquillement solitaire et pourtant gentiment attentif aux autres, ne dédaignant rien de ce qui peut contribuer à leur bonheur, assez détaché de lui-même pour se ridiculiser sans état d'âme excessif, courageux lorsqu'il le faut, tenant la vie pour ce qu'il y a de plus précieux au monde, mais n'hésitant pas à mettre la sienne en danger... Un portrait de l'artiste en gros ours reste à écrire. Cela nous changerait de toute la ménagerie littéraire ordinaire : paons, porcs, chiens, hyènes, chapons, ânes, vipères, dindons, chimpanzés... Tout tient dans la chanson que chantent Baloo et Mowgli (condensé de sagesse à l'usage des vivants) et qu'entonnent Pauline et Alice lorsqu'elles prennent ensemble leur bain, imaginant qu'elles glissent toutes deux sur l'eau d'un fleuve tropical, qu'elles font la planche en se moquant de tous les périls. La chanson dit : « Il en faut peu pour être heureux, vraiment très peu pour être heureux. » Elle murmure à leurs oreilles des paroles simples : « Il faut se satisfaire du nécessaire... Un peu d'eau fraîche et de verdure, que nous procure la nature, quelques rayons de miel et de soleil. » La morale est sans appel : « Il y en a qui rêvent de mondes inouïs. Oui mais moi, je n'aime que celui-ci... » Pauline lira plus tard les grands auteurs, mais ils ne lui apprendront rien. Tout est déjà dit, mieux encore : chanté, c'est-à-dire : compris... Adieu à tous les arrière-mondes, adieu à la mélancolie de penser qu'il y aurait un envers des sensations ou quoi que ce soit qui manquerait à l'évidence amusante de vivre...

La photo, pour être drôle (c'est-à-dire terrifiante), doit montrer ensemble Pauline et le tigre comme si ce dernier se tenait vraiment à ses côtés. Mais la difficulté vient de ce qu'un fauve ne prend pas la pose. Il longe sans cesse le verre comme s'il pensait pouvoir ainsi l'user, l'annuler. Il arpente cette petite dizaine de mètres, le regard tourné vers le côté, mais sans jamais donner l'impression de fixer qui ou quoi que ce soit. Lorsqu'il parvient au bout de son espace, il fait demi-tour. Pauline est assise sur le rebord du muret où se trouve fixée la longue et lourde paroi de verre. Elle porte son anorak bleu à fleurs rouges, mon écharpe à petits carreaux fixée à l'aide d'un gros nœud autour de son cou. Son grand bonnet vert où figurent des dessins d'éléphants recouvre son crâne nu. Il est impossible de dire ce que signifie l'expression inhabituelle de ses traits : les deux dents du haut (très écartées) mordent la mâchoire inférieure et creusent une sorte de faux sourire sur le visage. On dirait le tigre derrière elle immobile, mais le flou de sa silhouette sur l'image indique clairement qu'il s'agit là d'une illusion, qu'il n'a pas cessé son va-et-vient menaçant de l'autre côté. Sa tête est à moitié cachée par l'épaule droite de l'enfant. Les longues bandes noires irrégulières qui marquent sa fourrure semblent rayonner depuis sa mâchoire invisible. Toute la singularité de l'image vient des couleurs que le flash a suscitées dans les yeux de l'animal et dans ceux de la fillette. Les yeux verts de Pauline montrent en leur centre un tout petit disque rouge vif. L'œil droit du fauve (le seul apparent) brille non de rouge (on attendrait en lui la teinte du sang), mais d'un éclat artificiel qui évoque la couleur de l'émeraude, de l'absinthe.

Deuxième photo : le soleil brille sur le Jardin des Plantes et pourtant les ombres sont longues. Pauline a deux ans et demi. J'imagine qu'Alice a dû vouloir qu'elle étrenne, en ce dimanche, des vêtements récemment acquis. Les chaussures — d'un blanc éclatant — sont visiblement neuves. En les laçant ce matin, Alice a dû dire quelque chose comme : « Oh, mais quelle petite fille très élégante ! » Et Pauline est certainement allée tourner devant la grande glace encadrée de bois bleu, relevant le bas de son pantalon pour observer cette blancheur inouïe enveloppant ses pieds. Je parie aussi qu'elle porte pour la première fois son anorak léger aux couleurs vives (rouge marqué de fleurs ou d'étoiles). Il est bien trop grand pour elle (acheté ainsi non par erreur, mais afin qu'il lui dure plus d'une saison). Les manches ont dû être roulées pour laisser dépasser les mains, et il descend à mi-cuisses. La tétine rose pend au bout d'un ruban qui simule la queue d'une sorte de petit marsupilami bleu clipé sur le col du vêtement.

Pauline est juchée sur un petit cheval de bois, placé avec d'autres sur l'une des pelouses du jardin zoologique. Elle regarde l'objectif tout en donnant l'impression de ne pas très bien comprendre le pourquoi de cette pose que je lui ai demandé de prendre. Derrière on voit les cubes grillagés des grandes cages où dorment d'autres fauves. La visite s'achève ou elle commence. Il est impossible de s'en souvenir. D'autres moments semblables se mélangent à celui-ci : le train qui mène au Jardin d'acclimatation part d'une apparence de gare abandonnée, il franchit des grilles, on marche longtemps, laisse sur sa gauche le labyrinthe de verre, puis on passe entre des manèges, Pauline et Alice hurlent en riant lorsque la chenille plonge dans le cerceau d'une gigantesque pomme creuse, et ce jour-là ma mère les accompagne, j'installe Pauline sur la selle d'un poney qui, la bride tenue par une jeune fille en jean, fait quelques pas sur un chemin balisé de crottins puis revient à son point de départ.

D'autres images encore viennent prendre la place de celle-ci. Plus loin dans le passé (un an auparavant), Pauline fait un tour dans le manège qui, deux à trois fois par an, s'installe pour quelques semaines sous les arches du métro aérien, devant la station Pasteur. Je l'ai toujours connu là. Lorsque mon frère aîné, au début des années 70, vivait dans l'appartement que nous habitons aujourd'hui, il y emmenait déjà sa propre fille. Je me demande si, à l'époque, la même dame — gentille, seule, mélancolique — tenait déjà le manège. Le nom de l'attraction brille au-dessus du guichet : WELCOME + BABY. Il est tracé à l'aide d'ampoules colorées qui clignotent ensemble mais comme certaines sont défectueuses, il y a toujours une lettre au moins qui reste éteinte et qui manque. Le même nom figure sur les petits cartons rouges ou bleus (usés, cornés, ayant passé de main en main) qui servent à acquitter le droit d'un nouveau tour lorsque la dame passe d'enfant en enfant, et il faut bien entendu que ce soit Pauline et non moi qui lui tende ce petit rectangle.

La photo suivante la représente donc sur le carrosse qui imite celui de Cendrillon. Elle n'a pas voulu se glisser dans la nacelle étroite en forme de citrouille.

Elle a préféré grimper à la place du cocher. Sa tétine est tombée de sa bouche. Elle tient entre ses doigts les rennes qui courent jusqu'à la bouche d'un cheval de bois arrimé à l'attelage et censé tirer ce dernier. Ce doit être l'hiver encore, car Pauline porte une cagoule de laine bleue qui laisse juste filer une frange blonde sur son front. Elle paraît intriguée. Elle ne doit pas comprendre pourquoi je lui demande de sourire, pourquoi je cache mon visage derrière une petite boîte d'où jaillit vers elle une lumière vive.

Nous revenions ce jour-là d'une grande promenade dans le froid le long des jardins qui mènent aux Invalides. Le manège était désert, et j'y ai installé Pauline. Un père et sa fille sont ensuite arrivés. L'enfant devait avoir sept ou huit ans. Je pense que, sans exagération, on aurait pu dire d'elle qu'elle était atrocement défigurée. Je veux dire que la moitié de son visage avait été emportée et que l'une de ses mains manquait. Mais la vérité est qu'il n'y avait là rien d'atroce à mes yeux (ni, je l'imaginais, aux yeux de quiconque). Cette enfant conservait un visage (brun, doux, régulier) et même son versant déchiqueté continuait à exister. Le père a installé sa fille auprès de Pauline qui occupait l'engin le plus attrayant du manège (la soucoupe volante). Sans rien exprimer du tout, Pauline regardait l'enfant à ses côtés (qui, à ses yeux de presque bébé, devait sembler une très grande fille). Elle posait sur elle un regard vaguement interrogatif, mais sans rien de cruel ou d'effrayé, et l'autre n'en était pas du tout gênée. Elles étaient comme deux amies, tout à coup (la grande, la petite), s'apprêtant à partager la même et modeste aventure. Le manège s'est mis à tourner, et la fusée s'est aussitôt élevée sur son axe. Le père m'a spontanément adressé quelques mots en anglais comme s'il s'attendait à ce que je le comprenne. Des paroles anodines sur le temps et le plaisir que prenaient les deux fillettes à s'amuser ensemble... Nous avons parlé un petit moment ainsi. À son accent et à son physique, je me suis dit qu'il devait être originaire du Moyen-Orient. J'ai imaginé que sa fille avait été blessée au cours d'une guerre ou lors d'un attentat (mais peut-être était-ce aussi bien un accident de la route), qu'elle était soignée à Necker de l'autre côté du boulevard et que, chaque samedi, son père, peut-être, venait la distraire quelques heures de la clôture voisine de l'hôpital. J'étais assis sur un banc dans un coin, le manège tournait, et les deux fillettes passaient et repassaient devant moi. À chaque fois, j'adressais de la main de grands signes joyeux à Pauline qui me répondait d'un très vague sourire. Mais l'autre enfant, dès que la rotation monotone de la machine la plaçait devant mes yeux, tournait la tête pour me dissimuler le côté massacré de son visage. Et dans ce geste qui se répétait et se répétait encore, il y avait quelque chose d'infiniment pathétique que j'aurais voulu voir cesser. Mais comme je ne savais pas quoi dire, je me contentais de sourire et de répondre à l'aimable et discret bavardage du père.

Lorsque, plusieurs mois plus tard, Pauline a dû à son tour être hospitalisée dans le secteur protégé, de l'autre côté du boulevard, il y avait là une fillette arabe (défigurée, à la main manquante, au corps défait que la chirurgie, imparfaitement, laborieusement, s'attachait à reconstruire). Je me souviens un peu d'elle. Elle était très joyeuse, mais ne parlait presque jamais (peut-être en vérité ne savait-elle pas le français, sinon quelques phrases simples qu'elle avait dû apprendre par nécessité au contact des infirmières). Nous jouions parfois avec elle à des jeux de société et quand Alice ou moi nous lisions un livre à Pauline, elle s'asseyait à côté de nous pour entendre l'histoire. J'aimerais pouvoir penser aujourd'hui qu'il s'agissait de la même enfant mais, à vrai dire, je n'en sais rien. L'épisode du manège n'a acquis pour moi tant de netteté qu'après coup. Pour pouvoir compter sur une certitude, il faudrait que l'enfant au visage déchiré figure aux côtés de Pauline sur la photo posée (maintenant) sur la surface blanche de mon bureau. Mais en supposant même que tout se soit effectivement passé ce jour-là, cette photo est impossible (je n'aurais jamais osé la prendre) et, d'ailleurs, Pauline est seule. Elle attend que son carrosse se mette à tourner. La tête penchée de côté, elle me considère, tourné vers elle, lui demandant avec insistance de sourire pour une raison qu'elle ne comprend pas tout à fait.

L'image appartient cette fois à la première série après le début des traitements à l'Institut. Elle doit dater de février ou de mars. Elle a été prise à Versailles dans le jardin. Sur la pelouse (à l'herbe un peu haute), au premier plan, se trouve posée une large surface de lumière. Au-delà d'une ligne bien nette (parallèle au bord du cliché) la maison (avec l'escalier entre les parterres de fleurs entièrement dénudés) se tient dans l'ombre. Le soleil doit être en train de glisser davantage derrière le haut mur de la propriété qui décalque (selon l'heure de la journée) sa part croissante d'obscurité sur le sol. Pauline se dresse au centre du carré de clarté. Une longue ligne jaune éclaire tout le côté droit de son corps et s'élargit en une tache tout à fait limpide sur ce versant-là de son visage tandis que son ombre tombe sur sa gauche et s'allonge au-delà des limites du cadre.

Elle est vêtue d'un sweat-shirt rouge et d'une salopette de la même couleur (rayée de fines bandes blanches). La lumière la fait paraître plus blonde qu'elle ne l'a jamais été. Ses cheveux (coupés court, il y a quelques semaines) sont dans un indescriptible désordre de mèches qui partent en tout sens, mais ce désordre semble si harmonieux, met tellement en valeur ses traits qu'il est peut-être le résultat savant de sa coiffure. Ni Alice ni moi n'osons plus trop la peigner et même nos caresses s'arrêtent sur ses joues ou son front. Ses cheveux, si nous posons sur eux l'extrémité prudente de nos doigts, ont acquis une consistance étrange, nouvelle. On les dirait brûlés par le feu trop violent d'un soleil qui les aurait presque vidés de leur vie, leur donnant la texture du foin, de la feuille ou de la fleur séchées. Ils ne tombent pas, mais au cœur de leur fibre quelque chose est en train de se passer. Et sans doute sa blondeur extrême est-elle également causée par l'action des drogues qui, dans son corps, continuent leur travail (mal différencié) de dévastation, abaissant les défenses de l'organisme, les mettant à bas, rognant (nous l'espérons du moins) les marges agressives de la tumeur.

Son bras gauche est largement enveloppé dans une écharpe blanche nouée derrière son cou. L'image n'en montre pas plus. À peine peut-on percevoir, sous les vêtements, le gonflement anormal de l'épaule. Le membre repose au creux d'une attelle moulée dans le plastique depuis le premier jour de l'hospitalisation afin (nous avait-on dit) de ne pas exposer l'os, trop fragile, au risque de se briser. Mais il a fallu élargir le sommet de cet étui à plusieurs reprises tant le sommet du bras s'est mis à gonfler et déborde désormais de l'ouverture de la gouttière. Déshabiller l'enfant, la baigner, la prendre dans ses bras requiert des précautions inouïes pour ne pas susciter de douleur dans ce volume de chair parasite qui croît à son côté. Une masse un peu luisante, striée de bleu, un peu tachée de rouge, extraordinairement sensible, si lourde qu'elle semble difficile à soulever, a pris place entre le coude et l'épaule. Cette dernière elle-même a grossi un peu, déséquilibrant le corps, le dotant d'une vague protubérance qui pèse sur lui. C'est comme si le sommet du bras d'un adulte avait été greffé sur le buste d'un enfant. Cela n'a en soi rien de monstrueux. L'atroce de ce bras qui enfle naît seulement de ce qu'il signifie : l'ampleur grandissante de la maladie, l'improbabilité extrême d'une guérison éventuelle. Depuis son logement d'os, la tumeur est devenue comme une machine folle, multipliant les cellules qui bousculent la chair pour s'y ouvrir une place et qui disséminent au loin leur semence de souffrance. Les veines, saillant sur le thorax, y traçant leurs courbes minuscules sous la peau, disent le chemin pris par la mort, depuis la périphérie du corps jusque vers ses centres les plus tendres. Mais tout cela n'est pas visible sous les habits et ceux qui, dans la rue, croisent l'enfant avec son bras en écharpe, s'imaginent seulement un poignet foulé, un bras cassé.

Sur la photo, elle sourit d'un sourire un peu forcé, emphatique. Elle semble très fatiguée, sensiblement amaigrie. La douleur, disent les pédiatres, pose un masque sur le visage d'un enfant. Elle tire en arrière ses traits, les plombe, ne leur ôte rien de leur vie, mais les charge d'un pathétique trop flagrant. Pauline ne se plaint pas, mais elle a mal. Sans comprendre, elle sent se modifier l'équilibre de son corps. Toutes ses perceptions fuient sur son côté gauche (trop lourd, trop présent, noyau ineffaçable de sensation). Elles s'abîment dans cette masse compacte de détresse que les adultes nomment une « tumeur », mais qu'ils appellent pour elle une « boule ».

Elle regarde Alice la prendre en photo. Elle se tient bien droite dans l'herbe froide avec la chaleur pâle du soleil sur sa joue. Être dehors est déjà une victoire qui doit se célébrer en images. Se dresser droit dans l'herbe tient déjà du triomphe, se moquer silencieusement du monde, revenir saluer le soleil (« Dis, maman, aujourd'hui, on ne retourne pas à l'hôpital, hein, dis ? — Non, pas aujourd'hui, pas tant que tu n'as pas de fièvre, ma chérie, pas jusqu'à la prochaine cure. — Et c'est bientôt la prochaine cure ? — Non, pas bientôt, pas tout de suite... »). On sent le sourire arrêté sur ses traits, posé sur le masque plus profond de la fatigue, de l'angoisse, n'effaçant pas celui-ci, mais bien décidé pourtant à ne pas disparaître du visage. Pauline reste immobile parce qu'elle sait que, quand quelqu'un prend une photo d'elle, il est nécessaire de ne pas bouger. Elle retient son expression un peu crispée de joie. Et Alice, devant elle, dit : « Attends encore un peu, j'en prends une autre, oui, encore un grand sourire... »

Quand on pose la seconde image juste à côté de la première, on ne peut s'empêcher de penser qu'elle lui répond exactement dans le temps. Pauline en occupe à nouveau le centre, mais la disposition des ombres et des lumières se trouve strictement inversée. Au premier plan, il y a la masse (sombre, frangée, inégalement intense, çà et là trouée de jaune) que projette sur le sol un arbre ou, plus probablement, le sommet d'une haie. La petite route de campagne qui file dans le lointain ouvre sur le coin inférieur gauche du cliché un triangle de bitume. La partie supérieure de l'image baigne dans une lumière si forte que tout y semble extraordinairement pâle. L'herbe blonde et sèche borde la route (la pointe extrême du triangle gris pâle), elle fait jaillir du bas-côté ses tiges plus longues et ne se distingue pas de la masse sur la droite des cultures qui couvrent les champs. En travers de l'image, cela fait une large bande horizontale continûment dorée, coiffée par le vert assez vague de haies et de bosquets visibles une cinquantaine de mètres plus loin. Le ciel, entièrement dégagé, est d'un bleu si limpide qu'il paraît vide de toute couleur, virant par endroits au blanc.

Pauline se tient debout, immobile, au centre du cercle approximatif que fait l'ombre, à l'exacte limite de l'herbe et du goudron. Mais tout le haut de son corps se situe dans la clarté. Un bob rouge protège sa tête des rayons du soleil. Elle sourit de son même sourire. Elle est vêtue d'un tee-shirt blanc et d'une salopette bleue. Son bras gauche ne pend pas comme le droit le long de son corps. Le coude (invisible dans la manche) est très légèrement replié et la main se tourne discrètement vers l'intérieur.

Il fait bien trop chaud pour que la promenade ait été longue : peut-être juste quelques pas le long des champs. En conséquence, le jardin ne doit pas être loin. Il suffit de rebrousser chemin pour revenir jusqu'au portail et passer près de la longue ligne des rosiers blancs s'affaissant sous leur masse. Cet été, c'est là que la plupart des photos furent prises, le plus souvent dans la lumière rasante d'une fin d'après-midi lorsque vient le moment d'arroser les parterres de fleurs, d'accorder à chaque arbre son abondante ration d'eau. Le soleil n'est plus trop violent alors, et Pauline peut ôter son chapeau, découvrant son crâne entièrement nu. Elle porte de petites lunettes de soleil qui lui donnent l'allure d'une rock-star miniature qui, par caprice ou par provocation, aurait décidé de se raser la tête. Parfois elle se dévêt entièrement pour jouer dans l'eau de sa piscine gonflable installée sur la terrasse. Sa nudité est totale et troublante maintenant qu'elle est dévêtue même de ses cheveux et que tout son corps semble ainsi devenu comme un long visage lisse et radieux. Elle est assise sur une chaise disposée sur le promontoire de béton qui prolonge la maison et surplombe la pelouse. Un parasol blanc a été ouvert derrière elle. Un vaste rectangle adhésif masque son sein droit, à partir de l'épaule, couvrant un peu l'aisselle et jusqu'au pli que fait l'abdomen. Un tuyau de plastique en pend avec à son bout un petit cylindre emmailloté de plusieurs épaisseurs de bande claire. Toutes les semaines, il est nécessaire de mettre à nu l'ensemble pour procéder aux soins du cathéter. Le tuyau file sous la peau et descend dans la profondeur du thorax. Il glisse, nous dit-on, dans la veine cave et assure ainsi le transit des drogues dans le sang.

De l'autre côté naît la cicatrice. Elle dessine sur l'épaule plate (vidée de son articulation) un angle puis, marquée de traits réguliers, tombe à la verticale jusqu'au coude où elle s'interrompt. Le bras a été démailloté depuis peu de son lourd étui de laine, et c'est pourquoi la cicatrice semble d'un rose vif si lisible sur la peau pâle. Le soleil va l'effacer, l'adoucir jusqu'à la faire presque disparaître. Pauline ne peut plus dresser son bras gauche. Ses doigts ont conservé leur dextérité mais, parce qu'il était pris dans la gangue de la tumeur, le nerf qui leur permettrait de se lever a été ôté. Il lui faut glisser sa main droite sous le poignet opposé et porter ainsi sa main gauche jusqu'à la hauteur de l'endroit où elle désire la poser. Je revois dans toute sa précision le geste devenu à mes yeux naturel, spontanément lié à tous les autres dans le mouvement d'ensemble du corps. La chirurgie a soulagé Pauline de la livre de chair qui la faisait souffrir et lestait son côté. Il n'y a plus, sous son épaule, cette masse variable (veinée de reliefs bleus) qui permettait de lire, semaine après semaine, la crue inendiguable du mal. Le reste compte peu. Pauline n'y fait jamais allusion.

Je regarde l'image suivante où elle est dévêtue et je me demande ce qu'elle signifierait pour d'autres que nous. Le crâne nu, le nombril nouveau ouvert sur la poitrine par le cathéter, le bras que fend de part en part la cicatrice rose… La raison froide dirait sans doute de ce corps que la maladie l'a dévasté, et toutes ses marques révélées susciteraient l'inconfort, l'effroi. (J'ai vu de jeunes kinésithérapeutes ou des infirmières débutantes tourner de l'œil lorsque l'élégante et ravissante petite fille croisée dans le couloir, afin de recevoir des soins, retirait son foulard et sa robe, mettait à nu son thorax ourlé de traces.) J'ai envie d'écrire que, sur ces photos, elle est plus belle qu'elle ne l'a jamais été. Elle habite simplement son corps. Elle le laisse s'ouvrir sous l'œil doux de l'objectif. Elle s'abandonne à la lumineuse tendresse du regard répété qui la saisit devant le fond coloré, bruissant d'insectes, brûlé de soleil d'un été tardif. La beauté implique juste qu'on ne déserte pas la portion d'espace sensible que le destin vous assigne. Et Pauline est bien là (elle le sera encore jusqu'aux tout derniers instants). J'en viens à me demander si elle a jamais été malade. Personne ne peut soupçonner la somme de sa souffrance. Mais quelque chose d'elle-même a bien été là, obstinément splendide et doux, sur quoi l'accumulation innombrable des instants n'aura pas de prise. Non, tout est beaucoup plus simple. Elle est là, nue, radieuse, debout dans le soleil. Elle sourit. Ce sont les vacances, en somme. Il y a ce grand vide qui accueille la lumière, qui appelle l'oubli.

Dans un coin de la première image s'inscrit la photo précédente (celle qui représente Pauline debout au centre du disque d'ombre, dressée dans le soleil, se détachant sur l'éblouissement blond de l'herbe brûlée). Le cliché est posé sur la tablette de marbre qui coiffe le radiateur. Sous le verre où il a été placé, il côtoie d'autres images qui montrent également l'enfant au cours de ce même été. Mais tout cela est situé trop loin pour être visible. Et la clarté des fenêtres, prise dans les plis verticaux du voilage, surexpose tout le fond de l'image. Le reste baigne un peu dans une ombre trop brune. De Pauline, on ne voit que la tête et le haut du buste. Elle est assise sur le canapé et se penche en avant sur la feuille de papier blanc posée à même la petite table ronde parmi le désordre des feutres et des crayons. J'imagine que nous sommes arrivés en retard et que le déjeuner s'éternise. Elle a quitté la table et s'est installée un peu à l'écart tandis que l'une ou l'autre de ses grandes cousines profite de l'occasion si rare de sa présence pour jouer avec elle (c'est le sens, sans doute, de cette main plus grande qu'au premier plan on aperçoit posée aux côtés de celle de Pauline, dessinant de concert avec elle).

Toutes les photographies faites ce jour-là donnent la même impression de « clair-obscur ». Seuls le visage et la main droite de l'enfant (à cause de leur pâleur, peut-être) semblent prendre la lumière. Le corps lui-même, vêtu de bleu sombre, n'apparaît pas. Il est impossible de suivre ses contours absorbés dans la profondeur sans relief de l'image. Le visage : les yeux sous l'ovale lisse du crâne où se courbent des reflets jaunes, l'expression des lèvres (souriante et concentrée), les deux pointes symétriques des oreilles si visibles sous les cheveux absents. La main droite, puisque la gauche tombe le long des hanches : elle tient un crayon bleu, et le trait laissé sur le blanc de la page s'enroule derrière l'écran régulier des doigts courbés autour du mince cylindre de bois. C'est peut-être ma main après tout qu'on aperçoit dans le coin de l'image : la sphère inégale du large poing serré, traversée verticalement par le trait de bois d'un crayon jaune.

Sur l'image voisine, prise ce même jour obscur dans l'appartement de mes parents, c'est mon coude gauche en tout cas qu'on voit, dépassant de la manche grise de ma chemise. Pauline s'est levée de la petite table où elle dessinait. Elle n'a pas pu résister à la fabuleuse tentation du modeste et merveilleux jeu que sa grand-mère lui avait réservé. Je serre entre mes doigts le tube cylindrique afin d'éviter que le savon liquide ne se renverse sur la nappe ou la moquette. Pauline tient en hauteur la mince tige de plastique terminée en son extrémité par l'anneau étroit dans lequel il s'agit de souffler doucement, calmement, régulièrement. Elle lève les yeux vers la bulle qui s'enfle et qui s'extrait du minuscule cerceau blanc ruisselant de mousse. En son centre, l'image résonne de reflets pâles. Il est difficile de dire avec certitude ce que sont les petits éclats blancs qui apparaissent au centre des deux yeux verts. Mais dans son miroir courbe, la sphère luisante de la bulle doit réfléchir le visage de l'enfant.

Elle ne sourit pas, même si sa bouche est entrouverte. Sa figure est claire et paisible. Elle ne regarde pas l'objectif. Elle est tout entière captivée par la féerie du miracle minuscule en train de se produire. Sans doute pense-t-elle à la jeune fille qui, dans l'un de ses dessins animés, martyrisée par la méchante marâtre, oublie tout de son malheur lorsque, du sol qu'elle lave et astique, s'élève un tourbillon calme de savon. Les bulles se mettent à flotter, elles l'enveloppent comme des guirlandes de Noël tournant sur elles-mêmes, dépliant dans l'espace leurs longues écharpes écumeuses, retombant ensuite à ses pieds à la façon d'une apaisante rosée de cristal. La jeune fille se met alors à chanter, son chant s'élève et un rossignol l'accompagne dont l'image se répète dans le grand nuage miroitant qui emplit progressivement la pièce. Les bulles planent comme de lourdes perles brillantes échappées à leur collier d'ivoire. Elles sont des notes soufflées dans le vent qui sortent de la gorge, les lèvres les forment comme des baisers dépêchés vers la seule beauté, toujours accueillante, du monde.

Au moment précis où la photo est prise, la bulle — ronde, lisse, égale — est sur le point de prendre son envol, de s'arracher à sa tige. Elle va aller à la rencontre des rideaux gris doublés de soleil, cogner doucement le tissu plissé ou poursuivre son ascension jusque vers les hauteurs du plafond. Une salve de billes humides va la suivre, fuyant au hasard dans les directions les plus approximatives. Si Pauline se dépêche, s'applique (et pour l'aider, je lui tends le tube dégoulinant déjà de savon), elle pourra lancer dans l'air trois ou quatre chapelets nouveaux de bulles avant que les premiers n'aient éclaté ou touché terre. Cela fera dans tout le salon un grand enchantement joyeux qu'elle regardera grandir, se déployer, s'éteindre. Elle écoutera, ravie, les applaudissements autour d'elle et les commentaires ébahis. Les trajectoires se croisent dans le vide et se heurtent parfois. Les boules souples de mousse transparente éclatent dans l'air et dispersent sous elles une vague pluie glissante qui tache le sol. Pauline se tient au centre de cette grande avalanche suspendue. Elle laisse doucement neiger sur elle ces cristaux blancs creusés de vent. Ceux-ci l'entourent comme de minces satellites porteurs d'oubli. Parfois, l'une des bulles, sans que l'on puisse comprendre pourquoi, s'arrache à la gravitation, se met à dériver longtemps sur le côté, s'immobilise entre deux plans horizontaux de néant. On la suit des yeux puisque toutes les autres ont disparu. Elle hésite encore un peu à s'abîmer. Elle semble chercher appui quelque part dans le creux accueillant du vide, mais il n'y a pas d'espace stable qui puisse longtemps la recevoir. Enfin, elle s'allonge à même la moquette et sa base se fait plate. Sa survie improbable est une grâce. Puis il y a un « ploc » inaudible, et elle crève. Sur la photo, Pauline est heureuse. Le doux vent éphémère des phénomènes souffle autour d'elle. Il fait tourner sur place les petits signes aimables d'une beauté qui va disparaître, mais à l'intérieur de laquelle elle est pour l'instant vivante. L'enfant respire au cœur d'un inoffensif tourbillon presque invisible de papillons courbes qui laissent battre leurs ailes devant ses yeux. Leur envol effacé ressemble à une grande et sage explosion blanche immobile dans le cœur offert de la durée.

Le plus probable, en réalité, est que l'ordre des clichés ait été inversé. Pauline n'a dû se mettre à dessiner qu'une fois le tube de savon liquide entièrement vide et son contenu dispersé à l'entour sous la forme d'une mince et luisante pellicule. Sur la large page blanche où sa main est posée, il est presque impossible de deviner le sens du dessin. Peut-être s'agit-il d'un coloriage après tout. Pourtant, elle ne paraîtrait pas aussi appliquée. Les coloriages l'ont toujours ennuyée. Elle demandait à Alice ou à moi de les faire à sa place. Ou alors : elle couvrait la page de traits violents et désordonnés, dépassant dans toutes les directions à la fois pour se libérer au plus vite de cette corvée d'enfant maniaque.

Je peux imaginer son dessin sous mes yeux. Il représente une congrégation étrange de petits personnages. Le corps est un long rectangle vertical sur lequel se trouve posé le disque imparfait du visage avec les cercles jumeaux des yeux et, en leur centre, le point noir intense qui figure le regard. Il n'y a ni nez ni oreilles. Le crâne est lisse. Il est difficile de dire si oui ou non ces personnages sont gais. Un grand trait horizontal partage en deux leur visage. Les pointes symétriques des lèvres se tournent vers le haut et creusent ainsi les joues. Mais le trait tremble imperceptiblement et fausse la sensation joyeuse du sourire dont on ne peut se défendre de penser qu'il porte en lui quelque chose de mélancolique. Le buste est quelquefois colorié de noir, le rectangle se remplit d'un insistant gribouillis qui le sature de lignes répétées, se recouvrant les unes les autres sans pourtant jamais constituer un enduit uniforme. Le plus souvent, il n'y a rien sinon, déporté vers le côté ou vers le haut, un large cercle impossible à expliquer qui ouvre l'abdomen ou le thorax, et on doit supposer qu'il s'agit là du nombril (mais pourquoi cette insistance à figurer un nombril quand manquent les oreilles, les sourcils, les cheveux ?). La distribution des membres aux personnages est la plus aléatoire. Certains sont dotés de quatre bâtons minces et tendus qui, prolongeant les côtés du rectangle, figurent les bras et les jambes (il n'y a jamais ni pieds ni mains). D'autres n'ont pas de bras, d'autres encore n'ont pas de jambes. Et il en est enfin dont le corps se limite au buste et à la tête. Ce sont les plus attachants. On les dirait entièrement repliés à l'intérieur de la masse très tendre de leur être, n'existant que par l'expression fixe, obstinée, attentive, douce de leur visage. Le trait est maladroit, bien sûr, mais il est ferme. Les personnages se détachent avec la plus grande netteté du fond brillant du papier blanc. Ils juxtaposent leurs formes dans l'espace hors perspective qui les reçoit.

Aucun doute n'est possible concernant leur existence. Ils sont là dans toute l'évidence gentiment énigmatique de leur présence, semblables à des totems amicaux. Avec leurs grands yeux ouverts, ce sont eux qui observent celui qui les regarde, qui lui sourient de leur sourire un peu triste.

La plus émouvante des cinq petites créatures se trouve un peu à l'écart, sur l'extrémité gauche du cadre. Elle penche la tête et semble tourner les yeux sur le côté. L'absence de membres lui donne une grande apparence d'immobilité sage et résignée. Le disque du nombril est étonnamment disproportionné. La silhouette est tout entière criblée de traits brefs et de points comme si un essaim fixe de lucioles sombres l'entourait. Ce sont, explique Pauline, des flocons de neige qui tombent sur l'enfant.

Elle est l'enfant sur qui tombe la neige. C'est ce que disent du moins les deux dernières photos, celles qui restent lorsque la partie de « Memory » s'achève et que toutes les autres images ont regagné leur place dans les pochettes de papier glacé (luisantes, glissantes, ventrues), s'entassant un peu plus loin en piles fragiles et instables. La main rassemble les deux rectangles pâles et les place au centre du carré blanc que figure le bureau désormais vide avec sa surface dénudée de tout son désordre provisoire de scènes, de souvenirs. La partie n'est ni perdue ni gagnée. Elle se termine, c'est tout, et peut aussi bien recommencer. Toute image est un reste et elle ne se laisse jamais entièrement convertir dans la monnaie commode des mots. Il y a toujours un détail inaperçu auquel il aurait été possible de donner un autre sens, de rapprocher d'un autre détail apparaissant ailleurs et changeant alors doucement de signification à son tour. Une autre fois, je choisirai de raconter l'aventure de cette ombre projetée sur le sol (et que j'avais choisi de ne pas voir), je dirai quel corps s'allongeait avec elle sur l'herbe. Je partirai de ce minuscule hasard de lumière qui appellera quelque part son contrepoids de couleurs. D'autres mots viendront alors dont je ferai semblant de me souvenir. Et parmi ces mots, pourtant, certains seront vrais. Comme le liseré flou de l'ombre sur le dentelé vert de l'herbe. Il y aura toujours cette évidence secourable ou une autre semblable. À partir d'elles, l'histoire s'écrira à nouveau.

La série des éléments composant l'ensemble est fixe puisque aucune image, désormais, ne s'ajoutera aux autres. Mais le nombre des combinaisons possibles unissant deux images (puis assignant au couple ainsi formé une place dans la suite des coups joués) est immense. Il est même infini si l'on songe que toute nouvelle combinaison n'est possible qu'en raison d'une lecture nouvelle qui, faisant apparaître tel détail jusqu'alors ignoré, modifie le sens de l'image considérée et, en conséquence, la transforme tout entière. Si je vois le corps dont l'ombre s'allonge dans l'herbe, il me faudra découvrir la forme redoublée de cette ombre sur ce mur, peut-être, où passe le soleil d'une autre journée. De loin en loin, tout se trouvera modifié. Ainsi les deux dernières images qui aujourd'hui me restent en main auraient-elles pu être les premières aussi bien.

Je dis que la neige tombe sur l'enfant mais, en vérité, Pauline se tient seulement dans un vague décor de débâcle. Je ne peux pas même rendre compte compte avec certitude de ce blanc qui s'étend derrière elle. Il pourrait s'agir après tout d'un grand reflet posé sur la poussière ou le dallage d'une allée. Je me souviens avec tant d'insistance de ces journées d'hiver qu'il me semble que, de janvier à février, tout Paris avait disparu sous la neige dans un vaste écœurement vide et gris. Par la large fenêtre de la chambre d'hôpital, lorsque au matin j'ouvrais les stores, je montrais à Pauline cette grande illusion de vallée et de glaciers au centre de laquelle nous pouvions faire semblant de nous trouver tous les trois dans l'attente des examens. La chaleur trop lourde des après-midi d'hôpital (gorgée de sa caractéristique odeur fade) nous enveloppait mais Pauline, à nos yeux, se tenait dans la solitude du froid le plus absolu. Même la fièvre qui liquéfiait son corps ne pouvait me faire renoncer à cette image absurde. Inexplicablement, elle était dehors : prise dans l'éclatement immobile de petits flocons qui tournaient autour d'elle et effaçaient son corps.

C'est pourquoi, sans doute, j'imagine que, sur cette photo, la neige tombe sur elle. Je vois bien pourtant le dessin gris, granuleux, du gravier sous ses pieds et, derrière son corps, une bande verte marquée de rouge. Je ne comprends pas que, malgré la saison, ce parterre soit ainsi fleuri. Il devrait être nu, laisser voir la terre gelée ou alors les branches et les feuilles seraient trop lourdement poudrées et il y aurait une ligne blanche épaisse creusée de noir qu'on apercevrait à peine sur le cliché. Pauline est assise seule sur un banc de pierre. Il s'agit plutôt d'un muret bas où, près de ses jambes trop courtes (qui se balancent sans toucher le sol), se trouve étrangement fixé un large anneau de métal, semblable à ceux auxquels on accroche des cordes sur les quais. Sa silhouette se détache sur celle, géométrique, d'une large tour dans le lointain : de part et d'autre d'un possible clocher (percé du disque d'une horloge illisible) s'étendent des terrasses bordées de rambardes métalliques. Il y a des gens qui se promènent parce que c'est dimanche. Ils ont déserté le carré trop bruyant du marché dont les étalages commencent à se défaire. Ils ont monté quelques marches et longent le parc où nous passons.

Pauline est assise dans la lumière très nette de ce moment d'après-midi. Elle sourit. Son bras gauche n'est pas visible, mais il passe dans la manche de son anorak bleu et je doute, en conséquence, que nous lui ayons fait passer son attelle. Sur son front, la frange blonde de ses cheveux se partage en deux et s'ouvre sur le triangle pâle de la peau. Sa coiffure est longue, en désordre, tout épaissie par l'anarchie des mèches, des épis. Elle porte une écharpe, mais n'est pas très chaudement vêtue. La grande surface blanche qui, derrière l'enfant, habite le milieu de l'image ne peut, raisonnablement, être recouverte de neige. Il faudrait pour cela un froid plus vif et un lieu désert qu'aucun passant n'aurait commencé de piétiner. C'est une vaste esplanade, en vérité, toute pavée de dalles.

Mais j'écris qu'il neige. Les bourrasques chargées de givre se sont apaisées. Et quand nous sommes arrivés, ce dimanche de février, dans le parc désert, toute cette splendeur blanche et joyeuse nous attendait. Nous sommes descendus de la voiture. Nous avons franchi les grilles vertes. Pauline s'est mise à courir et nous l'avons suivie. Nous avons passé la main dans le gel brûlant et cristallin qui faisait comme un coussin fragile sur le dos d'un banc. Puis nous nous sommes assis. Et comme cette course soudaine nous avait essoufflés, la buée de nos propres respirations nous entourait d'un grand nuage amusant que nous voulions toujours plus grand pour qu'il nous entoure, qu'il nous dissimule aux yeux des autres de toute sa pauvre vapeur fragile. C'est alors qu'Alice a sorti de son sac l'appareil.

J'écris qu'il neige parce que ce jour-là a été en un sens le premier. Le diagnostic était posé. Mais comme les traitements ne pouvaient commencer avant le début de la semaine suivante, on nous a laissés rentrer à la maison. Nous ne nous serions jamais doutés qu'il était possible de vivre ainsi hors de l'horreur, et que le travail des pointes, des lames, des rayons, des drogues laissait intacte toute cette splendeur. Pour nous, elle était là et les autres ne la voyaient pas. C'était la seule morale de cette histoire cruelle. La beauté du monde nous appartenait parce que nous étions les seuls à connaître son prix de vérité. Paris était à nous sous cette neige qui ne tombait plus, mais qui existait bien puisque nous laissions, tous les trois, nos traces en elle. Il y avait ce miracle minuscule. Mais tous les miracles sont minuscules. Ce sont des signes adressés depuis le cœur du néant et, pour pouvoir être faits, il est nécessaire qu'ils passent aux yeux des autres suffisamment inaperçus.

J'écris qu'il neige parce que l'idée ne m'a jamais quitté que tout s'accomplit dans cet enfouissement blanc des commencements. Si j'écris qu'il neige, c'est pour voir doucement s'écarter les panneaux lourds des façades, leurs écrans immobiles de pierre, pour assister au spectacle de tous ces volumes tristes rentrant magiquement à l'intérieur d'eux-mêmes et que se dégage autour de nous un grand horizon aérien inouï de solitude. Je peux faire semblant de croire qu'ainsi s'abolit toute cette fatigante géométrie de mort et d'ennui. Je peux laisser ainsi s'ouvrir l'abri miniature de ce rêve d'altitude et d'oubli qui tient entre les quatre côtés de la dernière image, seule désormais sur la table.

Elle nous montre à la montagne. Pauline est assise sur le banc de la carriole dont la forme de bateau étroit occupe le devant de l'image. La nacelle vernie est juste à sa taille, et l'enfant peut se tenir à l'arceau métallique qui lui sert de dossier lorsque le revêtement irrégulier de la route fait par trop vaciller l'engin sur l'appareil désuet de son châssis de bois. Pour occuper le bonheur de cette après-midi d'hiver, dans la maison de la vallée au milieu de la forêt, au cours de ces vacances qui ont précédé la maladie (dont nous ne pouvions pas même, à l'époque, dans le plus effrayant de nos cauchemars penser la pure possibilité), nous avons sorti du garage accablé de poussière le petit véhicule aux roues cerclées de métal vieux d'un demi-siècle au moins. Pauline était toute charmée par cette imprévisible possibilité de promenade. Je jouais au cocher et au cheval. Elle était la princesse cheminant dans son carrosse féerique par des sentiers de légende. C'est pourquoi elle sourit sans doute sur la photo.

Si j'écris (contre toute évidence) qu'il neige sur elle, c'est que je me rappelle notre déception de décembre. L'hiver était plus doux qu'aucun autre. Le soleil brillait sur toute la région. Quittant Paris pour quelques jours, nous aurions voulu d'un grand froid s'emparant de la maison, recouvrant le jardin, effaçant le visage ordinaire du monde, posant sur lui la féerie gracieuse et inquiétante d'un masque blanc. Mais la neige ne tombait pas, et c'est ainsi que nous nous distrayions de longues promenades sur les routes divisant le vert fixe et obstiné des prés.

Un jour, enfin, nous avons vu la neige. Nous avons pris la voiture et roulé en direction du col le plus proche dans la chaleur invraisemblable d'une journée entièrement baignée de lumière. Nous étions prêts à renoncer quand, au détour d'un virage un peu plus élevé, nous avons aperçu une vaste nappe blanche sur l'épaule proche d'un sommet. Nous avons garé la voiture sur un bas-côté tout mêlé de givre et de boue et pris un chemin de traverse qui grimpait raide. Aucune trace ne nous précédait, et nous nous sommes enfoncés tous les trois dans la neige. Le soleil perçait entre les nuages et enveloppait le monde dans une clarté jaune paisible. Nous marchions très lentement, et je portais Pauline sur mes épaules en silence. Toute cette beauté n'exigeait pas de parole. Cette beauté ne disait que son propre poudroiement immobile suspendu au-dessus du vide, s'accrochant au nulle part tranquille d'un flanc de montagne vertigineusement incendié de vie. Tous les trois, nous nous laissions aller à cela que nous nous souciions peu de nommer, qui contenait en soi toute la bénédiction indécise du temps (elle avait la forme toute simple d'un rayonnement sur la peau, d'un reflet dans les yeux). Et puis, malgré le ciel dégagé, nous avons senti la fraîcheur très douce de flocons tombant sur nous. Il s'était mis à neiger.

Ce jour-là, nous n'avions pas emporté l'appareil avec nous. La photographie de Pauline sous la neige manquera toujours. Elle n'est pas là, sur le bureau, où toutes les autres images ont été écartées à leur tour. Il ne reste que la surface blanche du bureau, ce vide-là et son apparence de neige, hypnotiquement chargée (à force d'être observée) de la somme possible de toutes les formes surgissant en elle.

Elle : *Et cela se termine là ?*

Lui : *C'est l'impression que l'on en a ?*

Elle : *Je ne sais pas, on dirait, oui, sur l'image par quoi tout avait commencé. Le second livre ramènerait au début du premier. On en reviendrait au moment d'avant l'histoire.*

Lui : *Il y a cette boucle, mais elle prend place dans une boucle plus large qui lui interdit de se refermer complètement sur elle-même. Chaque nouveau livre ajoute un cercle aux précédents. Il en fait la somme, et cela devient une sorte de spirale qui nous emmène plus loin, mais en nous faisant toujours passer par les mêmes points. Comme si nous n'avions pas quitté ce paysage de neige, comme si en réalité nous nous y trouvions ensemble à jamais. Et à partir de là, tout pourrait recommencer indéfiniment.*

Elle : *Que l'histoire se poursuive après le point final ne me concerne pas. Ce n'est plus notre histoire... Juste ton rêve que tu es seul à rêver.*

Lui : *Il n'y a pas de différence : tout le premier roman pourrait tenir à l'intérieur du second, et ainsi de suite à l'infini. L'image est toujours là. Rien ne peut la laisser s'effacer. Chaque texte la place en son centre. Il la dispose bien en évidence et pourtant elle reste un secret.*

Elle : *Une image que tout le monde voit et qui reste, pourtant, un secret.*

Lui : *Oui.*

Elle : *Comme mon médaillon.*

Lui : *Comme ton médaillon.*

Elle : *Les gens ne voient que lui, parfois ils me demandent ce qu'il contient et, comme je ne réponds pas, ils en concluent qu'il cache un secret, mais jamais ils ne devinent lequel. Je porte ce bijou sur ma poitrine, et ce petit objet doré est comme une blessure que j'exhiberais sans dire ce qu'elle est, une plaie ouverte très douloureuse et très douce.*

Lui : *Personne ne devine jamais ?*

Elle : *Personne... Personne ne veut savoir. Lorsque que tu es absent et que des amies viennent, elles ne peuvent pas ne pas apercevoir les photos de Pauline accrochées au mur. Je ne les cache pas, je ne les enlève pas. J'aurais honte de le faire. Ou, peut-être, est-ce par provocation, par désir de ne pas dissimuler ce que je suis et que personne ne veut voir.*

Lui : *Et que disent-elles ?*

Elle : *Rien.*

Lui : *C'est par discrétion.*

Elle : *Pas seulement. La rumeur me rapporte ce qui se raconte dans mon dos.*

Lui : *Et alors ?*

Elle : *Elles pensent que l'enfant malade qu'elles ont vue doit être la fille que tu as eue d'un précédent mariage, qu'elle est morte... Jamais elles ne pensent que Pauline pourrait être ma fille. J'imagine qu'il leur faudrait alors accepter l'idée que ce qui m'est arrivé pourrait aussi bien leur arriver demain. Elles préfèrent considérer que tu es le seul concerné et conserver leurs beaux rêves d'adolescentes, rêvant de mariages et de maternité. Personne ne veut savoir...*

Lui : *C'est pourquoi il faut un second roman qui rende le premier au présent, qui ne l'abandonne pas au passé.*

Elle : *Cela devient ton unique obsession et plus elle grandit, plus elle prend la place de ton chagrin.*

Lui : *Elle ne prend pas la place de mon chagrin. Mon chagrin prend la forme de cette obsession, c'est différent.*

Elle : *Et chacun tourne dans sa solitude et son chagrin.*

Lui : *À sa manière, chacun de nous écrit son histoire de son côté.*

Elle : *Si c'est ainsi, nous n'avons plus rien à faire ensemble.*

Lui : *C'est ce que tu penses ?*

Elle : *Je me le demande de plus en plus souvent, tu sais ?*

Lui : *Oui, je sais.*

Elle : *Je me dis que si Pauline revenait, elle ne nous reconnaîtrait plus. Elle ne saurait plus dire qui nous sommes. Elle aurait l'impression que nous avons tellement changé. Nos vies sont devenues tellement différentes, maintenant. Quand nous sommes ensemble, nous faisons semblant de vivre, puis tu retournes à ton livre. Et plus tu écris, plus tu crois que tu as le droit de te taire.*

Lui : *Je me tais parce qu'il n'y a rien à dire.*

Elle : *Les rêves que tu rêves tout seul te regardent. Ils ne me concernent pas. Tu peux écrire ce que tu veux. Mais en même temps c'est sans réelle importance. Ce que je voudrais savoir, c'est où notre histoire nous emmène, vers où nous allons.*

Lui : *J'essaie de l'expliquer dans le livre.*

Elle : *Je ne te parle pas du livre, mais de la réalité.*

Lui : *La réalité dans laquelle nous sommes entrés depuis la mort de Pauline est tellement étrange, inhabituelle, que le livre doit prendre, lui aussi, une forme différente.*

Elle : *Et que dit le livre, alors, de ce que va devenir notre vie ?*

Lui : *Tu le sais bien. Il dit qu'elle ne nous mène nulle part.*

Elle : *Nous voilà bien avancés alors.*

Lui : *Tu sais bien que rien ne peut nous rendre Pauline.*

Elle : *Je le sais mieux que toi.*

Lui : *Alors ?*

Elle : *Je ne veux pas le savoir seule, je veux que tu le saches avec moi.*

IV

Et puis il y eut le grand creux de l'été, l'équilibre de clarté des jours identiques. Le livre était terminé. La machinerie éditoriale ne se remettrait en branle qu'à l'automne. D'ici là, il s'agissait d'attendre.

Le temps était devenu notre passion. Dans le ciel, nous l'observions tourner sur lui-même. La terre où rien ne se passait était semblable à un gigantesque cadran sur lequel glissait l'ombre des nuages. Ceux-ci ne mesuraient rien sinon leur propre mouvement de vent, d'ouest en est, entre la ligne de basc de l'horizon et le lointain surplombant où toute trace visible d'eux se perdait. Chaque matin jetait dans l'espace cet inépuisable désordre paisible de formes. Parfois on voyait une interminable banquise grise pesant uniformément sur la crête basse des collines et elle s'effaçait à mesure que le jour avançait. La chaleur de l'été laissait vite se dissiper cette longue clameur de neige au-dessus de nous. Le plus souvent, avant même que nous soyons levés, le bleu s'était déjà installé, d'une intensité telle qu'on pouvait s'imaginer qu'il enveloppait le monde. Il n'y avait en lui que la ponctuation claire très lisible de quelques taches, de quelques traits développant leur géométrie légère dans la lumière pure du grand jour.

Parfois nous nous rendions au cimetière. Cela arrivait moins souvent que nous ne l'avions imaginé. Nous poussions la grille latérale et nous nous enfoncions parmi les tombes. Alice accélérait insensiblement le pas comme si elle voulait s'assurer qu'elle arriverait là-bas la première. Je la suivais parmi les croix dressées et les carrés de terre fraîche. Le monument modeste avait été érigé sur le rectangle de la concession. Le marbre rose faisait comme un cadre fragile allongé sur le sol et entre les côtés duquel avait été étendu le gravier blanc. Nous étions heureux de ne pas pouvoir imaginer le sadisme du temps déshabillant les os, soufflant la chair pour la rendre peu à peu à son destin de poussière. Sous les dalles se tenait juste la capsule mutique, insensible aux jours, enfermant dans sa coquille blanche son lot insignifiant de cendres. La stèle était haute et, à son sommet, elle répétait le nom de l'enfant en lettres trop élégantes (boucles fluides, coulantes, semblables à celles qu'on emploie sur un faire-part kitsch de naissance). Il y avait les deux dates aussi. Nous avions renoncé à fleurir la tombe pour nous épargner le spectacle des tiges sèches, des arbustes morts à chacun de nos passages. Nous ne laissions plus là-bas que des bouquets artificiels. Les fleurs ne fanaient pas. L'insistance du soleil les décolorait peut-être. Les teintes pâlissaient, passaient, mais nous ne pouvions en être tout à fait certains. Tout prenait à mesure l'apparence effacée du gravier qui lui-même jaunissait, se rouillait d'ocre et d'or.

Alice s'asseyait sur le rebord de la tombe comme on se penche sur un berceau, mais aucun corps n'était couché là. Elle passait juste la main dans l'abstraction miroitante des petits cailloux dispersés et laissait glisser le bout de ses doigts sur le miroir trop brillant de la pierre. Une ou deux fois, j'ai dû faire le signe de croix. Mais nous ne connaissions les paroles d'aucune prière pensable. Nous ne croyions pas assez en nos rôles pour nous donner en spectacle sur la scène absurde d'un cimetière. J'allumais un cigare et je tournais la tête pour ne pas être obligé de parler. Je regardais autour de moi. D'année en année, le vent avait abattu nombre de tombes. Des crucifix en morceaux gisaient sur le sol. Quelqu'un en avait rassemblé les morceaux. Certains monuments étaient devenus illisibles. Avec la répétition des saisons, avec l'obstination du mauvais temps, ils avaient acquis une teinte terreuse et ils semblaient prêts à s'enfoncer pour toujours dans le sol boueux qui les appelait. Une grande irrégularité régnait sur le domaine. Un cimetière de campagne ressemblait à un petit port de plaisance où les voiliers se balancent, portés par la crête inégale des vagues. Sur la terre mobile qui se dérobe, les monuments basculaient imperceptiblement. Comme des mâts dévêtus de leurs voiles, les croix penchaient tantôt à gauche, tantôt à droite.

Sur les stèles, je lisais des noms, des dates. Je ne pouvais pas m'empêcher de faire des soustractions. Je me disais : untel est mort en 1972, il avait quatre-vingt-sept ans ; l'autre, à côté, était entré dans sa soixante-septième année juste avant de décéder. L'obscénité de ces comptes me satisfaisait. J'y voyais une source rassurante de scandale. Mais je ne parvenais pas à répondre à cette question toute simple : quel âge les morts ont-ils en vérité ? En un sens, leur disparition devait interrompre pour eux le calcul des ans. Pourtant il était difficile de se défendre du sentiment que, dans leur tombe, de quelque façon mystérieuse, les êtres continuaient à vieillir. Après les avoir pris, le temps ne cessait pas de passer sur eux, d'agir sur leur corps depuis longtemps dissous, de perpétuer sur lui son interminable travail invisible. Et la nature de ce travail restait inintelligible. La proximité des tombes faisait apparaître dans toute son ampleur le caractère insondable de cette énigme. Les dates sur les pierres ne semblaient pas appartenir à la même durée, comme si pour chaque personne ayant vécu avait existé une temporalité unique qui lui aurait appartenu en propre. Chaque fosse enfermait ainsi sa propre bulle (ronde, close, accomplie) de temps. Il n'y avait aucun moyen de comparer ces différentes données entre elles, de les convertir dans une unité qui permît de toutes les mesurer. Il était impossible de dire l'éventuelle différence entre un mort vieux d'un siècle et un autre frais de l'année dernière. Le néant qui les accueillait, peut-être effaçait-il tout et mélangeait-il les époques comme il défaisait ensemble les corps.

Je voyais venir avec beaucoup de perplexité le cinquième anniversaire de Pauline, me demandant si celui-ci compterait et à l'intérieur de quel inhabituel calendrier. La date de sa venue au monde conservait un sens puisqu'il nous semblait encore naturel, malgré sa mort, de parler de l'« anniversaire » de notre fille. Il fallait donc penser qu'elle grandissait encore et se dirigeait sans nous vers quelque inimaginable maturité. Mais il y avait aussi l'autre date, celle de sa disparition qui devait compter autant que la première puisque, sur la pierre, elle lui répondait en chiffres et en lettres d'importance égale. Tout se mesurait désormais à partir de là comme si une nouvelle durée s'était substituée à la première avec son nouveau point zéro... Ou plutôt, il y avait deux points d'origine à partir desquels se déroulaient deux durées parallèles, et toute la difficulté venait de la coexistence de ces lignes. La deuxième date avait creusé dans le temps une seconde incision. Il était peut-être nécessaire de la célébrer également. Ce serait une sorte d'anti-anniversaire dont la signification restait incertaine, car on ne pouvait dire si avec cet événement se marquait la croissance ou la décroissance de quelque chose dans le temps. Et, comme dans le Pays des Merveilles, ce non-anniversaire reviendrait chaque jour, avec l'absurde, l'entêtante, la cruelle régularité du chagrin.

À côté de celle de Pauline se trouvait la tombe d'un petit garçon mort. Par un sentimentalisme que nous approuvions, sans doute à la mairie quelqu'un nous avait-il attribué cet emplacement plutôt qu'un autre, pensant que les deux enfants se tiendraient mystérieusement compagnie dans l'au-delà si leurs dépouilles se côtoyaient ainsi. Le camarade imposé de Pauline était né en 1958 et n'avait pas vécu plus loin que sa deuxième année. Nous n'avions jamais rencontré personne sur sa tombe, mais celle-ci était peinte de blanc vif, toujours rangée et fleurie. S'il avait vécu, ce garçon — de quatre ans plus âgé que moi — aurait pu être le père de Pauline. Mais la mort ne l'avait pas laissé sortir de sa prime enfance. Je ne pouvais décider qui, de Pauline ou de son petit compagnon, était en réalité l'aîné. Et je me demandais dans quelle extravagante et dérisoire contemporanéité ils étaient tous deux entrés.

Je m'en voulais un peu de laisser ces pensées tourner dans ma tête. Je savais bien qu'elles ne menaient nulle part. Le cimetière traçait son carré régulier dans l'espace ouvert des prés, et une forêt d'arbres frêles le bordait. La terre et la pierre construisaient un îlot fortifié sur les basses murailles duquel venait se briser, en vagues douces et anarchiques, le vert aux teintes changeantes du monde. Une étonnante et paisible rumeur de vie bruissait autour de nous. Il n'y avait rien de vraiment triste dans ce spectacle accueillant dont l'absence de pathétique nous déroutait profondément. Nous aurions préféré qu'une souffrance plus franche nous soit réservée chaque fois que nous nous approchions de la tombe, qu'il devienne impossible de ne pas pleurer, que la stèle soit comme une pierre tranchante attendant que nous nous précipitions sur elle. Mais rien de tout cela ne se passait. Alice arrangeait de façon différente les fleurs, elle enlevait avec soin les feuilles et les brindilles soufflées par le vent sur le marbre, elle triait les graviers, ôtait ceux dont la couleur avait été corrodée, puis elle se tournait vers moi qui fumais mon cigare les yeux dans le vague. Elle demandait : « Elle n'est pas ici, n'est-ce pas ? » Et je répondais : « Non, elle n'est pas ici, pas plus ici qu'ailleurs, pas plus ici qu'en n'importe quel autre endroit où nous sommes. »

Nous quittions le cimetière et puis nous rentrions après avoir conduit longtemps par des routes de campagne dont les boucles douces se faisaient obscures dans le soir. Quelque chose se passait dans le ciel, et quand nous arrivions, un autre bleu coloriait la maison, recouvrait le jardin, faisait monter le monde et sa marée mate de phénomènes jusque dans l'épais acier brillant de la nuit. Nous nous couchions très tôt et nous nous levions assez tard. Nous ne rêvions presque plus.

Au matin, nous nous trouvions jetés dans la lumière, mais celle-ci n'éclairait rien de ce que nous connaissions. Je me redressais dans le lit et je me disais que quelqu'un m'attendait. Puis je me souvenais. Je traversais la maison vide. Tandis que l'eau pour le café chauffait, j'ouvrais la porte de la cuisine donnant sur la haute pelouse encore fraîche de rosée. Ce que je voyais alors n'était pas les courbes pleines du pays faisant cercle autour du village, mais la succession sèche des heures qui nous attendaient et constitueraient le jour. Pauline perdue, je redécouvrais le long ennui de l'enfance. Il me semblait même ne l'avoir provisoirement quitté qu'au prix d'une escapade inespérée. À nouveau, j'avais conscience d'être semblable à un tout petit garçon dont personne ne se serait plus occupé. Je me faisais à moi-même une remarque qui me frappait par son étrangeté et dont j'ai découvert plus tard l'extrême banalité : un père, une mère dont l'enfant meurt se retrouve orphelin. Celui qui perd son enfant se découvre projeté dans la même solitude affolante que celui qui, tout petit, se retrouve privé de ses parents. Autour de lui se défait toute possibilité de filiation et il se met à flotter dans un vide étrange, hors de toute référence pensable à autrui.

Tout le tissu du temps se défaisait et je le sentais bien. Nous vivions dans la plus extrême solitude, partis sans laisser d'adresse à quiconque, ne faisant plus signe à personne. Notre attitude pouvait s'interpréter sans mal en termes de psychologie convenue et telle était probablement l'explication qu'autour de nous on avançait de notre disparition. On s'imaginait que nous avions fui, que nous nous cachions pour apprendre à surmonter notre chagrin et que, pour l'instant, voir ceux qui avaient connu Pauline, vivre dans les lieux où elle avait vécu nous serait trop douloureux. Je ne discutais pas le bon sens général de ces remarques, mais le problème était que le postulat à leur base ne valait plus pour nous. En effet, ces considérations sensées reposaient toutes sur l'hypothèse que, le temps passant, quelque chose changerait et nous tirerait de notre exil. Mais la mort de notre enfant nous avait fait précisément sortir du temps où les autres vivaient et, du coup, il devenait impossible au temps (à l'intérieur duquel nous n'étions plus) d'exercer sur nous les vertus bienfaisantes que les autres lui prêtaient.

Je comprenais ce que j'avais lu autrefois dans les livres de philosophie et qui m'avait alors semblé un paradoxe gratuit : de toutes les dimensions du temps, la principale n'était ni le passé ni même le présent, mais l'avenir. Par la mort, l'individu naissait au temps. Il découvrait cet appel caché par où prenait sens la possibilité de tout avènement Le présent n'existait que par cette déchirure ouverte de l'horizon, toujours plus loin que lui. Sans cette perspective-là, l'instant se découvrait vide de toute substance.

Quelque chose, pourtant, m'arrêtait. S'il semblait logique que cette béance au loin fasse apparaître l'avenir et, avec lui, le temps, ce que je constatais était, me semblait-il, d'un ordre précisément inverse. Par la mort (celle d'autrui ou la mienne aussi bien), l'avenir cessait d'exister et le temps se défaisait à sa suite. Il ne se manifestait pas dans sa vérité, mais se délitait à la manière d'une illusion. Ainsi, la mort faisait bien surgir le temps mais c'était, à mes yeux, pour livrer à qui le comprenait le spectacle de son anéantissement. Je retournais ces idées dans mon esprit et n'avais pas la prétention de philosopher. Je voulais seulement connaître un langage dans les frontières duquel il me soit possible de laisser tourner mon chagrin.

L'expérience nue du temps était désormais celle de son absence. Ou alors il fallait imaginer qu'existaient en réalité deux temps et que nous étions passés de l'un à l'autre, que nous avions franchi sans nous en apercevoir la frontière invisible qui les séparait. Nous avions quitté la fausseté du temps et étions entrés dans sa vérité. Mais comme nous persistions à nommer « temps » le mensonge auquel nous étions habitués, alors nous croyions que celui-ci venait juste de s'évanouir, alors qu'à l'inverse il se manifestait pour la première fois. Il était très difficile de trouver une image qui puisse rendre compte du rapport qui unissait l'une à l'autre ces deux formes de temporalité (la « fausse » dont nous étions sortis, la « vraie » où nous étions entrés). En réalité, aucune image ne convenait, car aucune relation ne pouvait être établie de l'une à l'autre de ces expériences. Elles s'excluaient totalement. On était d'un côté ou de l'autre même si le monde habité conservait la même approximation d'apparence. Aucun accès, aucun échange n'était possible d'une temporalité à l'autre. C'est pourquoi les mots mêmes de « fausseté » et de « vérité » n'étaient qu'une facilité à laquelle nous ne croyions pas. Si la mort nous avait fait entrer dans la « vérité » du temps, celle-ci ne surplombait en aucune façon une illusion antérieure à laquelle il aurait été gratifiant de s'imaginer s'être arrachés. Les deux univers se situaient plutôt sur un même plan d'évidence.

Ce qui avait été dénudé de toute sa signification était : le calcul des jours, la comptabilité des projets, le souci perpétuel du lendemain, la projection spontanée dans le futur reconduit de l'instant. Si l'avenir ne nous apparaissait plus, la raison en était dans son visage brusque de néant, dans sa physionomie soudaine de vide. Nous étions dans ce rien où plus aucune possibilité ne se dressait. Mais nous en concluions peut-être trop vite à l'absence de l'avenir. Peut-être était-ce lui, après tout, qui, dans son inintelligible retrait, nous faisait percevoir comme jamais la pointe perçante du perpétuel présent. Je veux dire que le visage vrai de l'avenir était peut-être ce visage vide où n'apparaissait plus aucune fiction de vie, mais par lequel se disposait, en réalité, la perspective pleine et désœuvrée d'un temps délivré de tout souci et rendu à son grand mouvement de rien.

Nous aurions dû être écrasés d'angoisse. Mais le mot ne convenait pas. Il avait quelque chose d'emphatique à quoi notre situation ne s'accordait pas. Notre pensée, parce qu'elle ne se fixait sur rien, ne subissait aucune forme de pesanteur. Au contraire, elle avait acquis une légèreté imprévisible. Elle nous murmurait à l'oreille que nous étions libres, mais d'une liberté inutile. La vérité s'avérait terne et importune. À la posséder, on n'éprouvait pas la sensation d'avoir triomphé de quoi que ce soit. L'impression consistait plutôt à avoir pénétré par mégarde dans un domaine négligeable de l'expérience humaine. Suivre le chemin à l'envers, retourner dans l'enveloppe apaisante du mensonge aurait été infiniment désirable. En ce sens, le temps — si nous en avions découvert le chiffre — n'était rien d'autre que le lieu d'un exil indifférent. Car nous ne cessions de regarder les autres avec envie. Nous aurions voulu regagner ce qu'ils nommaient le temps, mais nous ne le pouvions pas. Quelque chose nous retenait de l'autre côté. Et cet « autre côté » était celui de l'inutile vérité avec son goût fade de présent stupide et offert.

Tout cela, évidemment, prenait en nous la forme de pensées bien plus simples. Tout au long des derniers mois, nous avions connu la peur, et elle nous avait fait sentir comme jamais la précipitation folle et irréversible des jours. La mort de notre fille nous livrait maintenant à l'ennui et cet ennui, après tout, pouvait sans doute être nommé l'angoisse. Par lui apparaissait devant nous la grande et irrémédiable vacance du temps. Nous savions que rien ne pouvait donner sens à ce manque. Je pouvais me distraire à le déguiser de mots abstraits. Cela ne changeait rien à la nature vraie et cruelle de l'absence dont chaque matin ramenait avec lui l'expérience.

Au cœur de ce temps absent qui nous entourait dans son néant monotone, nous étions seuls, si seuls que plus rien ne nous permettait de vérifier notre propre existence. Nous avions le sentiment d'avoir perdu notre nom (que les autres ne prononçaient plus), notre corps (qu'ils ne voyaient plus). Un sortilège (ou bien : un charme) de totale invisibilité nous défendait de l'infatigable assiduité du monde. En ce sens, nous étions plus libres que personne ne l'avait jamais été, délivrés de toute obligation, déchargés de tout souci, sans le devoir de comparaître devant quiconque. Il n'était pas exagéré de dire que la mort de notre fille nous protégeait. Ainsi, d'une façon obscure, notre enfant veillait sur nous comme nous avions autrefois veillé sur elle. Elle avait fait se dresser au milieu de nulle part comme une forteresse transparente au sein de laquelle nous abritions le désespoir de notre ennui, splendidement et étrangement libres.

Nous regardions le monde. Il n'y avait plus que sur sa beauté lointaine qu'il fût possible de compter. Toutes les choses s'éloignaient de nous. Et c'était dès lors comme un adieu poignant qui venait redoubler la violence bien plus grande de l'autre adieu. Le présent paraissait si distant qu'il devenait aussitôt possible d'éprouver à son égard quelque chose qui ressemblait à de la nostalgie. Les phénomènes restaient là mais, de l'intérieur, quelque chose en eux en appelait à notre désertion et nous leur obéissions. À mesure qu'elles prenaient leurs distances, les choses perdaient leur nom. Nous nous savions semblables à elles. Tout avait commencé à la seconde même de la disparition de Pauline. Depuis lors, un mot manquait au monde. Cette absence mangeait le langage à l'entour. Dans ce trou creusé, le sens en venait à inévitablement sombrer.

Malgré tout, nous ne pouvions pas ne pas être un peu en relations avec quelques personnes qui savaient. Nous ne nous confiions pas à elles et elles ne nous interrogeaient pas. Pourtant, au détour d'une phrase, il m'arrivait parfois de nommer notre fille. Je le faisais hors de toute tirade pathétique, mais comme un père, dans le cours d'une conversation de bon aloi, lorsque le sujet y invite (que les autres parlent d'école, de vacances ou de famille) en vient tout naturellement à donner des nouvelles de son enfant, à offrir celui-ci en exemple. J'écoutais sonner les deux syllabes dans ma bouche. Je voulais surtout les entendre résonner et je dois dire que le silence suscité s'y prêtait. Il y avait un moment de panique très audible, et les autres prenaient pour un lapsus ce qui, dans mon esprit, tenait à la fois de la provocation et de l'expérimentation. Je voulais juste vérifier chez autrui ce qu'il en était de ce refus d'entendre. À force, ce silence se transformait en une gigantesque hallucination si tangible qu'on l'aurait presque crue visible. L'espace avait acquis une telle épaisseur quiète que certains sons s'y trouvaient privés de toute possibilité d'existence, absorbés dans la matière sourde et transparente d'un néant très discret.

Deux syllabes manquaient donc et, dans le temps immobile où nous étions jetés, le langage, de proche en proche, semblait se défaire. Les noms étaient les premiers affectés par cette métamorphose. Ils changeaient ou se perdaient et, quand ils restaient identiques à eux-mêmes, ceux qu'ils désignaient n'étaient, en réalité, plus les mêmes. J'avais été frappé avec Alice par les signes — lettres ou messages téléphoniques — qui nous parvenaient de nos parents. Ils étaient tous empreints d'une grande hésitation, voire d'une réelle maladresse, car nos parents ne savaient plus du tout comment, pour nous, ils s'appelaient désormais. Ils n'osaient plus avoir recours à la convention commode qui les faisait connaître sous le nom de « grand-père » ou de « grand-mère ». Du coup ils utilisaient leurs prénoms et cela me semblait tout à fait étrange, voire aberrant car, jamais, ils n'avaient dans le passé (même avant la naissance de Pauline) agi ainsi. S'ils avaient eu le sentiment que la situation exigeait qu'ils reprennent leur ancien nom, ils auraient dû signer les lettres qu'ils nous envoyaient : « Papa » ou « Maman ». Mais ils ne le faisaient pas davantage : soit qu'ils aient compris qu'aucun retour vers le temps d'avant n'était possible, soit qu'ils aient senti que, avec la mort de notre enfant, nous avions cessé, d'une façon certaine, d'être leur fils ou leur fille. Et je donnais raison à Alice lorsque, avec obstination, elle ne renonçait pas à l'usage des noms familiers à Pauline — « grand-mère », « grand-père » —, montrant par là même qu'elle ne voulait pas exister à leurs yeux, ou aux yeux de quiconque, autrement qu'en tant que « Maman-de-Pauline ».

Mais le problème était bien que nous n'étions pas épargnés par la métamorphose des mots. Si nous avions cessé d'être les enfants de nos parents, il était logique d'admettre que les noms qu'ils nous avaient donnés à notre naissance étaient dorénavant privés de valeur. « Alice » ou « Félix » sonnaient bizarrement à nos oreilles. D'autres avaient porté ces noms. Peut-être certains s'imaginaient-ils qu'ils nous désignaient encore. Mais quant à nous, nous savions : c'était de notre fille que nous tenions nos vrais noms, ceux en lesquels nous nous reconnaissions : « Maman », « Papa ». Ces noms étaient puérils bien sûr mais, parce qu'ils nous unissaient à notre fille, nous en avions fait nos vrais noms et ils nous avaient été ôtés. La terre comblait la seule bouche qui aurait pu les prononcer et dans laquelle ils auraient eu un sens. À cet égard, comme à bien d'autres, nous nous retrouvions jetés dans la plus totale impuissance. Ni Alice pour moi ni moi pour Alice ne pouvions quoi que ce soit. Chacun de nous était privé de la capacité de rendre à l'autre son nom car celui-ci, la mort de Pauline en avait fait s'évanouir sans appel l'usage. Il y avait quelque chose de très pathétique à penser que jamais plus nous ne serions ainsi l'un et l'autre appelés.

En y réfléchissant bien, peut-être la douceur du livre (telle que nous la ressentions) venait-elle surtout de là. Le travail patient de l'écriture répliquait à la débâcle méthodique du langage, à sa métamorphose lente. L'enjeu se situait en vérité là : à défaut de sauver des êtres, il s'agissait de sauver les mots par lesquels ceux-ci persistaient. Si les syllabes d'un prénom ne pouvaient plus être prononcées, alors il fallait les convertir en lettres et concevoir la suite de signes (de phrases devenant récit) où ces lettres reviendraient avec une insistance suffisante pour se faire malgré tout audibles d'une manière nouvelle. Le tissu du langage se défaisait à partir d'un trou ouvert en lui, un lieu de minuscule et menaçante béance qui faisait gonfler comme une cloque de rien dans la grande fabrique du sens. Il avait tout fallu reprendre depuis la périphérie lointaine des mots, construire un petit roman parcourant la surface friable des fables, remonter de proche en proche jusqu'à l'endroit où le nom désiré manquait, et puis l'inscrire là où était sa place.

Je pouvais rétrospectivement comprendre ainsi ce que j'avais fait. Mais l'explication, rien n'interdisait de lui donner un tour beaucoup plus naïf. Le livre devenait le seul espace où l'histoire de Pauline conservait droit de cité, où ne la touchait pas le tabou du refus de savoir, où la silencieuse réprobation sociale était impuissante à l'entourer de son misérable manteau d'invisibilité, où son histoire pouvait se raconter dans toute sa vérité, avec ses détours tendres et ses moments d'atrocité. J'imaginais que le livre que j'avais écrit n'avait pas d'autre propos que celui-là : prendre avec prétention possession du langage de sorte que toutes les phrases en viennent à la nommer, et que soit ouverte une entaille de syllabes au sein de ce silence assourdissant. Pauline recouvrait son nom, et elle nous redonnait le nôtre. Le roman laissait s'ouvrir comme un modeste domaine de fiction où nous pouvions choisir de prêter l'oreille à cette tendre illusion-là.

Mais, au-dehors de ce monde de mots, nous ne pouvions plus compter sur le secours de nos anciens noms. De façon troublante, d'autres que nous les portaient désormais. Nous les croisions parfois (enfants et parents) lorsque nous nous promenions ou lorsque que nous allions faire nos courses au supermarché voisin. Nous les entendions s'appeler avec agacement ou avec inquiétude. Les noms qu'ils se donnaient étaient les nôtres. Nous les regardions avec stupéfaction, car nous ne comprenions pas de quel droit ils se les étaient appropriés. Sans nous, ils continuaient notre vie à laquelle il nous était devenu impossible d'accéder. Ils s'appelaient : « Papa », « Maman » et, parfois, des petites filles de l'âge de notre enfant se faisaient nommer « Pauline ». Il était impossible d'en appeler à quiconque de cette grossière imposture, car nous étions seuls à en être les témoins. On nous aurait ri au nez.

Alors nous nous arrêtions sans rien dire et nous regardions passer ces gens qui avaient pris notre place dans le film médiocre de la vie. Une inexplicable erreur de distribution expliquait leur présence à notre place. Je me souvenais des fables qui, enfant, me laissaient pétrifié et se répétaient dans mes rêves. Un sortilège m'avait été jeté : j'étais encore moi-même, mais devais ressembler à un autre puisque personne ne me reconnaissait ; je répétais mon nom, mais personne ne l'entendait ; je rentrais chez moi, mais personne ne m'ouvrait la porte ; je ne parvenais pas à forcer ce seuil et ceux qui m'aimaient me refusaient l'accès au lit où j'aurais pu enfin me plonger dans les draps, me perdre dans l'inconscience, en terminer avec la persévérance cruelle de ce cauchemar.

Je regardais Alice. Nous nous découvrions prisonniers d'un terrifiant domaine de vent où nos corps s'étaient faits invisibles, intangibles. Nous ne pouvions plus franchir cette muraille dépourvue d'apparence. Nous étions devenus « personne » et la porte qui aurait ouvert sur la vie se situait « nulle part ». Cogner incessamment au seuil faisait de nous d'inintéressants objets de pitié ou même de dérision.

Sans nom, nous demeurions des corps (même si, anonymes, ceux-ci paraissaient invisibles aux autres). Il nous restait ce territoire pur et insignifiant de sensations. Il était semblable à un domaine à l'écart dont personne ne penserait à nous disputer la possession. Alors, puisque nous en avions tout le loisir, nous prenions chacun notre corps et nous en faisions l'objet de toutes petites expériences quotidiennes.

D'abord, nous l'allongions et le faisions dormir le plus longtemps possible, étirant la nuit à un point tel qu'elle débordait largement de ses limites convenues et envahissait le jour. À n'importe quelle heure, nous nous assoupissions et souvent nous nous éveillions dans la verticalité, l'équilibre d'une clarté fixe. La soif de sommeil grandissait avec l'habitude (l'hébétude) de dormir. C'était comme si, passé un certain seuil, nous avions acquis (ou plutôt recouvré) une faculté physique inusitée, oubliée quelque part en un recoin illocalisable de l'être. Le propre de cette faculté, telle que nous la découvrions, consistait en son caractère inépuisable. Il suffisait de baisser les paupières pour disparaître à l'intérieur de l'absence momentanée des couleurs. Toutes les dimensions du monde s'effaçaient dans une pure impression d'horizontalité ouverte dans le noir. Nous ne nous lassions pas d'accorder à notre corps ce plaisir d'oublier sa masse, de se laisser flotter doucement, glisser, tourner dans le non-espace de la nuit. L'apprentissage du sommeil ressemblait à celui de la nage. Il fallait surtout que le corps ne se raidisse pas, qu'il ne se dresse pas, mais qu'il s'abandonne à l'élément sur lequel il prenait spontanément appui. J'avais toujours été un très mauvais nageur, j'apprenais à être un meilleur dormeur. Je modelais mes gestes sur ceux d'Alice, je plagiais son rythme, me laissais prendre dans son sillage, sachant qu'elle avait toujours eu de bien meilleures dispositions que les miennes à cet exercice.

Il s'agissait, pour le cœur, de se loger calmement en un point inerte de puissance où cessait le balancement heurté de son mouvement. Tout le reste suivait. Le réveil, bien entendu, survenait. Mais il était comparable à une brève respiration prise à la surface avant la coulée confiante du corps vers l'entre-deux-eaux du sommeil. Même les rêves n'avaient plus rien d'hostile. Au-dessus de la matière accueillante de ce néant docile, ils faisaient s'épanouir de grandes et sages fleurs d'images. On les aurait dit semblables à de miraculeux nénuphars aux formes et aux tailles changeantes, posés sur le clapotis inoffensif de la nuit. À travers ces rêves (brisés, repris), une longue histoire se racontait que nous connaissions puisqu'elle était celle de notre vie. Mais l'absence de continuité des rêves était une chance. Nous pouvions à volonté entrer et sortir de ce long couloir d'hallucinations qui courait, comme un tunnel phosphorescent, à travers la profondeur paisible d'un temps vide de toute conscience éveillée. La douleur y était bien présente, mais seulement à la façon d'un simulacre d'elle-même. Toute image se trahissait comme appartenant à un songe. Du coup, la souffrance elle-même perdait un peu de son acuité. À se dire dans la langue du sommeil, elle donnait l'impression d'appartenir à un jeu, à une mise en scène sans plus de conséquences que la représentation d'une tragédie trop souvent jouée sur la scène misérable d'un théâtre périphérique.

Le matin montait en nous des chevilles aux vertèbres dans le lit aux draps défaits. Notre corps revenait vers nous sous forme de fragments absurdes et tièdes. Le matelas, les oreillers construisaient une géographie très lente de reliefs et de précipices sur laquelle os et muscles étiraient leur axe encore incertain. Cette nouvelle naissance (où rien, pourtant, ne se trouvait aboli du passé) ressemblait à celle du monde. L'éveil (avec les nombreux matins qu'il ouvrait dans le jour) était ainsi le moment de la reconnaissance : le retour des phénomènes exigeait leur exploration méthodique et la bénédiction sur eux d'une grande parole de gratitude. Alors, nous donnions à nos corps l'autorisation de se lever, de se laver, de se vêtir. Nous les laissions s'installer dans la fraîcheur de l'ombre et dans celle de l'herbe, nous leur accordions la compagnie des fleurs et celle de toutes les formes invisibles de la vie, nous les promenions sous le soleil, nous les renversions dans sa chaleur douce.

Parfois (de plus en plus souvent), nos corps faisaient l'amour. Ils revenaient vers le lit froissé et s'allongeaient l'un sur l'autre ou encore l'un contre l'autre. Nos corps se connaissaient bien. Ils ne se faisaient pas beaucoup d'illusions en amour et nous leur donnions raison. Ils semblaient s'en vouloir l'un à l'autre de quelque chose qu'il leur était indifférent de nommer. Ils se traitaient avec un peu de violence et nous nous gardions de les juger ou même de donner le moindre sens à leur conduite. Chacun en avait après la chaleur de l'autre et se donnait les moyens de ses fins. Nos corps faisaient des gestes, et nous les imitions afin d'entrer dans leur jeu. Ainsi, nous nous retrouvions au milieu d'un grand désordre d'attitudes. Il y avait des doigts traçant des lignes inutiles sur la nuque, les épaules, et sur les pointes des seins où des lèvres venaient ensuite tourner longtemps. Il y avait des mains pesant sur des hanches ou se posant sur des poignets, se refermant sur la douceur longue d'un dos. Il y avait des bras, des jambes, des cuisses, des fesses, des seins. Tout ce mélange de membres nous enveloppait, investissait l'espace plat du lit, lui prodiguait du volume, du mouvement. Nos corps se donnaient bien du mal. Ils ne se fatiguaient pas de répéter des figures. Les mêmes causes produisaient toujours les mêmes effets. Les mêmes effets appelaient toujours les mêmes causes.

À chaque fois que nos corps faisaient l'amour, les choses se terminaient ainsi : lorsque j'étais très dur depuis un bon moment et que j'avais le sentiment que l'éjaculation ne tarderait plus, je me retirais. Le corps nu d'Alice (sur lequel j'étais encore penché) redevenait visible presque tout entier puisque j'avais cessé de peser sur lui, de le recouvrir : les épaules, les seins, le ventre, les hanches, le sommet du pubis. Pour elle aussi, alors, je me faisais visible à nouveau, légèrement au-dessus d'elle, en retrait, pesant encore de ma hanche sur l'une de ses cuisses ouvertes, prenant appui sur le coude ou la main. Chacun de nos corps avait fini d'exister pour l'autre et regagnait l'intégrité inutile de son apparence. La somme anarchique d'organes, de sensations, d'odeurs, de pressions, de tiédeurs en laquelle nous nous étions chacun transformés reprenait place dans le contour d'une silhouette habituelle. Je regardais aussitôt mon sexe. Il luisait un peu, mais l'extrémité de la verge ne montrait pas de sperme. Un moment passait qui me semblait à chaque fois étrangement long, mais qui ne devait pas excéder les deux ou trois secondes. Soudain, je me mettais à éjaculer.

Je voyais mon sperme sortir en quantité plus ou moins abondante, avec plus ou moins de force. Il retombait sur les draps, dans le triangle chiffonné qui s'ouvrait entre les cuisses d'Alice encore séparées par la présence de mon corps. Parfois, il venait mouiller son ventre ou le mien. Renversée sur le lit, Alice me regardait jouir. Puis elle faisait glisser un doigt dans son sexe tandis que j'essuyais le mien.

Faire l'amour était une autre manière de dormir. Dans un sens ou dans l'autre, il était très aisé de passer de l'une à l'autre de ces formes de sommeil. Nous pouvions nous réveiller et l'un de nous se mettait à caresser l'autre. Je passais mes doigts dans les cheveux d'Alice et j'attendais son soupir, puis je laissais descendre mes mains le long de son corps jusqu'à agripper ses hanches, saisir ses genoux, écarter ses cuisses. Elle continuait à faire semblant de dormir et ne simulait le réveil que lorsqu'il était trop tard, que j'étais bien installé entre ses jambes, que je l'avais entièrement à ma disposition, que je pouvais décider à mon gré du moment où je remonterais mon pubis jusqu'à hauteur du sien. Ou alors, elle me retournait sur le dos pendant qu'à mon tour je simulais le sommeil et prenait mon sexe dans sa main pour évaluer mon érection du matin. Si elle n'en était pas satisfaite, elle jouait à prendre en pitié mon organe dont elle disait qu'il ressemblait à un petit animal apprivoisé, inoffensif. Elle le berçait entre ses doigts ou le léchait pour le faire grandir tout en me caressant les seins. Et lorsqu'il avait atteint une taille acceptable, elle me tournait le dos dans le lit. Je collais ma verge à ses fesses tout en prenant sa poitrine et me mettais à me balancer. Ma queue passait entre ses cuisses et venait frotter longuement l'entrée de son sexe. Je faisais l'indifférent. Je lui disais que si elle n'acceptait pas de se faire sauter, excité comme je l'étais à cause d'elle, je me contenterais de me branler dans mon coin.

Après avoir fait l'amour, nous sombrions dans le sommeil. Mais parfois, ayant abusé de tout, nous restions des heures sans pouvoir fermer l'œil, à observer béatement l'immobilité du temps. Dans le noir, nous nous racontions alors de très innocentes histoires perverses. Parfois, ces récits nous tenaient très longtemps et nous refaisions l'amour. Mais aussi il arrivait que le sommeil vienne et que ces histoires (toujours semblables) s'émiettent dans la nuit. Je prétendais pourtant être trop excité (d'ailleurs, je l'étais). Je me mettais à me masturber contre les fesses d'Alice qui ne disait plus rien. Elle m'abandonnait son corps pourvu que je réserve quelques doigts de ma main gauche passant dans son dos. À ce jeu, j'avais éjaculé déjà trop de fois et j'éprouvais du mal à me finir. Alors, absorbé dans le noir vertical de la nuit, trop fatigué par la répétition des scènes semblables de cette comédie, il m'arrivait de m'endormir et, au matin, je ne me souvenais plus si j'avais ou non joui une nouvelle fois. Avec soulagement, nous nous laissions aller à l'insignifiance burlesque de jouir. La perversion était un jeu sans gravité auquel nous ne croyions pas tout à fait, mais il nous distrayait de l'effrayante lassitude de vivre. Du coup, nous nous laissions aller à lui sans scrupules. Et des histoires racontées dans le noir nous berçaient de nouveau vers l'oubli.

L'été était bien avancé. Alice avait pris plusieurs rendez-vous chez le médecin. Elle les avait différés depuis le début de la maladie de Pauline. Cela faisait plus de deux ans maintenant. Dans le service de dermatologie de l'hôpital où elle s'était rendue, elle avait croisé des jeunes femmes au crâne nu passant en pyjama dans les couloirs, faisant rouler un pied à perfusion à leurs côtés. Mais le plus étrange, m'avait-elle expliqué, était l'odeur, invisiblement fidèle, ramenant tout avec elle, dans un indescriptible désordre de souvenirs. Elle avait été tentée de pousser toutes les portes pour bien vérifier que Pauline n'était derrière aucune d'elles à l'attendre. Avant le début des consultations, elle s'était sentie prise d'une sorte de malaise, avait cherché les toilettes, s'était renversée en avant et avait longuement vomi.

Alice devait également consulter un généraliste et un gynécologue afin d'obtenir le renouvellement de certaines prescriptions. Nous ne connaissions personne dans la région qui puisse nous éclairer sur le choix d'un docteur. Alice avait eu recours à l'annuaire et s'était décidée pour le plus proche des cabinets médicaux. Il se situait dans une toute petite ville éloignée de quelques kilomètres à peine du lieu où nous étions et il devait drainer toute la clientèle vieillie des communes environnantes. De l'extérieur, l'endroit avait l'apparence d'une vieille ferme fortifiée dominant de ses bâtiments de pierre un faible cours d'eau glissant entre des jardins clos. Mais lorsqu'on poussait le portail et qu'on traversait la vaste cour semée de gravier épais, on avait la certitude de pénétrer dans l'univers habituel, impeccable, propre et moderne, d'un riche dispensaire. Une secrétaire en blouse blanche nous avait reçus par deux fois. Elle nous avait conduits à l'étage dans la salle d'attente vide où j'étais resté à feuilleter de vieux magazines féminins jusqu'au retour d'Alice. Comme c'était sa première visite et qu'en conséquence les médecins ne disposaient pas encore de dossier à son nom, Alice avait dû répondre chaque fois aux mêmes questions. L'indiscrétion obligée de l'interrogatoire semblait plus pesante encore dans ce cadre de campagne. Toute parole paraissait devoir résonner dans la petitesse bruissante de rumeurs de ce minuscule village. Alice n'avait pas voulu mentir. Et au fond, toute dissimulation était inutile. Sur la carte d'assuré social qu'on lui demanderait de produire figurait encore le nom de Pauline en dessous du nôtre, accompagné de la mention : « Prise en charge à 100 % jusqu'au 31 décembre 1996. »

Quand la question lui avait été posée, elle avait donc répondu qu'elle avait bien eu un enfant, une petite fille, mais que celle-ci était morte maintenant. Les réactions des deux médecins avaient été identiques. De l'autre côté de leur bureau, ils avaient levé les yeux sur la femme si jeune qu'ils n'imaginaient pas même mère. Ils l'avaient regardée en silence quelques secondes puis avaient posé sobrement quelques questions techniques sur la nature du cancer (ostéosarcome avec métastases pulmonaires) et le lieu où il avait été soigné (l'Institut à Paris). Puis la même remarque était tout de suite venue à leurs lèvres. Ils (l'homme, la femme) avaient demandé si Alice comptait ou non avoir un nouvel enfant. Il s'agissait moins d'une question que d'une recommandation. Ils l'invitaient à être mère à nouveau, expliquant en quelques mots qu'il n'y avait en somme, à y réfléchir posément, pas d'autre solution envisageable. Ils ajoutaient : « Pas tout de suite, bien entendu », comme s'ils avaient tout de suite éprouvé l'obscénité de leur conseil et senti le besoin de nuancer cette obscénité, de la faire oublier. Puis l'examen avait commencé. Il y avait eu les gestes habituels du corps livré aux mains des autres, la fausse cordialité embarrassée de tout ce rituel propre et silencieux.

Avec Alice, nous parlions souvent de tout cela, de cette douteuse prévenance, de cette sollicitude indiscrète. Il y avait quelque chose de proprement hallucinant dans la façon dont, sans se connaître, ils disaient tous les mêmes mots. Ils voulaient qu'à la place d'un enfant mort vienne un autre enfant vivant. Aucun doute ne paraissait les toucher. Pour eux, la mort appelait irrévocablement la grossesse. Tout rentrait dans l'ordre ainsi. D'ailleurs, pensaient-ils, cela n'avait rien de plus inhumain que la vérification d'une loi scientifique. Une naissance effaçait une mort. Les jugements moraux ne s'appliquaient pas davantage à cette évidence qu'au phénomène, disons, de la gravitation ou à celui du retour des saisons. Un trou avait été ouvert dans l'étoffe du temps et puisque la nature avait horreur du vide, il fallait que quelque chose accepte là de prendre place. Ni les noms ni les corps ne comptaient. Ceux qui les avaient habités étaient aussitôt oubliés. C'était la loi banale de la survie. Chacun se sauvait à sa manière dans la grande débâcle du temps. Je me souvenais de toutes les mères enceintes que nous avions croisées à l'Institut, confiant leur enfant malade à la science, priant de toutes leurs forces pour sa guérison, mais ne négligeant pas la ressource de leurs propres sortilèges sexuels, préparant dans la marmite de leur ventre une poupée de substitut, juste au cas où… J'entendais encore toutes ces confidences banales qui constituent la mémoire des familles : « Sans l'avoir fait exprès, dès la mort de mon fils (mais aussi bien de mon frère, de mon père, de ma mère), je suis tombée enceinte à nouveau. J'avais l'impression qu'il l'aurait voulu, que depuis le fond de mon ventre, c'était lui en fait qui me disait oui… »

Nous entendions souvent des confidences semblables. Alice me rapportait en souriant les propos des médecins et ceux (plus grossiers, moins subtils) de tous les autres. Quand ils disaient la nécessité d'un autre enfant (« pas tout de suite, bien entendu »), ils ne doutaient pas un instant de parler pour la vie, de témoigner pour elle. Du coup, ils éprouvaient l'immense satisfaction de se situer impunément du côté du Bien. Ils prêchaient la reproduction des corps comme autrefois ils auraient prêché le salut des âmes. Quand Alice ou moi (et je dois dire que cela arrivait bien plus souvent à Alice qu'à moi, car son statut de mère l'exposait davantage), nous avions à subir de tels sermons, nous nous contentions d'écouter en silence. Nous découvrions la jouissance qu'il peut y avoir à se faire donner la leçon par des individus tout habités de la certitude de leur mission : des gens qui ne savaient rien de ce que nous avions vécu, mais prétendaient témoigner tranquillement devant nous de la vérité de nos vies, des gens qui avaient la certitude de se trouver davantage que nous-mêmes à l'intérieur de notre propre histoire.

Nous en rencontrions beaucoup qui se proposaient avec obligeance de nous révéler tout du sens de notre existence. C'était infiniment touchant et incroyablement drôle. Il était clair qu'ils se parlaient surtout à eux-mêmes, qu'ils cherchaient moins à nous convaincre (à nous convertir) qu'à se rassurer (à se donner en exemples). Ils bricolaient à leur propre usage une vérité tranquille à laquelle ils voulaient avec obstination que nous adhérions. Ils s'accrochaient à une sorte de religion spontanée. Où vont les morts ? D'où viennent les enfants ? Questions connues mais, pour nous, elles se posaient sous une forme plus violente. Elle demandait : où vont, d'où viennent les enfants morts ? Il fallait bien, prétendaient-ils tous, que ce fût d'un même lieu. Cela était indispensable pour que le scandale insoutenable de la mort puisse s'effacer dans le miracle niais de la naissance. La mort était une matrice qui enfantait le monde, et chaque ventre plein accouchait de sa ration de charnier. La boucle ainsi se bouclait et tout était bien. En somme, il s'agissait d'une pure affaire de comptabilité, de dette réglée. Le bilan biologique demandait juste à être équilibré.

Tout le bazar des superstitions (nous le comprenions) tenait dans l'hypothèse que communiquaient ensemble le gouffre de l'avant-naissance et celui de l'après-mort. On avait bien tort de se moquer de ceux qui croyaient en la réincarnation. C'était la conviction la plus répandue dans l'espèce humaine. Hommes et femmes donnaient le jour en espérant que quelqu'un le leur rendrait quand viendrait leur tour. Au fond, ils pensaient tous : « Je procrée parce que je meurs. Je procrée pour ne pas mourir. Auprès de ceux qui m'ont fait sortir du rien, je rembourse ma dette en laissant sa chance à quelque fantôme en attente. » Les limbes avaient la forme de fleurs d'ovaires immenses où se pressait la cohue informe d'une humanité exigeant d'être accouchée à nouveau vers le monde, puis avalée vers le rien.

Il aurait fallu être assez héroïque pour renoncer une bonne fois au désir d'être mais, héroïques, nous ne l'étions pas. Nous étions vivants, et c'était tout. Nous savions juste que nous ne voulions pas d'autre enfant. Nous n'en faisions pas une question de principe. Nous n'avions pas même assez d'arrogance pour condamner les autres car personne (et pas même nous) ne pouvait préjuger de ce que nous deviendrions et de ce que deviendraient alors nos sentiments sur ce point. D'ailleurs, en un sens, les autres avaient raison, nous le reconnaissions. Étant donné notre situation, le plus raisonnable aurait effectivement été de faire tout de suite un enfant. Nous l'aurions voué avec cruauté à la folie d'être un autre afin de sauver notre propre apparence de raison. Et peut-être le simulacre de l'oubli aurait-il fini par effacer à peu près la honte, la culpabilité, la douleur. Les autres ne manquaient pas de nous annoncer à mots couverts ce qu'il adviendrait de nous si nous nous obstinions dans le refus d'un second enfant : nous deviendrions fous et nous ne supporterions plus d'être ensemble, nous finirions par nous séparer.

J'en venais à reconsidérer ce que j'avais toujours pensé du refus de procréer chez les autres. Je connaissais des hommes ou des femmes qui avaient décidé une fois pour toutes de ne pas engendrer. Ils avaient atteint un âge tel que leur décision était désormais irrévocable. Sans doute leur « homosexualité » (comme on dit) pouvait-elle faire office le plus souvent d'explication commode. Mais tous n'étaient pas homosexuels et parmi les autres qui l'étaient (hommes ou femmes), on voyait aussi se développer de parodiques et assez dérisoires contrefaçons du désir d'enfant. Il devait donc s'agir de quelque chose de plus radical (de non réductible à une préférence érotique), d'un pari presque impensable pris sur le temps et qu'avant la mort de Pauline j'avais été tout à fait incapable de comprendre. Dans le calme, certains avaient opté pour l'annulation de leur être, sa dispersion sans drame dans le temps. Je les imaginais comme faisant un pas de côté et se libérant de l'illusion de survivre en d'autres corps que le leur. Je savais bien que je leur prêtais ainsi une sagesse qu'ils ne possédaient pas toujours. Je ne leur donnais pas non plus absolument raison, car si la vérité avait été de leur côté, en bonne logique, il aurait fallu alors considérer la naissance de notre fille comme une erreur quand elle nous apparaissait au contraire comme l'événement le plus positif de notre vie. Je mesurais le courage dont ils avaient dû faire preuve pour se situer ainsi dans la plus rigoureuse solitude. Je les imaginais se tenant face à un avenir absent, dans la pure infécondité du présent. Leur refus de la procréation les rendait libres de la grande religiosité biologique où le reste de l'humanité tournait en rond. Et ce refus ne leur avait pas été imposé comme à nous par la force de la fatalité. Il y avait eu un moment (dont peut-être ils n'avaient pas eu conscience) où ils avaient acquis la certitude non tragique qu'il en irait tout simplement ainsi de leur vie. La ligne d'horizon de la reproduction leur était apparue comme une insignifiante illusion. Car il était clair que la dissolution de l'avenir, l'effacement du temps, le sentiment d'être privé de la rassurante continuité de celui-ci naissaient de la conviction que plus personne ne viendrait après nous. J'essayais de penser à l'impasse des longues années à venir et je me demandais si nous serions jamais capables de posséder le courage de cette lucidité que nous n'avions pas choisie.

Je n'avais pas oublié le livre que j'avais écrit. En un sens, je ne cessais jamais de penser à lui. Je laissais dormir l'épais manuscrit sur un coin du bureau. Je m'interdisais de l'ouvrir. Tous ces mots (au milieu desquels je me trouvais) m'intriguaient cependant. J'aurais voulu connaître avec certitude leur sens. Il me semblait qu'ils s'étaient assemblés d'eux-mêmes et sans moi. J'avais juste assisté à leur disposition spontanée sur l'écran bleu de l'ordinateur. Porter un jugement sur ces pages m'apparaissait comme impossible. Et pourtant j'étais inquiet du moment où ce jugement serait porté par d'autres, car je voulais que cette histoire soit lue. Je pressentais que le livre, lorsqu'il serait publié, serait reçu comme un insupportable récit d'horreur. Mais pour moi, il s'agissait en vérité de tout autre chose. Disons : un roman d'amour dont l'héroïne était une petite fille de quatre ans.

Chaque jour, sans y toucher, je voyais la liasse des feuilles posée sur le bureau. J'aurais voulu être un autre pour comprendre ce que ces pages signifiaient. Je sentais une grande solitude à être l'auteur de ces mots. Parfois, je me demandais si je ne les avais pas écrits dans une langue étrangère pour laquelle aucune traduction ne serait possible. Je ne m'exagérais pas du tout l'importance objective de ce récit. L'écrire m'avait aidé à me défaire de toute espérance romantique. La pensée (si commune dans le clergé littéraire) qui voulait que les mots triomphent de la mort me faisait rire. Il n'y avait, en vérité, pas de sortie. J'étais bien conscient qu'aucune rédemption (même modeste) n'était à attendre de la publication de ce roman. Mais celui-ci me sollicitait incessamment à la façon d'une énigme intime.

Je n'excluais pas l'hypothèse de ma folie, d'un enfermement dans la douceur trompeuse d'un rêve de phrases inutilement rêvées. J'éprouvais le besoin de m'accrocher à quelque chose de tangible au-dehors de moi. Mais il n'existait aucun point d'appui sur lequel compter. Le propre de l'histoire que nous avions vécue consistait à laisser se défaire tous les liens. Pourtant, si je raisonnais, et même si, à un certain degré d'expérience, plus rien n'est comparable à rien, je devais bien admettre que d'autres parents avaient perdu un enfant. Chaque année, en pédiatrie, le cancer faisait moins de cinq cents victimes, disaient les statistiques nationales. Mais il y avait les autres pays, les autres maladies, les accidents, les guerres, et il en allait ainsi depuis toujours. Il aurait fallu être présomptueux pour imaginer que tous les autres parents avaient fermé les yeux sur la perte de leur enfant. Il devait fatalement s'en trouver parmi eux qui avaient voulu, comme moi, laisser une trace de sa disparition. Et cette trace avait dû prendre parfois la forme d'un livre.

Tout à coup, je devenais curieux de la façon dont les autres s'étaient tirés (ou non) de cette histoire, des mots auxquels ils avaient eu recours, des sophismes qui les avaient sauvés de la folie (si cela était souhaitable). Je me disais que connaître ce qu'ils avaient pensé, en me donnant un point de comparaison, me permettrait aussi de juger ce que j'avais écrit (je veux dire : d'en comprendre, de l'extérieur, le sens). Les grands exemples du passé m'étaient bien sûr familiers puisque je les avais cités dans le roman. Mais j'étais avide de proximités moins intimidantes et plus intelligibles. Alors, en l'espace de quelques semaines, je me suis mis à rassembler tous les ouvrages disponibles où se trouvaient abordées des expériences similaires. Ma première surprise fut de constater qu'ils n'étaient pas aussi nombreux que je l'aurais souhaité : une petite vingtaine de volumes rassemblés sur ma table et c'était tout.

Je crois pouvoir affirmer que j'ai lu alors ces livres comme peu de gens les ont lus, c'est-à-dire avec les yeux secs. L'explication est simple : j'avais déjà payé ailleurs (dans le réel) le prix d'émotion qu'à juste titre ils réclamaient des autres. Ma grande surprise fut de constater que je n'étais pas moins désarmé devant ces textes que devant le mien. Je pouvais sans mal faire la part en eux de la qualité littéraire. Certains de ces ouvrages relevaient en effet de la catégorie du « document » et, quand la naïveté et la maladresse n'étaient pas trop criantes, on y percevait tout de suite la patte trop habile d'un « nègre », faiseur de mélodrames. Quant aux autres livres (aux côtés desquels je savais qu'on rangerait le mien), ils prenaient bien garde à ce qu'on ne les confonde pas avec le tout-venant des récits précédents, mutipliant en eux-mêmes les signes d'une littérature consciente d'elle-même et de ses privilèges. Pour cette raison, il aurait été très facile de distinguer l'« ivraie » du témoignage et le « bon grain » de la littérature. Mais justement, à lire tous ces livres, le sentiment grandissait en moi que cette rassurante frontière n'avait pas de sens. Ou plutôt : elle n'avait de sens qu'aux yeux de ceux qui croyaient par dévotion en la capacité rédemptrice de la littérature et qui n'acceptaient de lire l'histoire d'un enfant mort qu'à condition que celle-ci soit enveloppée d'assez de métaphores et de citations pour devenir récupérable au sein de leur propre religion portative. La vraie frontière, pour moi, séparait les livres s'ouvrant véritablement au vertige sans fond de l'expérience et les autres. Et cela supposait bien sûr un certain travail dans le langage et la pensée, mais s'opérant de façons parfois fort différentes et toujours bien plus profond que le plan d'apparence où l'on juge à l'aide de critères appris.

Je jetai à la poubelle la moitié des livres achetés et conservai les autres sur mon bureau. Je me sentais tout à fait incapable de les juger mais j'étais content qu'ils existent. Leurs détails étaient ce qui me fascinait. La proximité de certaines notations m'apparaissait comme une sorte de signe involontaire et amical (au sens radical où, dans l'amitié, ce qui se trouve communiqué l'est de déchirure à déchirure). J'aimais cette banalité, car elle me disait que l'expérience la plus singulière, personne, en somme, ne pouvait en réclamer l'exclusive propriété. Mais du coup, les différences apparaissaient avec d'autant plus de force. J'étais sidéré par certains gestes dont le sens m'échappait. Je ne savais pas d'ailleurs laquelle des attitudes était la plus juste, la plus normale. Je ne cherchais pas à le savoir mais à méditer la possibilité inattendue de cet écart.

À cette époque, le seul livre dont j'eus le sentiment qu'il m'était fraternel (encore que très différent du mien et, sans doute, bien supérieur à lui) était signé d'une Japonaise dont j'ignorais tout. Elle y racontait la mort subite de son fils tout en mêlant son histoire à la réécriture d'un roman de l'âge classique. Dans son livre, on lisait : « Dans notre monde, la mort d'un enfant, ou une autre mort aussi cruelle, est devenue une chose oubliée dans notre vie de tous les jours, au point qu'il faille expressément la raconter sous forme de récit. » Et cette phrase — portée par tout le roman — sonnait à mes oreilles comme une bénédiction qui m'était adressée depuis nulle part, comme un encouragement à ne pas laisser se perdre — dans la mesure de mes faibles moyens d'écrivain — la trace de ce quelque chose de discret et poignant dont le monde ne voulait rien savoir.

Ce qui m'intéressait le plus était la manière dont tous ces récits s'achevaient : leur dernière image, leur dernier mot. J'avais en effet remarqué que, de livre en livre, il fallait toujours qu'à la place de l'enfant perdu quelque chose vienne et que l'écriture, en somme, semblait n'avoir pas d'autre raison d'être. Ce « quelque chose » qu'elle laissait surgir prenait parfois la forme d'un autre enfant et parfois la forme d'un livre. Souvent, à la dernière ligne, la mère se découvrait enceinte et c'était comme si, dans son ventre, le fil rompu du temps se nouait à nouveau. Ou bien le livre lui-même devenait mystérieusement l'enfant qu'il évoquait. Et toute la durée de son écriture était donnée comme une sorte de grossesse d'encre et de pleurs, refaçonnant à partir du néant l'être disparu, lui offrant la possibilité d'une existence retrouvée. Toujours s'exprimait, à mots plus ou moins couverts, la certitude que, grâce à l'écriture elle-même, une dette avait été payée. Le texte avait alors valeur de règlement. Par lui, tout rentrait dans l'ordre et il devenait pensable de passer à autre chose.

Je me demandais si un livre avait jamais existé qui ait su se priver de cette parole dernière d'assentiment. (Sachant bien, par ailleurs, que cette parole était précisément ce qu'exigeait la société des vivants, le dédommagement minimal qu'elle réclamait d'un écrivain pour lui avoir imposé l'épreuve inutile de l'intolérable vérité.) Je voyais bien que tous les livres échouaient en ce point (même si cet échec passait aux yeux du monde pour la seule forme de victoire). Et je n'étais pas certain, quant à moi, d'avoir fait mieux. Car un livre qui, pour finir, dénonçait son inutilité n'en cessait pas moins d'être un livre. Et il avait beau désigner enfin le vide vibrant qu'il ne comblait pas, il restait seul en ce point avec la parade présomptueuse de ses mots. En conséquence, je me demandais si une littérature était possible qui sache persévérer dans l'expérience du négatif, sans donner sens à celui-ci. Des questions me tournaient dans la tête auxquelles je ne savais pas répondre : un livre avait-il les moyens de s'obstiner dans le refus ? Si oui, restait-il un livre ou devait-il s'annuler en tant que livre pour devenir autre chose ? Mais alors quoi ? Et quel sens cela avait-il de refuser ce qui avait déjà eu lieu, ce qui aurait lieu pour chacun d'entre nous ? Peut-être était-il alors nécessaire d'imaginer un texte qui s'inscrive et s'efface d'un même geste. Mais cela supposait une sorte de mouvement perpétuel infiniment subtil : un seul ouvrage s'enroulant sur lui-même, se défaisant à mesure même qu'il se faisait ; ou alors une série d'ouvrages dont chacun ferait du précédent le combustible de son propre embrasement.

Je ne voulais pas de dernier mot, car je savais que ce dernier mot ne pouvait être que de consentement à la mort de Pauline. Et toutes les questions sans réponse que je me posais me menaient à la décision d'écrire un second roman. Mais, comme ce livre, je ne pouvais l'écrire aussitôt, je décidai d'essayer de me divertir à l'aide d'autres projets. Je revenais ainsi vers un ancien travail abandonné et que j'avais autrefois voulu consacrer à un romancier japonais. J'étais assez sceptique quant aux chances de succès de cette entreprise. Depuis la maladie de Pauline, je m'étais révélé incapable d'écrire sur un autre sujet. Et lorsque j'avais, malgré tout, signé dans des revues quelques brèves études, sous le masque de l'essai, c'était déjà vers le roman que je m'avançais.

Je prévoyais qu'il en irait de même cette fois. Je rassemblais pourtant les textes qui m'étaient nécessaires. L'un d'entre eux était signalé en bibliographie au titre des très rares études critiques consacrées au romancier qui m'intéressait. Il s'agissait d'un ouvrage de psychanalyse. Je pensais qu'il me détournerait de toutes mes lectures précédentes et ce fut l'inverse qui eut lieu. Par l'objectivité d'un hasard qui m'échappait, les pages que je découvrais semblaient reproduire en miroir le roman que j'avais achevé au début de l'été. Il s'agissait du deuil, mais d'une manière totalement opposée à ce que j'avais pu lire jusqu'alors. J'en étais d'autant plus surpris que j'avais appris à ne plus rien attendre des ouvrages de psychologie. En général, avec l'insupportable condescendance de qui entend énoncer la norme, ils prétendaient en revenir aux textes de base de la discipline et formuler la loi inexorable d'un « travail-du-deuil » par lequel il n'y aurait pas eu d'autre solution que d'en passer. Tout ce discours ordinaire reposait sur l'affirmation que le sujet endeuillé, afin de ne pas sombrer dans la mélancolie, devait laisser son désir se réinvestir en de nouveaux objets. Et cela supposait donc que ces objets puissent se substituer les uns aux autres. Or (et je m'en étais expliqué dans le livre) si j'avais choisi de m'exprimer par le biais du roman, c'était précisément parce que, dans cette langue-là, rien ne pouvait prendre la place d'autre chose et l'individu, surtout, s'y révélait dans toute son « insubstituabilité ». Non pas : la mort de l'enfant (dans son abstraction d'emblème ou sa banalité exemplaire), mais la perte de telle petite fille, avec tel nom, tel visage, tel corps, telle histoire, tels mots dans sa bouche, et ce vide-là, incomblable.

Or le livre que je lisais maintenant se situait du côté d'une expérience que je jugeais semblable à la mienne. L'auteur y évoquait la disparition de sa propre fille, mais il établissait, en pensée, ce que, dans le désordre du roman, j'avais eu la volonté maladroite d'indiquer. Il en revenait à : « Deuil et mélancolie », et la lecture qu'il en proposait décollait ce texte de toutes les interprétations consolatrices qu'en faisait circuler la fausse pensée psychologique. Même les images présentées dans le texte me troublaient, car je voyais bien qu'elles auraient pu servir à illustrer mon propre roman. Une première photographie représentait une antique tombe ouverte exposant les restes d'un adolescent, et je me souvenais des longues séances de scintigraphie où Pauline dormait, allongée, tandis que l'œil de la machine passait sur elle, communiquant à l'écran le dessin complet de son squelette, rendant visible de son vivant comme en une hallucination macabre son image à venir de petite morte. Une seconde photographie m'avertissait d'une coutume indienne dont j'ignorais tout : avant de s'immoler sur le bûcher funéraire de leur mari, les veuves laissaient l'empreinte rouge de leur main sur le mur de la maison conjugale, et cette trace était tout ce qu'il restait d'elle. Cette image me troublait plus encore, car elle renvoyait à celle que j'avais placée au centre de mon récit : le banal cadeau de fête des mères (cœur blanc tracé dans la pâte à sel) où Pauline avait laissé sa propre main. La troisième image, enfin, venait du Mexique. J'apprenais que la coutume y voulait qu'on photographie les enfants morts afin de transformer en Beauté ce spectacle de malheur, et que tout un art funéraire (inconnu de nous, inintelligible pour nous) s'était ainsi développé. Je regardais ce cliché (le corps de l'enfant dans l'avalanche savante des fleurs blanches, le regard droit de la mère avec son visage superbe), et je ne le comprenais pas. Si j'avais choisi de ne pas parler dans le livre des dernières photos que nous avions prises, je savais pourtant qu'elles existaient. J'avais ainsi le sentiment d'avoir obéi à une coutume nécessaire — puisqu'elle existait — mais dont le sens ne cessait pas de m'échapper.

L'essai s'achevait sur l'étude du texte japonais qui avait d'abord attiré mon attention. Dans ce récit étrange et qui se trouvait donc analysé, un père perdait la raison à la suite de la mort de son fils nouveau-né. Sa folie était douce : il était convaincu que l'accompagnait partout le fantôme gigantesque de son enfant, planant au-dessus de lui. Mais, bien entendu, il était le seul à voir ce prodige. Pourtant (et la nouvelle s'achevait ainsi), le narrateur (qui avait accompagné, incrédule, le père endeuillé) se trouvait à son tour gratifié d'une vision similaire : blessé par le jet d'une pierre, il voyait soudain lui apparaître dans le ciel toute une constellation de créatures ivoirines, et l'une d'entre elles descendait vers lui. Ainsi avait-il consenti, notait l'analyste, au « gracieux sacrifice du deuil », et cette formule, dès lors que je l'avais lue, ne cessait plus de tourner dans ma tête.

Ce qu'était le « gracieux sacrifice du deuil », je le comprenais mal, et le texte comme son commentaire ne faisaient qu'accroître l'obscurité étrange de cette formule. Un geste demandait à être accompli et il fallait que celui-ci laisse sa marque visible sur le corps. Une partie de soi-même exigeait d'être abandonnée. Il était nécessaire que ce sacrifice fût fait en plein jour, donné en spectacle. « Gracieusement » signifiait que toute beauté tirait de là son origine mais aussi (telle était l'ambiguïté de l'adjectif dans la traduction française) que le sacrifice demandait à être accompli gratuitement, c'est-à-dire sans espoir de règlement en retour. L'on renonçait à l'intégrité de son être et, alors l'espace se peuplait de figures comiquement féeriques et ineffablement tendres. Le deuil n'était donc plus la condition passive de qui a perdu la personne aimée. Il devenait l'acte médité par lequel la mise à mort de quelque chose en soi faisait se déployer l'horizon inouï d'une nouvelle évidence. À cette condition, il devenait possible de surmonter sa propre folie. Le commentaire que je lisais affirmait encore que l'écriture pouvait être l'une des formes de ce « sacrifice » : un individu y donnait aux autres le spectacle pitoyable de sa propre mutilation et pénétrait ainsi dans le jeu infini du désir ; il entrait dans le cœur d'un espace habité, parmi les nuages, de fantômes d'ivoire.

Tout cela restait obscur. Mais, si je ne pouvais me délivrer de l'énigme de cette formule, c'était en raison des effets que la mort de Pauline avait produits autour de nous. J'en étais averti par les rares coups de téléphone que nous passions ou par les lettres que nous recevions. Ces effets étaient modestement dévastateurs, et le chaos ainsi suscité prenait un tour tantôt dramatique, tantôt comique. Dans notre entourage, chacun semblait s'être mis à la recherche du sacrifice qui, dans sa vie propre, aurait répondu à la mort de notre fille. Je comprenais bien que ce sacrifice aurait dû être en principe rituel (pleurer, se frapper la poitrine, se couvrir la tête de cendre, laisser pousser sa barbe, comme on le faisait autrefois), que la tristesse en était la forme psychologique la plus raisonnable. Mais la disparition de Pauline (par sa violence, sa rapidité, son caractère aberrant, mais aussi en raison de l'amour éprouvé par chacun pour cette enfant) suffisait à convaincre les individus qu'un tribut plus lourd était exigé d'eux. Les rites n'existaient plus qu'à la façon de simulacres creux et déshonorants. Quant à la tristesse, étant donné la perte éprouvée, elle apparaissait comme une forme trop faible de meurtrissure. Pour s'estimer quittes à notre égard (comme si la mort de notre fille les avait transformés en débiteurs), ou parce qu'ils n'imaginaient pas ne pas répondre dans leur propre chair de la douleur de l'enfant, ceux qui avaient connu Pauline semblaient en appeler dans leur existence à une épreuve (réelle ou simulée) qui répéterait sur le mode mineur celle que l'enfant avait vécue.

Ainsi, de loin, nous assistions à toutes sortes de catastrophes miniatures touchant ceux qui avaient aimé Pauline. Ces petits désastres intimes prenaient les formes les plus diverses : perte d'emploi, insurmontables difficultés financières, séparations, divorces, deuils nouveaux, accidents, maladies... Mais aucune douleur ne s'avérait jamais à la hauteur de ce qui avait été vécu. Il n'y avait que des contrefaçons, et, de toute manière, elles auraient été impuissantes à nous dédommager du malheur. La mort de Pauline avait ouvert un trou dans le réel, et une onde mauvaise se propageait. Les épreuves que les autres vivaient me semblaient dérisoires au regard de celle que nous avions connue. Chacun se mettait à exhiber sous nos yeux tel ou tel malheur relatif, à sacrifier devant nous telle ou telle partie de lui-même, et ce sacrifice était parfois extraordinairement obscène. Par lui se manifestait le désir ambigu de se frayer une voie d'accès jusqu'au cœur du désastre de vivre. Jamais autant que dans les mois qui suivirent sa mort, je n'ai vu à l'œuvre la contagion douteuse du malheur.

Pauline avait deux cousines, un peu plus jeunes qu'elle. L'une était la fille de la sœur aînée d'Alice. L'autre, l'enfant de mon frère cadet. Pauline ne semblait pas être sortie tout à fait de leur vie et, vu leur âge, quand nous serions tous morts, elles seraient probablement les dernières à garder un vague souvenir de toute cette histoire (à moins que la mémoire n'accomplisse son raisonnable travail d'oubli et ne les délivre toutes deux de ce fardeau de chagrin inutile). La fille de mon frère, lorsqu'elle se rendait chez ses grands-parents, s'engageait dans de longues conversations puériles avec les photographies de Pauline placées bien en évidence dans le salon. Elle s'adressait tantôt à l'une et tantôt à l'autre et demandait à la petite fille sans cheveux qui la regardait si son bras, maintenant, allait mieux. Mais la fille de la sœur d'Alice avait été frappée davantage. Plus âgée, elle connaissait beaucoup mieux Pauline, l'avait vue bien plus souvent et conservait d'elle toutes sortes de souvenirs précis (dans combien d'années s'effaceraient-ils ?). La mort de sa cousine avait coïncidé avec la séparation de ses parents, et elle n'avait bien entendu pas manqué de penser (je crois qu'elle avait raison) qu'une relation de causalité existait entre ces deux événements. Mais son trouble naissait de son incapacité, dans son esprit d'enfant, à dire lequel de ces événements était la cause et lequel était l'effet. Son équilibre mental ne semblait pas affecté de façon excessive et si elle se jouait à elle-même de délirantes comédies, c'était à la manière de toutes les petites filles de son âge. Elle s'amusait à pleurer et prenait à témoin toutes ses peluches pour leur raconter que toute sa famille, maintenant, était morte et qu'elle était un pauvre petit chat perdu. Les histoires qu'elle s'inventait prenaient un irrésistible tour bouffon. Peut-être était-ce cela qui, comme elle l'avait compris, la préservait de la vraie folie. Ses monologues ressassés mélangeaient des images d'horreur empruntées aux plus macabres des dessins animés et des fragments tout à fait étonnants d'histoire sainte, venus d'on ne sait où : le petit Jésus était mort et sa maman était très triste, et il était devenu un squelette dans la terre sous la croix, et il revenait voir sa maman, et sa maman lui disait : « Oh, mon petit Jésus, comme je suis triste que tu sois mort... » Parfois, elle prétendait aussi qu'elle se nommait Pauline et que nous étions ses vrais parents, et lorsque quelqu'un s'essayait à la raisonner lui disant que nous n'étions pas ses parents et que Pauline était morte, elle répondait qu'elle le savait bien mais qu'elle avait le droit de faire semblant et de jouer à ce jeu-là. Les crises d'asthme dont elle était coutumière se faisaient plus violentes et plus régulières, et lorsqu'il s'avérait nécessaire de l'emmener d'urgence dans tel ou tel hôpital parisien, elle interrogeait les infirmières et leur demandait dans quel couloir se trouvait la chambre de sa cousine.

La maladie, la mort auraient été, bien entendu, la meilleure manière de rétablir l'équilibre rompu par la disparition de Pauline. Sans le moindre soupçon de preuve, la pseudo-science des magazines affirmait d'ailleurs que le deuil favorisait chez les sujets l'apparition de pathologies graves et souvent fatales. Souffrir dans son propre corps permettait de produire (pour soi-même, pour les autres) la preuve la moins discutable de sa compassion vraie. Autour de nous, chacun se mettait à guetter en lui-même les symptômes les plus discrets d'une affection secrète, comme si la mort avait été en vérité contagieuse et la contamination d'autant plus inéluctable que le chagrin avait été plus profond. Convaincus que le cancer grandissait en eux, certains multipliaient les examens inutiles et les scanners, et ce qu'ils cherchaient à lire sur les clichés qu'on leur montrait était l'image irréfutable de leur propre peine. Parfois ils précipitaient des opérations inutiles, voire dangereuses parce qu'ils ne pouvaient se défendre de l'appel cruel du rituel chirurgical (le dernier, le seul rituel, en somme, celui où dans le réel l'on échangeait afin de s'en délivrer une souffrance contre une autre). Ce désir d'être malade était pathétique (c'est-à-dire indissociablement drôle et triste à la fois) : il relevait du désir douteux d'accéder à son tour à la gloire du malheur. L'ironie vraie de la situation était d'ailleurs que la maladie restait indifférente à ce désir tourné vers elle : elle épargnait ceux qui faisaient mine de l'appeler à eux et qui restaient désespérément en bonne santé, elle frappait sans merci ceux qui, comme Pauline, ne l'avaient jamais souhaitée.

Des signes mineurs et involontaires traduisaient mieux l'incision cruelle du chagrin dans la chair de chacun. Dans les jours qui avaient suivi les obsèques de Pauline, la mère d'Alice avait égaré les clés de notre appartement parisien. Plus exactement : après être allée y chercher un certain nombre de documents dont nous avions besoin et qu'elle devait nous faire parvenir, elle avait laissé tomber les clés dans une inaccessible bouche d'égout ouverte dans la rue en bas de chez nous. Ma mère, elle, s'était mise à saigner du nez de façon continue. Le sang n'arrêtait pas de couler, et elle avait beau renverser la tête en arrière, il teignait de rouge des mouchoirs par dizaines. Cette image (que je n'avais pas vue) m'intriguait comme une énigme, douce plutôt que cruelle. Je donnais peut-être inconsciemment à cette hémorragie une signification sexuelle qu'elle ne pouvait pas avoir : le sang qu'elle perdait était son dernier sang, il emportait avec lui tout espoir que jamais la vie, par elle, fût donnée à nouveau, il venait d'un lieu qu'elle ne soupçonnait pas et où s'était passé quelque chose de plus terrifiant qu'un avortement ou une fausse couche. Elle n'avait pas voulu, m'avait-on dit, que l'on prête attention à tout cela. Je l'imaginais donc se laissant aller à la jouissance très tendre de se vider, se disant qu'au moins on ne la priverait pas de cette douceur très calme, très belle (le vermillon vif envahissant par taches le blanc du tissu). Puis mon père avait fait venir le docteur : sa tension était tombée, il avait fallu l'hospitaliser. Cette petite attaque, qui n'avait pas mis sa vie en danger, l'avait laissée en partie aveugle d'un œil. L'un de ses yeux était dans une ombre aussi profonde que la bouche d'égout où la mère d'Alice (secouée de pleurs d'enfant) avait vu disparaître les clés de notre appartement.

Chez tous, on sentait un grand désir inavoué d'aller vers le pire et peut-être était-ce bien dans le but d'y accompagner, d'y retrouver Pauline. Pour la première fois de sa vie, le père d'Alice avait eu un grave accident de voiture (soudain, inexplicable). La femme avec laquelle il vivait ainsi qu'une petite fille du voisinage se trouvaient avec lui. Ils étaient tous les trois sortis miraculeusement indemnes du véhicule et, un peu hébétés, étaient restés longtemps à contempler la carcasse détruite, retournée, du véhicule sur le bord de la route. Sans doute s'étaient-ils demandé (comme on se le demande toujours dans de pareils cas) d'où venait la chance improbable qui les avait protégés et à qui cette même chance avait manqué. Sans doute avaient-ils pensé (comme on le pense chaque fois) que s'ils étaient en vie quand ils auraient dû mourir, c'est que quelqu'un d'autre (ailleurs, quelque part) était mort à leur place.

Vers la même époque, on m'a rapporté aussi (rien ne nous était directement raconté) que mon père avait dû être plusieurs fois hospitalisé pour des blessures sans gravité. Inexplicablement, il se mettait à tomber dans la rue. La première fois, une moto (qu'il n'avait ni vue ni entendue) l'avait renversé sur le passage clouté et l'avait traîné sur une dizaine de mètres. La deuxième fois (c'était moins d'une quinzaine de jours plus tard), des livreurs, sortant d'un magasin, ne l'avaient pas aperçu et l'avaient bousculé avec le lourd et volumineux objet qu'ils portaient, ils l'avaient projeté avec violence contre un mur, et lui s'était écroulé sur le bitume. Quant à la troisième fois (là encore, quelques semaines avaient passé), personne ne pouvait rien en dire. Sans doute avait-il glissé, perdu l'équilibre (il ne s'en souvenait pas). Son épaule avait amorti la chute, et la tête n'avait pas frappé avec trop de force l'angle du trottoir. On l'avait retrouvé sans conscience. Les radiographies ne mettaient en évidence aucun traumatisme profond, mais son corps se couvrait de marques : hématomes enveloppant d'un inconfort permanent les reins, les membres ; points de suture traçant leurs balafres sur le visage ou le sommet du crâne. Je l'imaginais titubant ainsi dans la rue, ivre d'une vérité si mauvaise qu'aucun homme digne de ce nom n'aurait su conserver contre elle son équilibre. Et puisqu'il s'avérait impossible de littéralement se cogner la tête contre les murs, il avait pris le parti inconscient de ne manquer aucune occasion de trébucher, de s'allonger sur le trottoir, de chercher dans l'horizontalité d'une mort simulée le secours de l'oubli.

Il n'y avait pas d'autre sacrifice que celui de son corps ou, du moins, d'une partie de celui-ci. Mais toujours le sens de ce sacrifice me paraissait obscur. En détruisant un morceau de soi-même, se délivrait-on du deuil (était-ce le deuil que, gracieusement, l'on sacrifiait afin de s'en délivrer ?). Ou bien le sacrifice était-il la forme vraie du deuil, celle par lequel ce dernier existait pour toujours ?

Je regardais nos deux corps, car je me disais que (plus que tous les autres) ils devaient connaître la réponse à ces questions. Ils étaient nus ensemble, ce matin-là, dans la salle de bains. Ils ne portaient les traces visibles d'aucun sacrifice, et cela me décontenançait. Rien ne permettait de les penser malades, abritant le grossissement fatal d'une tumeur ou même se vidant, plus banalement, de leur vie. Je me brossais les dents et Alice prenait sa douche. L'eau ruisselait sur son visage, trempait ses cheveux, glissait sur ses épaules, entre ses seins, puis sur le ventre et les cuisses. Sa peau brillait, luisante de mousse, sous la lumière du matin. Elle était belle, pensais-je. Et l'évidence de sa beauté, celle de son corps m'intriguaient. Lorsqu'elle était nue, il y avait juste son ventre sur lequel on pouvait lire les marques apparues au temps de la grossesse. J'aimais le secret de ce ventre. J'avais beaucoup de tendresse pour lui. J'y posais parfois mes lèvres ou, sous le bout de mes doigts, j'y lisais à la fois l'absence de Pauline et l'identité vraie (insoupçonnable) d'Alice sous son déguisement splendide de jeune femme sans enfant.

Puis, lorsque Alice était sortie de la salle de bains, qu'elle était passée dans la chambre pour s'habiller, je regardais mon corps. La glace au-dessus du lavabo était trop étroite pour qu'il y apparaisse en entier. Je voyais le sommet de mes cuisses, mon sexe, mon ventre, mon buste, mon cou et la pointe de mon menton. Si je m'approchais du miroir, j'y voyais mon visage et j'étais surpris par le fait qu'il ne signifiait rien. Je ne le trouvais ni vraiment beau ni vraiment laid. Surtout, j'étais perturbé par le fait que mes traits, mes yeux m'apparaissaient sans histoire (je veux dire : sans passé). Je ne parvenais pas à vieillir. Les gens se trompaient régulièrement sur mon âge, pensaient que j'approchais de la trentaine quand j'avais déjà rejoint le milieu du chemin de ma vie. Je me sentais incroyablement vieux et j'en voulais à mon corps de me trahir en m'affublant d'une fausse apparence d'immaturité. Je cherchais sur moi une marque tangible et irréfutable (physique) de ce que j'avais vécu, de celui que j'avais été. Mais mon apparence n'avait pas changé. J'aurais voulu pouvoir lire sur mon visage la mort de Pauline. J'aurais voulu que mes cheveux tombent ou blanchissent en une nuit, mais je ne décelais pas la moindre ombre de gris dans ma coiffure (reculant très lentement autour des tempes). J'aurais voulu que mes yeux s'élargissent de rides et s'éteignent, que ma voix se voile, mais je conservais la même physionomie banale, fade, qui avait été toujours la mienne. Et si j'en voulais à nos corps de ne rien signifier, c'est que je me demandais quelle forme, dès lors, prendrait pour nous le gracieux sacrifice du deuil.

Elle : *Je m'ennuie des personnages, je voudrais les voir vivre, les entendre parler. Je ne les reconnais plus. Ils deviennent différents. Ils n'existent plus que pour eux-mêmes. J'ai l'impression de les perdre…*

Lui : *Et ils sont perdus, en effet, complètement perdus. Ils ne sont plus nulle part. C'est cette sensation-là qu'il faut chercher à rendre, tu comprends… Les voir se perdre, et le monde autour d'eux s'effacer… C'est triste, mais c'est comme ça : ils sont entrés malgré eux dans un pays étranger, monotone, ils savent que plus rien ne les en fera jamais sortir. Tout paraît distant, inhabituel,. bizarrement léger, sans conséquences ni enjeux. Ils sont seuls. Tu sais bien qu'ils sont seuls, dans cette absence-là, sans rémission, sans salut…*

Elle : *Tu peux écrire cette histoire-là, mais moi, j'ai le droit de ne pas en vouloir… Si ce n'est plus la mienne, si je ne m'y reconnais plus, je referme le livre. Je m'en désintéresse. Je sors de ses pages. L'héroïne fait la grève, elle déserte, ou bien elle part en vacances au soleil, laisse l'écrivain en plan devant sa stupide page blanche…*

Lui : *Mais j'ai besoin d'elle !*

Elle : *Tu as besoin de quelqu'un qui se fasse prendre pour elle, qui joue son rôle. Une simple apparence te suffit. Tu ne vois pas qu'elle est soumise à toi jusque dans ses désobéissances. Elle peut se mettre en colère contre le narrateur, mais elle ne franchit jamais la frontière que tu as tracée toi-même. Ce qu'elle dit, c'est encore toi qui l'écris. Elle donne voix à ta mauvaise conscience. Elle t'en décharge. Elle est la voix de ta mauvaise conscience et l'instrument de ta bonne conscience. Mais le récit ne lui appartient pas. Il continue de lui-même, sans du tout se préoccuper d'une autre vérité que la tienne.*

Lui : *Ce n'était pas différent auparavant. La violence te semblait moindre. Tu acceptais de devenir apparence parce qu'en échange venait vers toi l'apparence — tout aussi fausse — de Pauline. Tu choisissais de fermer les yeux sur le mensonge de tout cela.*

Elle : *Je ne suis même pas sûre qu'il s'agisse encore de toi et de moi, même pas de quelqu'un qui serait toi quand tu écris. C'est plutôt quelque chose qui vient du texte (avec toutes ces heures passées à l'intérieur de lui), qui n'appartient plus à personne, qui se nourrit de soi-même, se porte de page en page sans plus se soucier de rien hors de lui-même. Cela envahit tout, absorbe tout, nous emporte, nous transforme, fait de nous d'autres que nous-mêmes, et puis nous laisse seuls, plus seuls encore qu'avant, si désespérément seuls.*

Lui : *Complètement seuls ?*

Elle : *Les autres ne veulent rien savoir. Ils ne cessent pas de me dire des choses aussi stupides que : la souffrance rapproche les êtres. Ou encore : mais au moins, vous avez Félix...*

Lui : *La souffrance ne rapproche pas, elle divise.*

Elle : *Je nous vois si éloignés l'un de l'autre. Quand je lis ce que tu écris, la manière dont tu racontes ton silence auprès de moi, j'ai tellement l'impression que nous n'avons pas vécu la même histoire, que nous n'avons jamais été vraiment ensemble, que nous avons fait semblant. Et les autres, bien sûr, se sont empressés de nous croire. Ils m'en veulent presque de t'avoir encore près de moi, tu sais. J'ai l'impression qu'ils attendent que l'un de nous s'en aille, qu'ils l'espèrent sans se l'avouer. Ils trouveraient ça normal, que tout se termine ainsi, qu'il ne reste rien de tout ce que nous avons été. Si nous nous séparions, Pauline cesserait d'avoir existé. Ils seraient satisfaits, tranquilles. Ils pourraient tirer un trait.*

Lui : *Qui « ils » ? tous les autres ?*

Elle : *Je dis : « ils », mais ce sont : « elles », en réalité.*

Lui : *Elles ?*

Elle : *Les hommes les quittent, et les enfants leur restent. Ils recommencent avec d'autres leur vie sans raison. Ils vivent à côté d'elles en leur mesurant tout : l'argent, le sexe, l'estime d'elles-mêmes. Alors, elles se vengent sur les enfants. Elles s'en désintéressent ou les tyrannisent de tendresse. Elles se remboursent auprès d'eux de tout l'amour qu'elles n'ont pas reçu. Les hommes partent, et les enfants restent.*

Lui : *Nous, c'est l'inverse.*

Elle : *Oui, tu restes quand notre fille n'est plus là.*

Lui : *J'ai raison ?*

Elle : *Tu ne sais pas même pourquoi.*

Lui : *Non. Il y a des réponses, mais elles sont si évidentes qu'elles n'expliquent rien.*

Elle : *Elles ne comprennent pas. Parfois je me dis qu'en réalité elles échangeraient leur sort contre le mien. Elles m'en veulent. Elles disent qu'après tout je ne m'en tire pas si mal. Elles voudraient que tu me quittes pour que je sois semblable à elles. Pour l'instant, elles répètent : « Ta fille est morte, mais ton couple est si solide. » Et aussi : « Oh, toi, tu ne connais rien de la solitude avec Félix... » Si tu savais... J'ai envie de vomir tout le bien qu'elles pensent de toi. Je t'en veux à toi pour tout ce qu'elles me racontent de notre couple, toute cette fiction écœurante. J'aurais envie de leur dire : « Mais vous ne voyez donc pas que ce n'est rien, comment pouvez-vous vous tromper, vous mentir à ce point ? »*

Lui : *Elles sont tout entières dans la haine d'elles-mêmes. Je n'y suis pour rien.*

Elle : *J'aimerais tant qu'elles sachent à quel point je suis seule et malheureuse, combien ce qu'elles disent me fait rire en vérité. C'est tellement pitoyable. À leurs yeux, il faudrait à tout prix que rien ne soit arrivé. Elles préféreraient penser qu'auprès de moi tu remplaces Pauline, que tu effaces entièrement son souvenir.*

Lui : *Personne ne veut considérer que rien ne la remplace. C'est pourquoi écrire encore est malgré tout nécessaire.*

Elle : *Avant, il y avait autre chose que cette voix, cette longue voix monotone qui prend tout en elle, qui avance si lentement, qui s'écoute elle-même prendre son temps... Tout passe en elle, elle remplit tout l'espace, il n'y a plus rien en dehors d'elle, comme si le monde n'était plus qu'un prétexte sans importance... Tu as progressivement effacé tout le reste... Je ne reconnais rien de ce que nous avons vécu. Les images sont plus ou moins familières, mais leur sens n'est plus là. Il y a comme un vide à la place. On dirait que, petit à petit, tout s'immobilise. Tu en arriveras bientôt à un point sans après possible, dans l'enlisement, le labeur inutile, toutes ces phrases sans plus de vie, de vérité du tout en elles.*

Lui : *J'étais bêtement curieux de la vie sans elle. Je pensais qu'elle y serait, malgré tout, plus présente que dans notre mort à tous les deux. Peut-être est-ce que je me trompais. Je ne pouvais pas bien mesurer tout l'ennui qui nous attendait, l'ennui plus que le chagrin. Ou alors : le chagrin devenant ennui, l'ennui enveloppant le chagrin, prenant sa place petit à petit, étouffant chaque jour la curiosité de vivre.*

Elle : *Oui, c'est tout à fait ça : l'ennui plus que le chagrin. Pas même la satisfaction de devenir folle et d'en mourir. Juste le chagrin de vivre encore sans envie. Et aussi le sentiment de toujours la faire souffrir à force de lui survivre.*

Lui : *Elle ne souffre plus.*

Elle : *Elle a tellement souffert que sa douleur est infinie. Je veux dire qu'en un sens sa peine est interminable. Le temps qui passe ne change rien.*

Lui : *Ni pour elle (qui est morte) ni pour nous (qui sommes vivants)...*

Elle : *Oui.*

Lui : *Si le temps ne passe pas, alors il faut cette lenteur de la voix. C'est une simple question technique, un pur souci d'exactitude, de précision et de vérité aussi.*

Elle : *Si tu veux, pense ce que tu veux, c'est sans importance...*

Lui : *Cela n'a rien à voir avec le désir d'écrire un roman : répondre aux attentes d'un hypothétique lecteur, le prendre au piège d'un récit, sauver quoi que ce soit de notre vie en la transformant en un objet d'admiration, d'émerveillement, de stupéfaction, d'horreur pour autrui... Je veux juste amener très doucement les phrases jusqu'en un point simple et difficile où posséder tout seul la certitude sensible de ce qui a été.*

Elle : *Rien que cela ?*

Lui : ... *et qui peut même prendre la forme terne d'un récit tout banal. Mais de l'intérieur, autre chose advient, qui ne concerne peut-être personne, en réalité...*

Elle : ... *qui, alors, ne me concerne pas ?*

Lui : *Et, en un sens, moi non plus. C'est autre chose. Cela se passe sur un autre plan qui n'a pas grand-chose de commun avec la douleur impartageable, insoulageable de la vie.*

Elle : *Quand je dis qu'elle me manque, je ne veux pas dire seulement que je souffre de son absence. De moi, en moi, quelque chose manque qui est elle... Quelque chose manque qui fait que je ne suis plus moi-même, que j'ai perdu toute possibilité de l'être jamais de nouveau. J'ai honte car j'ai la sensation de n'être plus qu'un corps déchu sous le regard des autres. Même les plus misérables ont sur moi l'avantage d'être entières, de ne pas porter avec elles le risible corps amputé, le visage défiguré de ce qu'elles sont devenues. Il y a cette absence d'elle en moi qui touche à ce que j'ai de plus secret, de si secret que je ne me l'explique pas... Ce n'est ni mon corps ni mon esprit, mais quelque chose de plus intime que je ne conçois même pas mais sans quoi je ne suis rien du tout. Je ne sais pas les mots qui feraient sentir ce lieu en moi où tout ce que j'étais s'est défait : le cœur, la forme, le ventre... On m'a ôté ce que j'étais, et il n'y a personne à qui je puisse réclamer ce qu'on m'a pris, cette part vivante qui n'était ni de moi ni de Pauline mais qui, à partir du moment où elle est née (où je me suis dit : c'est ma fille...) a fait définitivement que je n'existerais plus en dehors d'elle.*

Lui : *Il y a la mort de Pauline qui est plus terrible que tout, son absence auprès de toi, mais, comment dire, cela n'enlève rien à la personne que tu es, cela n'amoindrit rien de ton être.*

Elle : *Tu peux t'en convaincre toi-même, mais tu ne comprends pas. C'est peut-être une question de sexe, après tout, tout simplement... Il y a mon expérience, et puis il y a la tienne. Elles sont sans rapport. Elles ne s'additionnent pas. Sans elle, je ne suis pas moi. Il y a ce vide qui fait que je ne peux plus même faire semblant d'être moi. Elle me manque, c'est tout.*

Lui : *Oui, je sais.*

Elle : *Non, tu ne sais pas.*

V

Je suis sorti de la salle de bains. Je me suis habillé. En jetant un coup d'œil à ma montre, je me suis aperçu que nous avions dormi encore plus tard qu'à l'habitude. Il était déjà midi. Alice m'a dit qu'elle n'avait pas faim, qu'elle retournait lire un peu au lit. Je n'ai pas voulu préparer à déjeuner pour moi tout seul. J'ai juste fait réchauffer un peu de café. Il y avait aussi du pain, du jambon, un demi-melon. J'aurais voulu pouvoir m'installer dans le jardin, mais l'humidité de la nuit ne s'était pas encore tout à fait dissipée. La pelouse était couverte de minuscules billes luisantes que la main faisait éclater aussitôt qu'elle les touchait, et le gravier devait être tout gorgé d'eau car il rendait, sous les semelles de mes souliers, le bruit caractéristique des lendemains de pluie.

Le jardin faisait face à l'ouest. C'était sur lui que le soleil se couchait, qu'il basculait dans l'épaisseur rouge et théâtrale de la nuit. Mais la lumière du matin, il fallait la chercher de l'autre côté de la maison, tombant sur la cour pavée autour de laquelle les anciens bâtiments de la ferme ouvraient l'angle de leurs façades sans fenêtres. J'ai poussé la porte.

J'ai été surpris par la grande clarté du jour et par la chaleur immédiate entourant mon corps, se posant sur mon visage. La cour était percée en son centre par le cylindre invisible d'un puits condamné dont la margelle était toute recouverte de mauvaises herbes et de tiges portant, de loin en loin, l'éclat vif d'une rose épanouie. Je me suis approché. J'ai tendu ma main et j'ai laissé se poser dans ma paume la plus ouverte des fleurs, qui la remplissait tout entière. Je me suis penché en avant, éprouvant le poids du soleil sur ma nuque, sur mes épaules, et j'ai longuement respiré l'odeur presque absente, tachant de pollen le bout de mon nez. J'ai froissé un peu la fleur, mais en prenant garde à ne pas l'abîmer. Je voulais qu'elle laisse sur l'extrémité de mes doigts un peu de poudre ocre et de peluche blanche. Depuis ma toute petite enfance (aussi loin que je puisse me souvenir), ma vie avait été faite de cette multitude de petits rituels absurdes : des gestes dont j'avais la certitude qu'il était vital que je les accomplisse, mais dont j'aurais été incapable de dire le sens et la raison d'être. Enfant, j'avais le sentiment de jouer toute mon existence en marchant en équilibre sur une bordure de trottoir, en traçant des doigts ou du regard d'invisibles chiffres sur le corps de ceux que j'aimais et que je voulais protéger du mauvais sort. Quelque chose de décisif, de terrifiant m'attendait si je ne savais pas suivre jusqu'au bout dans le labyrinthe de formes d'un papier peint surplombant mon lit le dessin inexistant d'une frise. Et maintenant j'avais l'impression malgré moi de glisser à nouveau vers mon enfance et ses manies de stupides sortilèges. Tacher mes doigts ainsi, les porter ensuite à mes lèvres, laisser apparaître sur ma langue cette fadeur-là n'avait pas de sens, et pourtant j'étais certain qu'il s'agissait d'un acte essentiel, mystérieusement en rapport avec l'absence où m'avait laissé notre fille.

Je me suis assis sur la margelle du puits et j'ai renversé la tête au soleil. Mes joues se sont mises à chauffer comme sous l'effet d'une ivresse très mesurée, et mes paupières viraient au rouge. J'ai pensé que je devais me rendre le lendemain à Paris pour y rencontrer S., que je réglerais ainsi sur place toutes les questions relatives à la publication du livre. En vérité, aucune question ne se posait. Le manuscrit avait été accepté et le contrat signé. La parution aurait lieu lors de la prochaine rentrée de janvier. Mais je ne pouvais imaginer que tout cela se fasse par courrier. J'avais la conviction de devoir me rendre en personne à Paris comme s'il avait fallu que j'y porte physiquement à quelqu'un (et ce quelqu'un ne pouvait être que S.) les pages qui parlaient de Pauline.

J'étais donc assis sur le rebord du puits. J'ai ouvert à nouveau les yeux. On sortait de la cour de la ferme en passant sous une grande arche de pierre. Les deux battants de la porte avaient depuis longtemps disparu, et seul l'emplacement vide des charnières de métal restait un signe de leur ancienne existence. On apercevait juste une sorte d'ogive vide ouverte dans l'épaisseur de pierre du mur et, à l'intérieur de ce cadre, par cette journée splendide de l'été finissant, fuyait la profondeur calme de l'espace. Je devais sortir. Depuis la mort de Pauline et plus encore depuis que l'achèvement du livre m'avait dispensé de tout projet, je me laissais aller à cette curieuse et minuscule folie de penser que le monde lui-même (les objets le composant) me dictait les gestes que je devais accomplir. Ainsi s'ouvrait devant moi une piste d'actions infimes dont je ne croyais pas qu'elle me mènerait où que ce soit mais dont, sous aucun prétexte, je ne me serais cru en droit de m'écarter. Par la fenêtre de la chambre, j'ai dit à Alice que j'allais marcher un peu, prendre l'air. Je suis passé sous l'arche et j'ai su que je pénétrais dans le bleu absolu du temps. Je n'ai pas eu le sentiment alors qu'une quelconque révélation se préparait. Mais j'ai éprouvé, à cette densité de couleur autour de moi, l'immense pesanteur insignifiante du réel. C'était une extase banale.

Je me suis retrouvé hors de la clôture de la maison et j'ai décidé de prendre d'abord à gauche. J'ai réalisé que nous n'avions jamais fait plus d'une centaine de pas loin de la propriété. Celle-ci se situait sur l'extrême périphérie du village. Mais au-delà, en somme, il n'y avait rien. L'absence de tout pittoresque rendait spontanément impensable toute perspective de promenade. À perte de vue, on n'apercevait que des champs nus séparés par le réseau des lignes électriques et par celui de la voirie. Aucun chemin ne s'ouvrait qui puisse promettre la possibilité d'une découverte, d'un panorama autre que celui, indéfiniment répété, de l'horizon creux du monde. Marcher n'avait pas vraiment de sens. On ne s'enfonçait nulle part, accompagné de la seule immobilité des choses.

J'ai franchi la maigre départementale sur laquelle ne passait aucune voiture et, à angle droit, j'ai suivi un chemin couvert de bitume usé. Sur une cinquantaine de mètres, la route était surplombée par le feuillage clairsemé de quelques grands arbres qui avaient laissé tomber sur le sol des coques vertes hérissées de piquants. Celles-ci avaient éclaté et exhibaient un cœur sombre et lisse. De part et d'autre, les fossés débordaient de vert : parmi l'herbe avaient grandi des tiges basses qui n'arriveraient jamais à maturité, mais sur lesquelles des feuilles avaient poussé. Je me suis souvenu des chemins de montagne où, lorsque j'étais enfant, nous marchions après le repas en famille, et de la façon dont mon père nommait pour nous (qui n'y prêtions pas attention) tous les arbres et toutes les plantes. J'aurais voulu me rappeler ces noms rares et savants grâce auxquels identifier le piètre désordre végétal qui m'entourait. Mais à mon tour j'étais seul, sans personne à qui enseigner le sens de toutes ces formes simples : le chêne, le bouleau, le hêtre.

Au-delà du rideau d'arbres qui la bordait, la route a fait un coude, et je l'ai vue s'étendre très loin dans le vide parmi les champs. J'étais fatigué de suivre toujours la même piste. J'ai repéré sur ma gauche une clôture ouverte : entre deux haies, les rangées de fils de fer barbelés s'interrompaient. J'ai décidé de bifurquer. Le terrain avait dû être abandonné à la friche. Il y poussait des herbes hautes, tantôt jaunes, tantôt vertes, portant parfois des épis débiles, tachées de fleurs jaunes. Au sein de cette chevelure hirsute brûlée par le soleil, une bande avait été approximativement fauchée. Les tiges dressaient leur cou coupé, tranchées à une dizaine de centimètres au-dessus du sol. Cela faisait comme une modeste route ouverte sur laquelle, dans la boue séchée, on lisait de loin en loin la marque de dents très visible d'un tracteur ou de quelque engin agricole. J'espérais qu'un chemin s'ouvrirait dans le bois que j'apercevais sur ma droite, mais lorsque je suis arrivé à sa lisière toute trace a disparu. J'ai pensé me glisser entre les branches. À mesure que j'avançais, je sentais les brindilles se briser contre moi ou craquer sous mes pas. Je ne rejoignais pas de nouvelle piste ni n'apercevais de clairière. J'ai voulu persévérer malgré tout et au bout de quelques instants je me suis retrouvé dans un autre pré, identique en tous points au précédent à ceci près que l'herbe, plus haute, y montait jusqu'à hauteur de la taille. Je n'ai pas rebroussé chemin parce que j'ai aperçu une seconde clôture. J'ai marché avec difficulté (comme on progresse dans l'eau d'une mer calme, trop basse pour que l'on puisse y nager). J'ai franchi une nouvelle ligne de fils de fer pour prendre pied sur une petite route que j'imaginais parallèle à la précédente.

Il y avait sur ma gauche un grand champ de tournesols dans lequel je suis entré. Les fleurs poussaient sur un sol sec de cailloux et de terre blanche. Je me suis glissé entre elles. Leur taille me stupéfiait. Les tiges semblaient extraordinairement puissantes et elles portaient une large tête jaune et noir qui me dominait de quelques centimètres. La plantation avait l'apparence d'une forêt très dense. Je prenais garde à ne rien endommager, mais je ne pouvais pas ne pas me heurter aux rangées régulières qui saturaient le sol. J'ai fait ainsi une quinzaine de mètres et je me suis retourné. Je ne voyais plus que les fines colonnes vertes traçant devant moi leurs lignes verticales et, presque à hauteur de mon visage, les disques mats couronnés de pétales en forme de flammes. Le cœur sombre de chaque fleur me semblait un œil fixé sur moi, me suivant du regard. Si ma folie avait été entière, je me serais mis à courir au hasard. Mais je gardais encore assez de raison pour me dire que ma promenade m'avait juste mené au cœur d'un banal champ de tournesols attendant l'époque de la moisson. J'ai pourtant senti que je marchais plus vite et qu'avec répugnance je poussais du bras les tournesols dont les larges feuilles obstruaient mon chemin.

De l'autre côté, il y avait une route encore et je l'imaginais de nouveau parallèle aux deux précédentes. Le même bleu m'entourait et, sur le bitume éclaté, j'avais la désagréable certitude de ne pas avancer. Une ligne électrique doublait le chemin. Je pouvais compter les poteaux gris et les plaques de métal répétant, en guise de mise en garde, au milieu d'un triangle, l'image rouge d'un homme transpercé par l'éclair d'une décharge. Autour de moi, je ne voyais ni n'entendais personne. Le silence même prenait l'allure d'une vaste et impitoyable hallucination. Je ne peux pas dire qu'elle m'effrayait, mais j'éprouvais de moins en moins la curiosité du lieu où tous ces chemins indifférents me mèneraient. Je marchais depuis plus d'une heure. Je suivrais (me disais-je) la route jusqu'au prochain carrefour qui, inévitablement, me permettrait de revenir sur mes pas.

Une demi-heure plus tard, je suis parvenu à ce croisement, et des panneaux routiers indiquaient les différentes directions, mais aucun des noms de village ne m'était familier. De toute manière, les distances signalées étaient telles qu'il m'aurait été impossible de les couvrir à pied avant la tombée de la nuit. J'ai escaladé un muret afin d'embrasser du regard tout l'horizon et d'apercevoir quelque chose qui me soit familier. Mais, en partant en promenade, j'avais négligé d'emporter mes lunettes et toute image se perdait dans le lointain. Mentalement, je conservais le souvenir du lieu dont j'étais venu. Il devait se trouver sur ma gauche (« à neuf heures », comme on dit dans le langage de l'aviation). Il me suffisait de me caler sur ce cap. Le seul problème était qu'aucune des routes s'ouvrant devant moi ne le suivait, et je n'avais plus à cœur de couper davantage à travers prés. Je me suis dit aussi qu'on pouvait considérer cette campagne (avec ses routes identiques, ses croisements indifférents) comme une sorte de labyrinthe à ciel ouvert. L'essentiel, dès lors, était de procéder de façon rationnelle. La règle voulait que dans un tel cas de figure, on adopte une ligne de conduite pour ne plus en déroger : par exemple, prendre chaque fois à gauche. Pourtant, à procéder ainsi, je pouvais tout aussi bien m'engager dans une boucle secondaire qui m'enverrait au plus loin du lieu d'où j'étais parti.

Je continuais à marcher et j'étais bel et bien perdu. La route sur laquelle je m'étais avancé était aussi vide et monotone que les précédentes. Elle longeait de perpétuels champs de céréales masqués de maigres haies. La lumière ne déclinait pas encore et, comme j'avais oublié ma montre, il me devenait de plus en plus difficile de mesurer le temps qui s'était écoulé depuis mon départ. Le ciel était clair et, puisque tous les autres repères s'étaient dissous dans l'indifférence du paysage, j'avais le sentiment que lui seul m'accompagnait. Parvenir en un lieu que je connaissais me semblait tout aussi illusoire que de rejoindre l'horizon. Parfois, j'apercevais une maison isolée. De derrière le grillage ou le portail me parvenait le bruit d'une tondeuse à gazon, de la télévision ou même l'écho d'une conversation. J'aurais pu sonner à la porte, appeler. Mais la perspective de devoir demander mon chemin me paralysait. Il aurait fallu que j'explique m'être égaré au cours d'une promenade. Mais qui croirait en une telle histoire tant la désolation du paysage faisait de ce lieu un endroit où nul ne songeait jamais à passer ? Plutôt que de m'adresser à quelqu'un (et risquer qu'on me considère comme un lunatique), je préférais avancer au hasard et compter sur la chance.

Je commençais à être fatigué, à sentir la lourdeur de mes cuisses, la raideur de mes mollets. Je n'avais pas peur, mais j'étais embarrassé par le ridicule sans limites de ma situation. Je me demandais comment j'avais pu me mettre de moi-même dans une si absurde posture. Tout en marchant, je fulminais contre ma propre puérilité. Malgré l'oubli de mes lunettes, j'en distinguais assez pour n'avoir pas perdu tout espoir de m'orienter. Sur ma gauche, les arbres sont devenus plus denses, et j'ai décidé de suivre le chemin qui menait vers eux. Entre deux pentes couvertes d'herbe verte coulait un ruisseau. J'ai pensé qu'il menait peut-être à la petite rivière que je connaissais. Il était impossible de suivre les berges dont l'accès était interdit tantôt par une végétation anarchique, tantôt par de hauts grillages. Mais, du moins, je possédais désormais le secours d'une direction approximative. J'ai marché encore longtemps en me laissant guider par le faible bruit de l'eau et, après avoir contourné un bosquet qui cachait l'horizon, le chemin que je suivais a rejoint une route plus large. Deux voitures sont apparues. Elles m'ont semblé rouler très vite, et j'ai senti sur moi l'onde de chaleur et de bruit qu'elles faisaient en passant. J'ai regardé autour de moi et le paysage, alors, a pris sens : le tracé des lignes à haute tension, la disposition des masses vertes et brunes dans le lointain. Je n'ai plus quitté le large ruban de bitume, marqué de ses familières bandes blanches et j'ai bientôt reconnu le pont jusqu'auquel j'avais déjà marché quelquefois. Ses larges arches dominaient le lit caillouteux d'une rivière presque entièrement asséchée par l'été. J'ai pressé le pas.

Le lendemain était un dimanche. Nous nous sommes levés tôt, et Alice m'a conduit en voiture jusqu'à la gare. J'ai pris le train qui me mènerait jusqu'à Paris. Je ne comptais rester là-bas que quelques jours. J'avais rendez-vous avec S. le soir même. Ensuite, j'aviserais. Je ne désirais pas laisser Alice trop longtemps seule et j'étais inquiet à l'idée de ce voyage. Je ne pouvais pas ne pas me demander ce que signifiait ce retour. Nous avions quitté notre appartement du boulevard Pasteur le lendemain même de la mort de Pauline et depuis (cela faisait donc quatre mois), nous n'y avions pas remis les pieds, abandonnant à nos familles respectives le soin de rassembler les objets qui nous étaient nécessaires et de nous les faire parvenir.

Dans le train, j'ai essayé sans succès de lire. Sur la vitre, je voyais le contour de mon visage passer à la surface de paysages glissant en arrière. J'avais l'impression de traverser la campagne même au sein de laquelle je m'étais perdu la veille. Les friches succédaient aux champs coupés de haies. Parfois, j'apercevais des arbres nus, des routes vides ou des clochers. Il m'a fallu attendre l'extrême fin du voyage pour sentir se resserrer autour des rails l'étau de la ville et de ses banlieues avec ses tours et ses agglomérats de pavillons. Et puis, avant que le train ne plonge dans son dernier tunnel, juste avant qu'il ne s'enfonce au-dessous du niveau de la chaussée, j'ai reconnu le quartier de Paris où nous avions vécu. Je me suis retrouvé avec les autres sur le quai et j'ai pensé que, de la gare à l'appartement, il y avait cinq minutes à peine de marche. J'ai décidé de ne pas prendre le chemin le plus direct, mais de traverser la grande place ronde balayée de vent et où tournait un manège. Il était l'heure de déjeuner et le détour que je m'imposais pouvait se justifier par la recherche d'un endroit où manger. Mais tous les restaurants envisageables étaient fermés. J'ai descendu la rue de Rennes. Je me suis dit que j'avais tout à fait le temps de pousser jusqu'à Saint-Germain-des-Prés ou même jusqu'au Quartier latin. Je cherchais un prétexte pour différer mon retour.

Je suis passé devant un grand magasin de vêtements à bon marché. Je me suis arrêté. La rentrée des classes approchait et les vitrines étaient en cours de composition. Derrière les glaces, je voyais des petites filles étrennant, immobiles, leurs robes nouvelles et des adolescents en jean et en blouson clinquant, ceints de la courroie d'un sac à dos ou d'un lourd cartable. Bien visibles, d'autres mannequins étaient rangés dans un coin, attendant qu'on les installe aux côtés des autres. Ils étaient entièrement nus. Leur ventre lisse les laissait dans l'expectative de l'identité qu'on leur attribuerait demain et, pour l'instant, en conséquence, ils semblaient tous de sexe féminin. Je les regardais comme de grandes petites filles fines dévêtues. On n'avait pas encore passé de perruque sur leur crâne et, parfois même, l'assemblage des membres était incomplet. Il leur manquait une tête, un bras, une main. Tous ces enfants (ces petites filles) attendaient qu'on les habille, qu'on les coiffe pour prendre le chemin prochain de l'école. Je les trouvais belles et tristes, figées imperturbablement dans leur sourire identique.

L'extrémité de la rue me semblait trop lointaine et j'ai renoncé à chercher un endroit où me nourrir. J'ai pris à gauche la rue de Vaugirard et j'ai rebroussé chemin. J'ai marché un peu dans la somnolence grise et chaude de Paris. J'ai longé les murs épais de l'hôpital où Pauline avait d'abord été opérée. Les bâtiments paraissaient vides. J'ai marché en ne prêtant attention qu'à la grande solitude qui m'entourait. Quand je suis parvenu boulevard Pasteur, j'ai été saisi d'une inquiétude à l'idée de rencontrer un visage familier. Mais c'était dimanche et les vacances n'étaient pas terminées. Le quartier était totalement désert.

Je suis arrivé au pied de l'immeuble et j'ai dû faire un effort de mémoire pour composer sur le clavier le code d'entrée (A 432 B). Un faible déclic électronique m'a indiqué que le loquet de la porte cédait. J'ai pesé de toute mon épaule sur le bois du battant. J'ai tout de suite vu que la boîte aux lettres débordait de papier. Il ne pouvait y avoir de courrier pourtant, car la poste était censée nous le réexpédier à notre nouvelle adresse. Mais, depuis des semaines, la publicité s'accumulait. Sans y jeter un œil, j'aurais dû porter aussitôt cette liasse indifférenciée à la poubelle, mais peut-être attendais-je encore une lettre qui ne nous était pas parvenue, un message. Dans l'entrée de l'immeuble, je me suis mis à trier tous ces prospectus : agences matrimoniales, annonces immobilières, braderies de tapis ou d'antiquités. J'ai eu raison de le faire car, parmi tous ces placards en couleur, figurait un avis de passage signalant qu'en l'absence de concierge n'avait pu être effectuée une livraison, et qu'un paquet nous attendait au dépôt de la S.E.R.N.A.M. J'ai été très troublé de lire que le colis en attente était adressé à Pauline.

Il pouvait s'agir d'une farce douteuse mais je n'en voyais pas trop le sens. Je me suis demandé qui pouvait vouloir envoyer un objet à Pauline. Aucune indication d'expéditeur ne figurait sur le carton gris que je tenais entre mes doigts. Et puis j'ai pensé au concours télévisé auquel elle avait participé deux ou trois semaines avant sa mort (mais à l'époque, personne ne pouvait songer qu'elle disparaîtrait aussi brutalement). Elle avait adressé à l'une des vedettes du petit écran (le dinosaure orange qu'elle aimait) deux dessins dans l'espoir de les voir présentés à l'antenne. Mais rien ne s'était passé. Malgré la lettre que j'avais jointe à son envoi, elle n'avait obtenu aucune réponse. De loin en loin, elle m'avait interrogé à ce sujet, et puis elle était morte. (J'aurais tant voulu avoir conservé ces dessins que j'imaginais maintenant classés dans un dossier absurde ou passés à la corbeille.) Maintenant, les cadeaux qu'elle avait gagnés attendaient dans un dépôt situé à l'autre bout de Paris. Savoir cela m'a procuré un certain malaise. Je n'avais pas du tout l'intention de perdre une matinée dans les transports en commun afin qu'on me remette des livres, des jouets dont je me retrouverais embarrassé. Mais, d'un autre côté, l'idée que ce paquet ne parvienne jamais à sa destinataire me perturbait. J'avais l'impression qu'à sa manière Pauline n'avait pas cessé de le désirer, de l'attendre.

J'ai glissé le carton gris dans mon portefeuille et j'ai monté les deux étages. À mesure que je gravissais les marches, je suivais par avance en imagination la scène sentimentale qui allait se jouer lorsque j'aurais fait tourner ma clé dans la serrure et que la porte s'ouvrirait sur l'appartement vide. Les lumières seraient éteintes. Je ne pourrais pas m'empêcher de chercher des yeux quelqu'un dans le canapé bleu tout au fond du salon, puis je ferais le tour rapide des deux autres pièces pour m'assurer d'une présence que je ne trouverais pas. Ce serait comme un jeu de cache-cache mélancolique et absurde. Ainsi, comme je montais l'escalier de l'immeuble, les yeux levés vers la spirale de bois de la rampe s'enroulant vers la lumière du vasistas, je laissais se dérouler ces images me disant que ce simulacre, si je me l'imposais avec assez de conviction et de constance, me permettrait de me délivrer un peu de l'émotion que j'allais éprouver. Mentalement, je voyais la porte s'ouvrir et s'ouvrir à nouveau. Mais je ne pouvais me figurer l'appartement désert. Il y avait toujours une autre image venue du passé qui se glissait dans la représentation que j'essayais de construire. Elle me montrait dans l'embrasure la silhouette ou le visage de quelqu'un m'accueillant comme autrefois, avec joie, au retour d'une insignifiante absence. Je sentais malgré moi ma gorge se serrer et je me demandais pourquoi je m'imposais à moi-même tout ce chagrin inutile. Mais en même temps, je n'aurais pas voulu dormir ailleurs. J'éprouvais le désir très vif de me retrouver ici. Et peut-être était-ce la véritable raison de mon voyage. Le livre n'était en réalité qu'un prétexte.

J'ai posé mes affaires en vrac sur un fauteuil, j'ai ôté ma veste et mes chaussures, puis je me suis allongé sur le lit. Le long trajet en train, le départ trop matinal m'avaient fatigué, mais je savais que je ne parviendrais pas à m'assoupir. Je me suis mis à fixer le plafond, à suivre dans les angles le dessin familier des fissures striant le plâtre. Près du conduit condamné de la cheminée, la tache d'humidité avait encore grandi. Elle s'épanouissait comme une sorte de fleur grise et la peinture s'écaillait en petits pétales qui jonchaient le bleu profond de la moquette. De la rue ne parvenait aucun bruit de circulation et la lumière du dehors projetait en oblique sur le mur la forme unique de la fenêtre. Couché sur le dos, je regardais. Mes yeux laissaient venir à eux toute une mémoire de lignes, de volumes, de surfaces, d'ombres. Dans cette géométrie-là, et même si tout cela était définitivement révolu, je pensais que j'avais été chez moi.

J'ai aperçu le reflet rouge d'un tout petit clignotement monotone. Posé à même le sol dans un coin de la chambre, le répondeur téléphonique signalait qu'un message avait été enregistré. Je n'ai pas pu me défendre d'un réflexe ordinaire de curiosité. Dans les premiers temps de notre absence, quand les autres nous croyaient encore à Paris, quand ils n'avaient pas renoncé au désir de nous joindre (ou plutôt : à l'espoir d'obtenir de nous un signe en retour), interroger le répondeur avait encore un sens. Pendant une ou deux semaines, l'engin s'était d'ailleurs détraqué suite à une fausse manœuvre ou à la saturation de la bande. Les messages laissés s'imprimaient sur notre propre annonce et se chevauchaient les uns les autres. Nous entendions des voix que, parfois, nous ne parvenions même plus à identifier et qui tenaient des discours tellement hachés qu'ils en perdaient toute intelligibilité. Et puis, mystérieusement, le fonctionnement de l'appareil semblait s'être rétabli de lui-même.

Depuis, quelque chose d'étrange se produisait pourtant. Chaque soir, je marchais jusqu'au centre du village et, depuis l'unique cabine installée entre la poste et l'église, je composais notre numéro parisien, j'écoutais ma propre voix et, frappant sur le clavier notre code d'interrogation, j'attendais. Toujours, un bip se faisait entendre indiquant qu'un message avait été laissé. Mais la bande restait vide. Au bout du fil, j'écoutais quelques secondes de silence, puis j'entendais le bruit d'un combiné qu'on raccroche : jamais un mot, un son et pas même (me semblait-il) celui d'une respiration. Le même phénomène se reproduisait quotidiennement. Quelqu'un appelait et, de jour en jour, ne se lassait pas de le faire, guettant peut-être notre retour et inscrivant à notre intention un message vide. Je ne parvenais pas à imaginer qui pouvait jouer ce jeu mais j'avais fini par prendre l'habitude de ce signe. Lorsque je me suis levé du lit et que j'ai pressé du doigt sur la touche du répondeur marquée de deux flèches, je n'ai pas été surpris d'entendre, après le ronronnement du réembobinage, les mêmes secondes de silence. J'ai presque pensé que quelqu'un me souhaitait ainsi la bienvenue chez moi.

Je ne savais pas trop comment occuper les quelques heures qui me séparaient de mon rendez-vous avec S. Pour le peu de temps que j'allais y passer, je voulais rendre à l'appartement un semblant de vie. J'ai ouvert, dans la cuisine, le compteur du gaz et le robinet qui commandait l'alimentation en eau. J'ai écouté le bruit du liquide coulant dans les veines d'acier de la tuyauterie. Il m'a fallu m'y reprendre à plusieurs fois pour lancer le chauffe-eau : la flamme, à chaque fois, s'éteignait. Tous les meubles étaient couverts d'une fine couche de crasse. La pollution avait envahi l'appartement en notre absence, montant du boulevard noir de circulation et de saleté, se glissant par les fenêtres, tachant les rideaux, souillant les peintures, les tissus, les objets. Les livres, surtout, semblaient avoir absorbé la poussière. Une sorte de sédiment sombre en recouvrait les tranches et paraissait s'être même infiltré entre les pages.

Je me sentais sale moi aussi. Je me suis dévêtu dans la chambre et suis allé dans la salle de bains pour y prendre une douche. Quand je suis entré dans la baignoire, j'ai tout de suite vu que j'y imprimais la forme de mes deux pieds. Le sol était tellement imbibé de pollution qu'il réagissait comme une sorte de buvard ou de carbone laissant se marquer en lui toutes les traces. J'ai fait couler l'eau sur moi. Je me suis lavé longtemps. Je regardais la douche éclabousser les parois d'émail de la baignoire et le carrelage recouvrant le mur au-dessus. L'eau emportait la crasse accumulée depuis des mois vers le fond de la cuvette, et cela faisait de longues rigoles noires autour de moi, semblables (ai-je alors pensé), sur un visage trop lourdement maquillé, à des larmes mêlées de Rimmel.

Quelques heures plus tard, j'ai pris congé de S. auquel j'avais laissé la version définitive de mon manuscrit. J'étais heureux de l'avoir vu et je crois que la réciproque était vraie. Il faisait bien noir maintenant. Les quelques centaines de mètres qui menaient jusqu'à Montparnasse étaient vides de tout passant. Je ne titubais pas. Je marchais plutôt vite. L'alcool me portait, il me poussait en avant, je sentais sa pression sourde entre mes épaules. Le carrefour Raspail vers lequel je me dirigeais m'apparaissait au loin comme un massif éclat de clarté pâle.

J'ai réalisé que je suivais le chemin que, chaque soir, l'année précédente, nous prenions avec Alice lorsque nous rentrions en voiture de l'Institut. Pauline s'était endormie, assommée par les drogues. Nous l'avions laissée dans sa chambre après l'avoir bercée de contes, de chansons, de promesses. L'auto était garée depuis le matin près du Panthéon ou bien rue Gay-Lussac. Nous longions sans dire un mot les grilles noires du Luxembourg, puis nous filions, de feu en feu, sur le boulevard désert. Et puis, au travers du pare-brise, nous regardions, incrédules, les files se constituant anarchiquement à l'entrée des cinémas, sous les affiches vulgaires et emphatiques annonçant la projection de films (de fausses histoires d'amour et de mort) qui ne nous intéressaient pas. Nous apercevions des silhouettes s'agiter aux terrasses des restaurants, hystériquement secouées par le désir absurde de se nourrir, de se divertir. Comme nous roulions et que nous nous enfoncions dans la tapageuse clarté de Montparnasse, nous sentions à regret s'éloigner dans notre dos la poche d'obscurité tendre de l'Institut : les bâtiments modernes dissimulés entre les vieux immeubles d'un quartier silencieux, éteint, et, à l'intérieur de ces bâtiments, la théorie des services, des couloirs, des chambres, désertées à cette heure par les médecins et les visiteurs (nous avions été les derniers à partir), mais habitées encore par certains qui veillaient, tout occupés de leur difficile et imperturbable négoce avec la souffrance, espérant pour les délivrer la proximité fragile du sommeil. J'entendais Alice me répéter : « J'espère que Pauline était bien endormie quand je suis sortie de sa chambre, j'espère que les infirmières ne la réveilleront pas trop lorsqu'elles viendront prendre sa température, j'espère qu'elle dormira jusqu'à ce que nous soyons revenus demain matin. »

Le feu était rouge. J'ai traversé. Dans les voitures arrêtées, je me suis rendu compte que je dévisageais les passagers. Parmi les hommes et les femmes, je donnais l'impression de chercher à reconnaître quelqu'un. J'ai pris par la gauche jusqu'au boulevard Edgar-Quinet, puis j'ai remonté la rue de la Gaîté. Je suis passé devant des sex-shops aux apparences de stations-service ou de fast-food et puis, à proximité de la gare, une fois franchi le grand parvis, tout redevenait aveugle et muet. Les magasins et les restaurants étaient fermés. Les fenêtres des bureaux ne laissaient plus voir aucune lumière. Les voitures ne tournaient plus en quête d'une place. Je mettais mes pas dans les pas de celui que j'avais été, mais je me méfiais un peu de lui. Je le laissais simplement m'ouvrir le chemin. Le boulevard descendait et, un peu grisé par le whisky et la fatigue, je suivais sa pente douce sous les arches du métro aérien surgissant du bitume.

J'ai monté une seconde fois l'escalier et je suis entré dans l'appartement. Je me suis étendu dans la chambre. J'étais très fatigué et j'ai regardé longtemps les ombres que faisait la lampe de chevet sur les murs blancs. Je suivais leur floraison grise sur la peinture écaillée. Pourtant, je ne voulais pas dormir tout de suite. J'aurais eu l'impression de gaspiller les heures qui me restaient avant mon départ. Être couché me faisait tourner la tête. Je me suis laissé tomber sur la moquette bleue. J'ai sorti du petit meuble chinois où nous les conservions les photographies de Pauline. Je les ai disposées par terre. Je me suis laissé aller à l'émotion très douce qui venait d'elles. Mais cela ne suffisait pas. Je me disais que quelque chose d'autre devait arriver.

J'avais renoncé au désir de dîner. La cuisine semblait sale et délabrée. Depuis notre départ, une serpillière usée avait absorbé l'essentiel de l'eau gouttant du frigidaire débranché, mais on apercevait de grandes traces douteuses s'élargissant sur le carrelage. Cela collait à la semelle de mes souliers. Une mince couche de graisse recouvrait l'évier et la gazinière. J'ai fait l'inventaire des boîtes et des paquets oubliés dans le garde-manger, mais l'idée même de devoir cuisiner m'écœurait. Et puis je sentais bien que mon estomac ne voulait rien absorber. Heureusement, il restait encore un peu de whisky au fond d'une bouteille.

J'ai gravi les marches raides de l'escalier de bois rouge qui menait à la chambre de Pauline. Toutes ses affaires avaient été rangées, ôtées. Le petit bureau avait disparu, comme les images aux murs et les étagères démontées de la minuscule bibliothèque. Le grand placard blanc, dont la porte fermait mal, laissait voir ses rayonnages vides. Je ne m'attendais pas vraiment à un autre spectacle que celui-là. Un gigantesque carton embarrassait la pièce (si grand qu'il avait fallu renoncer à le déménager avec les autres). Je me souvenais qu'il contenait les poupées de Pauline et j'ai d'abord résisté à la tentation de l'ouvrir pour prendre dans mes mains, serrer contre moi, caresser ces doux petits simulacres d'enfant.

Le carton était posé à l'endroit même où se trouvait autrefois le lit de Pauline. Il en avait à peu près la forme et les dimensions. J'aurais voulu qu'il disparaisse, car l'idée absurde grandissait dans mon esprit que Pauline, peut-être, était prisonnière à l'intérieur de cette enveloppe terne et poussiéreuse. Aux côtés de ses peluches, avec sa provision de tétines à portée de la main, elle y dormait depuis des mois et attendait que quelqu'un la sorte enfin de son sommeil. Il suffisait de courir le risque ridicule d'un baiser. J'assistais à la constitution en moi de cette pitoyable illusion : il s'agissait en réalité du vrai cercueil de Pauline et il avait été oublié dans sa chambre. Une boîte de bois vide avait été brûlée à sa place et l'urne ne contenait rien d'autre que des cendres insignifiantes. Pauline, quant à elle, était restée là à nous attendre tout ce temps, ne doutant pas un seul instant que nous reviendrions vers elle. Et (ainsi raisonnait ma folie), puisque ce cercueil n'en était pas véritablement un, c'est qu'en réalité elle n'était pas véritablement morte non plus. Je devais la délivrer de cet emballage comique et cruel où notre négligence, notre manque de confiance en sa survie l'avaient abandonnée. Telle était la vraie raison secrète de mon retour (trop tardif) chez nous. Je me voyais éventrant ce cube, découvrant son corps intact dans le fouillis tendre des personnages en peluche, la voyant s'éveiller à un nouveau et incompréhensible matin. Je me suis agenouillé et j'ai fait sauter les attaches qui scellaient ensemble les parois du carton. Les poupées étaient plus nombreuses encore que dans mon souvenir. Elles me souriaient toutes du même sourire impavide et grimaçant. J'avais l'impression qu'elles se moquaient de moi, mais je ne pouvais pas leur donner tort. Je savais bien que, moi-même, je ne croyais pas encore assez à ma propre déraison pour être surpris de l'absence de Pauline dans ce mélange de corps mièvres avec lesquels je jouais maintenant. Tout cela n'était qu'une nouvelle comédie que je jouais pour me distraire du chagrin.

Le lit avait été poussé dans un coin. Je me suis allongé. J'ai tiré sur moi la lourde et douce couverture jaune tachée de fleurs rouges sous laquelle Pauline dormait et que je partageais avec elle lorsque la douleur l'empêchait de fermer l'œil et qu'il fallait une présence amie (celle d'Alice ou la mienne) pour l'aider à traverser la nuit. J'ai fait glisser mes doigts sur le revers brodé, j'ai plongé mon nez dans le tissu et j'ai respiré très profondément à la recherche d'un souvenir qui me serait rendu. Par le vasistas au-dessus de moi, je pouvais voir le carré familier du ciel noir imbibé de reflets, de lueurs. L'absence de lumière tombant dans le puits de la chambre était la même. J'étais très fatigué. Mes paupières pesaient sur mes yeux et ma gorge brûlait.

J'étais malgré moi en train de m'assoupir quand j'ai eu l'impression que la sonnerie du téléphone me rappelait vers la surface du réveil et me demandait avec insistance de sortir de la poche assourdie de sensations où je glissais. Comme un somnambule tendant les mains devant lui pour vérifier le monde, je me suis levé et j'ai descendu avec précaution l'escalier. Quelque chose veillait en moi avec assez de lucidité pour me dire que, si j'arrivais à temps, je connaîtrais l'identité du mystérieux correspondant qui, chaque nuit, nous laissait un message muet. Il ne pouvait s'agir que de lui. À cette heure de la nuit, Alice ne serait jamais allée jusqu'à la cabine téléphonique du village. Je me suis assis par terre, adossé au mur. Le répondeur ne s'était pas encore mis en marche. J'ai décroché.

Dire que j'ai tout de suite reconnu la voix serait inexact. Ce que j'ai reconnu dans l'instant fut le silence précédant la voix, ces quelques secondes de rien où résonnait par avance son souffle. Les deux syllabes du « Al-lô » (allongées dans un écho de fou rire simulé) ont suivi. Je venais de mon sommeil le plus profond, mais mon esprit fonctionnait assez pour que je sois en mesure de me dire aussitôt à moi-même : voilà, maintenant, je suis devenu fou... Mais cette nouvelle ne m'effrayait pas. Ma folie, je l'acceptais à la façon d'un événement salutaire et joyeux, d'une évidence qui me tirait de toute l'incertitude grise et suffocante des derniers mois. Au moins, je savais maintenant que j'étais fou. La preuve m'en était gracieusement donnée, irréfutable, assez grossière pour qu'elle ne puisse pas être contestée. Cela me délivrait de toute nécessité de pensée. Toutes les transactions laborieuses de mon esprit avec le chagrin devenaient inutiles. Je n'avais plus qu'à m'abandonner à ma déraison, à lui faire confiance. Elle veillait sur moi désormais.

J'ai dit : « Allô » à mon tour. Et puis, il y a eu un second moment de silence que je n'ai pas voulu être le premier à interrompre. La voix au bout du fil a repris. Elle disait que ce qui serait vraiment très gentil (tu sais c'est quoi ?) serait d'aller chercher le cadeau qui était arrivé à la poste. J'étais fou et c'était comme un jeu, mais je n'en connaissais pas du tout les règles. Je devais être prudent, car toute maladresse risquait d'entraîner l'interruption de la partie (et je réalisais que je n'avais plus d'autre crainte que celle-là désormais). Je me suis tu. J'étais incapable de dire un mot. Je priais en silence pour obtenir le semblant d'une seule autre phrase dans le creux de mon oreille.

L'hallucination du sommeil interrompu me protégeait un peu. Je pouvais m'imaginer dormir encore dans l'anéantissement sans conscience de la nuit. Je me suis mis (c'est cela, simplement cela) à me raconter à moi-même que je dormais. L'idée ne parvenait pas jusqu'à mon esprit qu'elle puisse être vivante ou qu'existe quelque chose comme son fantôme revenu vers nous. Je ne croyais pas aux fantômes, mais je faisais confiance à ma folie. Je ne la rêvais pas, c'était elle qui me rêvait maintenant et rêvait avec moi le monde. Il suffisait de se laisser aller à ses mains de déraison tranquille et tout redevenait simple. Je n'osais pas parler. J'avais peur que le premier son sorti de ma bouche fasse éclater la bulle de songe dans laquelle je me trouvais.

Mais comme je ne l'entendais plus au bout du fil, j'ai répété : « Allô » et j'ai risqué un : « C'est toi ? » très doux. La seule réponse a été le petit rire étouffé dont je me souvenais qu'elle ne pouvait jamais se départir au téléphone (comme si parler à distance fût forcément une farce gentille, un artifice comique). Je voulais savoir d'où elle appelait, si elle allait bien. Et la voix a dit que je savais bien qu'elle était dans son autre maison, en Espagne, avec ses autres parents et sa sœur Adela, et qu'elle jouait bien même s'il faisait froid en Espagne, et que ses autres parents étaient très gentils, qu'on ne lui donnait plus de médicaments forts là-bas. Je pensais que les règles (que je ne connaissais pas) devaient m'interdire de lui demander si elle était morte, ou même ce qui s'était passé depuis sa mort. Alors j'ai demandé si elle était guérie maintenant. Elle m'a répondu qu'elle devait bien l'être puisqu'elle n'avait plus besoin d'aller à l'Institut. Je n'ai pas osé insister. Elle voulait que je lui passe Maman. Quand je lui ai dit qu'elle n'était pas avec moi, elle m'a expliqué qu'elle était un peu triste (« un peu », dans son langage, était un euphémisme qui signifiait : « infiniment ») et qu'elle aurait voulu lui parler, lui envoyer des baisers au téléphone. J'ai dit : « Je sais. » Et j'ai ajouté qu'elle aussi, elle pensait toujours à elle et aurait voulu pouvoir la serrer dans ses bras.

J'étais abasourdi (quelque chose ou quelqu'un en moi était abasourdi) par l'évidence de cette voix, mais la folie tissait autour de moi une sorte d'enveloppe invisible très calme qui m'épargnait toute émotion. Ce qui me paralysait n'était pas la peur mais l'ignorance absolue du comportement à adopter dans une situation aussi impossible. Et en même temps, avec cette voix (dont je devais bien admettre qu'elle était celle de notre fille telle que la rendait vivante le subterfuge de ma folie), je retrouvais (sans effort et avec ravissement) les habitudes de nos conversations passées. Nous avons encore échangé quelques phrases à propos de l'Espagne qui était aussi, semble-t-il, le Pays Imaginaire (mais sans crocodile !). Il y avait avec elle d'autres enfants et certains qu'elle avait connus à l'Institut. Elle me citait des noms et me racontait de minuscules anecdotes que je ne comprenais pas, mais qui devaient avoir tout leur sens dans son esprit de quatre ans (avait-elle encore quatre ans ?). Elle me demandait aussi des nouvelles des uns et des autres, et je ne savais trop quoi lui raconter. J'aurais voulu lui dire toute la douleur d'Alice sans elle, et notre chagrin, mais j'hésitais à rompre la convention qui s'était installée entre nous.

J'étais certain de ma folie. Je m'agrippais à elle. Je ne voulais pas lâcher la chance absurde qu'elle m'offrait. Je craignais que la conversation ne s'interrompe brutalement et j'ai demandé à Pauline si elle ne voulait pas rentrer à la maison ou si je pouvais la voir quelque part. Elle a dit que c'était facile puisque, même si elle habitait en Espagne, elle allait toujours à la même école avec Adela et que je pouvais venir la chercher le lendemain avant d'aller prendre son colis de cadeaux. Elle a ajouté : tu sais, Papa, on a discuté très très longtemps et il faut que je raccroche maintenant. Je n'ai rien répondu. Je me sentais totalement impuissant à la retenir au bout du fil. Je lui ai juste adressé le mot de passe le plus tendre qu'elle serait susceptible de comprendre et j'ai dit : tu sais, je pense à toi toute la nuit. Et avant de raccrocher, je l'ai entendue : moi aussi, Papa, je pense à toi toute la nuit, tu sais.

Je n'ai pas dormi. Je n'ai pas cessé de penser qu'il ne fallait pas que je dorme, que je devais attendre jusqu'au matin. J'avais peur que le sommeil ne vienne tout effacer. Le jour suivant risquait de me rendre à la raison, et je ne le voulais pas. Personne ne devait me chasser du refuge de ma folie. Alors, je suis resté assis sur la moquette bleue de la chambre, à proximité du téléphone qui ne sonnait plus. Une barre torturait mes reins et une autre pesait sur ma nuque. Je ne m'étais pas déshabillé et je sentais la transpiration imprégner mes vêtements. Je n'essayais pas de penser à ce qui était arrivé. C'était différent : je ne voulais pas perdre le fil de ma folie. J'avais peur de la moindre clarté dans mon esprit. Je faisais tourner en boucle dans ma mémoire la petite dizaine de phrases que nous avions échangée. Je pesais leur signification absente. J'y cherchais un message caché et ne le trouvais pas. Je travaillais à ce que ne se dissipe pas l'hallucination où j'étais entré, et cela me demandait beaucoup de concentration. J'attendais le jour et, sur mes épaules fourbues, je voulais porter jusqu'à lui tout le dur fardeau de la nuit.

Je n'avais pas peur. Je me répétais à moi-même que je n'avais pas peur. J'aurais aimé Pauline même sous la forme d'un fantôme. Rien ne la rendrait jamais effrayante à mes yeux. Elle pouvait revêtir la forme qui lui chantait si telle était la condition de sa présence à nos côtés. Lorsque ses cheveux étaient tombés, nous avions remarqué tous les trois en riant qu'avec son visage souriant et pâle, son crâne lisse et blanc, elle ressemblait au petit fantôme gentil des dessins animés. Elle avait aimé que nous la comparions à ce doux personnage triste, toujours en quête d'une amitié vraie que sa situation de spectre suscitant partout l'effroi, sa condition mélancolique l'enfermant dans l'univers irréel de la nuit lui interdisaient de connaître. C'était peut-être un sort qu'insoucieusement nous lui avions jeté. Elle revenait vers nous sous la forme à laquelle nous l'avions condamnée.

Mais je ne croyais pas aux fantômes. Pauline était morte. Lorsque j'avais vu son corps s'agiter sous les soubresauts de l'agonie, j'avais moi-même demandé au médecin-réanimateur qu'on lui injecte la dose de Penthotal qui la délivrerait de l'atrocité (assourdie par les drogues) où elle se débattait. Je l'avais vue de mes yeux s'enliser dans l'immobilité de ses draps blancs devenus linceul. Avec Alice, j'avais veillé pendant plusieurs jours sa dépouille qui ne bougeait plus, les yeux fardés et scellés, la bouche close sur la sucette de plastique. Devant nous, le cercueil avait été ouvert, puis il avait roulé vers les flammes. Son corps s'était évanoui dans la cendre et la fumée.

Les fantômes n'existaient pas. J'étais seul avec ma démence douce. Depuis le début, on m'avait promis la folie, disant que mon cerveau ne résisterait pas à la douleur, qu'il fallait que je laisse celle-ci s'exprimer de façon à m'en délivrer un peu. Et contre toute attente, jusqu'au bout, j'avais eu le sentiment de me comporter aussi rationnellement que possible. Je pensais : on peut se noyer dans l'horreur et raison garder, toucher le fond la tête froide, sage, calme et l'esprit désaccordé. Mais maintenant, ce qui avait été prédit s'accomplissait. J'étais bon à enfermer. Tout à l'heure, j'irais chercher le fantôme de Pauline à l'école et, pour m'en empêcher, il faudrait faire appel à la police. Je m'obstinerais à ne pas vouloir sortir de ce que les autres prendraient pour un cauchemar mais qui, en réalité, serait le plus radieux de mes rêves.

Les idées se mélangeaient dans ma tête et prenaient un tour fiévreux qu'accentuait la fatigue. Sous un jour nouveau, je considérais toute l'énigme des derniers mois. Chaque événement m'apparaissait rétrospectivement comme un signe que je n'avais pas voulu lire. J'avais été aveugle et malheureux par prétention absurde à ne pas renoncer à ma raison. Peut-être était-ce elle en somme dont je devais faire le sacrifice pour pénétrer dans le monde gracieux du deuil, peuplé de ses figures d'ivoire, traversé de ses nuages épanouis ? Je ne dormais pas, mais parfois un rideau s'abaissait sur mes yeux et mon corps s'affaissait. Je le voyais glisser sur le sol. C'était comme si je me déshabillais de moi-même. Pourtant un restant de conscience me permettait d'agripper ma propre dépouille, de me faufiler en elle, de revenir vers le jour. La lumière changeait par à-coups. Elle grandissait par saccades. Quand je me retournais vers la fenêtre, les deux longs panneaux verticaux de verre avaient gagné en intensité claire.

Subitement, quelque chose en moi m'a averti de l'arrivée du matin. Un long frisson m'a secoué depuis la nuque et les épaules et s'est propagé le long de mes reins. Mes jambes se sont tendues dans le vide comme si j'avais manqué une marche dans mon sommeil. J'ai eu le sentiment de m'être réveillé sans avoir jamais eu l'impression de m'être endormi. J'ai pris appui sur le mur et je me suis mis debout. Ma montre s'était arrêtée, mais la lumière nette qui passait à travers les rideaux m'indiquait que la journée était déjà bien avancée. J'ai titubé jusqu'à la salle de bains et me suis passé la tête sous le robinet. J'ai attrapé à tâtons la serviette bleue (cassante de crasse comme du carton) qui pendait au mur et j'ai vu mon visage dans la glace ronde qui surplombait le lavabo. J'avais la tête terrible de quelqu'un qui n'a pas dormi depuis des siècles. J'ai pensé très clairement qu'il fallait que je prenne une décision : soit je considérais comme impossible ce dont je conservais le souvenir, et tout rentrait dans l'ordre faux du réel, soit je laissais une chance à ma folie et je me rendais au rendez-vous que m'avait fixé ce quelque chose qui m'avait parlé avec la voix de Pauline.

J'ai enfilé ma veste et j'ai descendu l'escalier. J'ai pris par la rue Lecourbe. J'ai constaté que mon pas s'accélérait comme si j'avais eu peur d'arriver trop tard. La plupart des magasins étaient fermés en ce lundi matin de la fin du mois d'août. Je courais presque. Les trottoirs étaient déserts, mais je ne voulais prendre le risque de croiser aucun regard connu. J'ai tourné à gauche et j'ai aperçu au loin le porche de l'école surplombé de son drapeau tricolore. Maintenant, je courais. Je façonnais dans ma tête un maladroit mensonge au cas où quelqu'un m'interrogerait sur la raison de ma présence dans la cour du bâtiment. Si je rencontrais quelqu'un (dame de service ou institutrice), il était peu probable qu'on me reconnaisse, mais je devrais malgré tout m'expliquer.

Je n'ai pas eu à sonner. Une porte latérale était restée ouverte par où je me suis glissé, le plus discrètement possible. La rentrée des classes n'aurait pas lieu avant une semaine au moins et sans doute n'y avait-il personne dans les locaux, sinon un gardien affairé quelque part. J'ai traversé le long couloir vitré qui menait jusqu'au préau. J'ai reconnu les longs bancs de bois où l'on faisait attendre enfants et parents, disposés comme à l'accoutumée. Il n'y avait personne. J'ai poussé la porte qui donnait sur la cour et j'ai fait quelques pas dans la lumière très pâle. Des nuages légers couvraient uniformément le ciel et ils étouffaient un peu la clarté du soleil. Pourtant, c'était une belle matinée sans aucune ombre dans l'air immobile et silencieux. Ma mémoire gardait le souvenir des cris de la récréation du soir lorsque je venais y chercher Pauline et que les enfants se précipitaient vers n'importe quelle silhouette d'adulte dans l'espoir de reconnaître l'un de leurs parents. Pour cette raison, toute cette paix m'entourant me paraissait étrange — plus étrange encore que la raison de ma visite qu'en réalité j'étais en train d'oublier. Si quelqu'un surgissait, m'interrogeait, je dirais que j'étais le papa de la petite Pauline, celle qui avait été à l'école ici il y a deux ans, puis qui était morte du cancer, et que je souhaitais juste qu'on me laisse seul ici un petit instant. Personne n'aurait jamais le cœur d'objecter quoi que ce soit à une telle requête.

De l'autre côté de la cour, j'ai repéré la haute porte de bois qui donnait dans l'ancienne classe de Pauline. Elle n'était pas fermée à clé et je suis entré. La pièce débordait d'objets, de livres, de jouets. Les murs étaient recouverts de gigantesques dessins approximatifs dont on aurait été bien embarrassé de devoir dire ce qu'ils représentaient. De gros soleils rouges dégoulinaient dans des ciels blancs et ruisselaient jusque sur le vert insistant d'une probable pelouse. Des cubes à l'allure bancale figuraient des maisons trouées de minuscules fenêtres, et il y avait de petites croix coiffées d'un cercle, le plus souvent solitaires et perdues au beau milieu de ces paysages de merveilleuse fantaisie.

Le centre de la pièce était occupé par tout un mobilier aux proportions lilliputiennes : une table entourée d'une douzaine de chaises. Sur l'une d'elles, en faisant attention à ce qu'elle ne cède pas sous mon poids, je me suis assis. C'est là que j'avais laissé Pauline (je m'en souvenais) le matin de sa rentrée des classes. Dans les jours qui avaient précédé, nous avions entretenu en elle une sorte de gaieté factice en jouant sur sa légitime fierté d'accéder à l'école des grands, en lui faisant miroiter toutes sortes de merveilles. Elle avait accepté de nous croire, de rentrer dans notre jeu et, bravement, elle avait pris place en souriant parmi les autres enfants. Mais, au bout de quelques minutes, alors que je continuais à lui parler et lui répétais que nous reviendrions la chercher en fin d'après-midi, elle s'était mise à considérer avec perplexité les visages autour d'elle et, gagnée par la contagion de l'angoisse, j'avais vu son visage à elle se défaire comme sous l'effet d'une grande mélancolie soudaine. Je l'avais embrassée plusieurs fois et puis je l'avais laissée. L'école était un monde cruel, une société bien plus sauvage que celle de l'hôpital. Mais ce monde cruel était celui de la vie et c'est pourquoi, tout au long de la maladie, elle ne se lassait pas d'en parler comme d'un univers fabuleux où nous devions lui promettre qu'elle retournerait bientôt.

Toutes ces pensées me faisaient mal et je me suis levé. J'ai pensé que, maintenant, il n'y avait plus qu'à partir. Mais, sur le seuil, en me retournant, j'ai aperçu, au fond de la classe, un enfant assis à une autre table. Je ne comprenais pas ce qu'il faisait ici (tout habillé, comme prêt à partir) et surtout comment j'avais pu ne pas l'entendre s'installer si près de moi. La seule chose qui m'étonnait vraiment était mon absence totale de tout sentiment de surprise. Pauline traversait la classe. Elle venait vers moi, vêtue de ses vêtements familiers (l'anorak bleu à fleurs rouges, le bonnet). Je n'avais aucun doute sur son identité. Je la reconnaissais et, en même temps, quelque chose d'imperceptible avait changé en elle. Peut-être avait-elle tout simplement grandi un peu. Elle était toujours très fine. Ses cheveux ne semblaient pas avoir vraiment repoussé (pour autant que je pouvais en juger) et son bras infirme conférait à son allure quelque chose de délicatement asymétrique. Elle inclinait sa tête sur le côté et, en me regardant bien dans les yeux, elle souriait. La vraisemblance aurait voulu que nous nous jetions dans les bras l'un de l'autre, mais elle avançait très doucement, comme si rien ne pressait et que nous nous retrouvions simplement après une journée insignifiante d'absence. Lorsqu'elle est arrivée tout près de moi, je me suis accroupi de façon que nos deux visages se retrouvent à la même hauteur. J'ai pensé : je vais la serrer contre moi et son corps va se dissiper, mes mains se refermeront sur le vide et tout sera fini. Mais lorsque je l'ai embrassée, j'ai senti la réelle densité de ses membres, de son buste contre moi. Elle a passé son bras droit autour de mes épaules et j'ai posé, très profondément, mes lèvres dans son cou, contre sa joue.

Je serais resté ainsi si elle n'avait fait remarquer qu'elle m'attendait depuis très très longtemps et qu'il fallait maintenant que nous y allions. J'avais peur que quelqu'un ne nous surprenne dans l'enceinte de l'école. Je craignais que toute parole, tout regard fasse s'effondrer ce que je vivais. Alors nous sommes sortis. Nous avons marché dans la rue, et Pauline a glissé sa main dans la mienne. J'étais attentif à cette seule sensation. J'avais l'impression que tout mon corps n'existait que par cette pression dans le creux de ma paume. Nous prenions le chemin habituel de la maison. Nous ne parlions pas. Rien d'autre n'existait que le naturel inouï de cette scène. Je ne doutais pas que Pauline fût effectivement morte. Pourtant, elle n'avait pas cessé d'exister. Il y avait cet envers-là des choses où vivaient les morts (certains d'entre eux tout au moins, mais les autres ne m'importaient pas). Ils semblaient suivre le fil ininterrompu de leur propre histoire et la souffrance, le souci les épargnaient. Ils vaquaient à leurs propres affaires. Une membrane transparente séparait leur monde du nôtre. Ils pouvaient la franchir à volonté, mais il était rare qu'ils s'en donnent la peine. D'ailleurs, les deux mondes étaient identiques l'un à l'autre. Un simple tremblement de lumière les différenciait et nul ne pouvait dire ce que celui-ci signifiait. Je me désolais qu'Alice ne soit pas avec nous. J'avais la certitude qu'elle méritait plus que moi la présence de Pauline contre elle. J'aurais voulu qu'elle soit à ma place.

J'ai demandé à Pauline si elle n'était pas fatiguée, si elle ne voulait pas que je la prenne sur mes épaules (j'ai pensé : comme autrefois). Elle m'a répondu que ce n'était pas la peine, qu'elle préférait marcher, qu'elle était en pleine forme (c'était l'expression qu'elle utilisait lorsque nous lui annoncions avec beaucoup de soulagement que les examens sanguins étaient positifs et éloignaient la menace d'une hospitalisation prématurée). Quand nous sommes arrivés au carrefour, j'ai voulu prendre à droite en direction de la maison. J'avais l'impression que si elle revenait chez nous, emprisonnée dans ce cercle tendre, tout pourrait reprendre comme avant. Mais Pauline m'a dit qu'elle préférait se promener un peu. Nous avons donc pris la direction des longs jardins qui mènent aux Invalides. Entre les arbres régulièrement disposés, face aux pelouses désertes, nous nous sommes assis sur un banc, côte à côte, le visage au soleil.

Pauline m'a dit qu'elle était très contente que son dessin ait été choisi par son dinosaure préféré et qu'elle aurait bien voulu voir ça à la télé, qu'elle se demandait quels cadeaux elle avait bien pu recevoir. Puis nous nous sommes mis à parler. Je voulais l'interroger. Ce n'était pas par désir d'obtenir d'elle quelque information sur l'au-delà. Toute curiosité de cet ordre m'était étrangère. Je voulais juste m'assurer qu'elle n'avait pas souffert, qu'elle ne continuait pas à souffrir, qu'elle était heureuse dans sa nouvelle vie de morte, et plus égoïstement aussi : qu'elle ne nous y avait pas oubliés, qu'elle nous y aimait encore. Et Pauline ne se refusait pas du tout à répondre, mais ce qu'elle racontait avait le caractère un peu incohérent et fabuleux des histoires merveilleuses qu'elle aimait. Des éléments de réel s'y trouvaient indissociablement mêlés à des fragments de légende. J'ai pensé qu'elle me parlait le langage que j'utilisais autrefois, les soirs d'hôpital, pour la réconforter, cherchant les mots qui rendraient dicible l'atrocité où nous nous enfoncions alors.

Pourtant, en parlant, Pauline semblait délivrée de toute crainte. Elle paraissait vive, aimante et un peu mélancolique, exactement semblable au souvenir que je conservais d'elle, juste un peu plus distraite et distante. Elle me rappelait l'enfant fabuleuse qu'elle était devenue aux moments les plus intenses de la maladie lorsque la morphine et les drogues, la soulageant de la souffrance, la faisaient passer dans un songe très calme d'angoisse et d'amour où elle nous entraînait à sa suite. Cela me semblait juste que les morts aient droit à de tels stupéfiants pour tromper l'ennui de leur éternité. Je ne savais pas trop où nous mènerait l'instant que je vivais et je voulais profiter de lui pour dire à Pauline, en mon nom et en celui d'Alice, notre tendresse perpétuelle et infinie. Pauline m'écoutait et, en souriant de son imperturbable sourire, elle me répondait par les emphatiques déclarations d'amour dont elle avait le secret.

Je la savais sincère mais en même temps je la sentais ailleurs, préoccupée de quelque chose de plus urgent que tout ce bavardage sentimental. Elle m'a dit qu'elle voulait jouer et faire du toboggan. J'ai failli lui répondre que ce n'était pas prudent dans son état, mais j'ai réalisé à quel point ma remarque était absurde. Depuis sa mort, on avait édifié dans le parc un grand complexe de jeux destiné aux enfants. Cela ressemblait à un gigantesque cube de plastique rouge et vert. On y accédait par un escalier jaune puis des séries de tubes de diamètres variables permettaient de ramper d'étage en étage à l'intérieur de la structure. Du premier niveau partait un pont suspendu, tendu au-dessus du vide. On accédait ensuite à une plate-forme d'où dégringolait un vertigineux toboggan atterrissant dans une mare de sable. Le jardin était désert et, en conséquence, tout cet univers appartenait à Pauline. Elle s'est mise à escalader ce petit château fort. J'étais très ému parce que je voyais beaucoup d'excitation et de bonheur sur son visage. En la regardant, je ne pouvais pas ne pas me demander pourquoi sa vie, à l'image de celle des autres enfants, n'avait pas été faite de ces seuls plaisirs. Le reste (la frayeur de l'hôpital, le vertige des drogues, la terreur innommable des lames chirurgicales, l'anéantissement dans la nuit solitaire de l'agonie), comme disent les petits, n'était pas du jeu. Il était juste que les enfants morts continuent à jouer au-delà du cercueil, qu'ils reçoivent cette compensation tendre dans leur désert d'oubli. Je voyais Pauline grimper en s'aidant de son seul bras valide, disparaître dans l'un des cubes de plastique superposés, se glisser dans l'un des tunnels. Elle jouait à cache-cache, m'appelait puis attendait ma réponse, et lorsqu'elle entendait ma voix, elle surgissait au sommet de l'édifice, se laissait tomber sur le toboggan et attendait que je la réceptionne dans mes bras pour la couvrir de baisers sauvages. Je m'apercevais que je cessais de penser à Pauline comme à une enfant perdue. Je me mettais à imaginer les compromis pensables pour lui faire vivre, entre Alice et moi, une vie d'enfant morte. Peut-être nous serait-il possible de la rejoindre. Peut-être étais-je mort moi-même pour ainsi pouvoir être à ses côtés (je l'aurais tellement souhaité). J'avais le sentiment que le temps, tout à coup, commençait à exister à nouveau, qu'une forme de futur redevenait pensable.

Tout à coup, j'ai réalisé que Pauline n'était pas réapparue au sommet du toboggan. Mon premier réflexe de pensée a été celui du passé. Je me suis dit qu'elle avait dû tomber à cause de son bras en gravissant l'échelle intérieure. J'ai pensé que, si le niveau de ses leucocytes, de ses plaquettes, était trop bas et si elle s'était blessée, il faudrait courir au plus vite jusqu'à l'Institut pour enrayer l'hémorragie, éviter l'infection (mais comment expliquerais-je alors la nécessité de faire soigner une enfant morte ?). J'ai appelé. D'abord en simulant les accents d'une farce. Personne n'a répondu, et j'ai compris. J'ai voulu grimper à mon tour dans le grand cube de plastique pour y retrouver Pauline. Mon corps était trop volumineux. J'avais du mal à me glisser dans les cylindres, à escalader les petits obstacles destinés aux enfants. Nulle part, je ne retrouvais trace de Pauline que je m'obstinais à appeler (et je ne réalisais pas que je m'étais mis à hurler). Je suis enfin arrivé au sommet du toboggan et il n'y avait personne. Je me suis assis et suis resté hébété. Cela a duré très longtemps. Enfin, guidé par une mère de famille visiblement scandalisée, un agent de police s'est approché de moi et m'a demandé ce que je croyais faire, si stupidement perché, dans un parc réservé aux enfants.

Bien entendu, rien de ce qui précède n'a été.

Je pourrais faire comme s'il s'était agi d'un rêve et laisser entendre que, peut-être, dans ce rêve, la vérité m'avait visité. Je pourrais suggérer que, depuis l'autre côté impensable des choses, Pauline avait choisi ainsi de m'adresser un signe. Rien ne serait plus facile que d'écrire, que le lendemain, je m'étais réveillé en serrant dans ma main un objet (comme un fétiche) qui lui appartenait. Par exemple : je reprenais le train et, fouillant dans la poche de ma veste à la recherche d'un paquet de cigarettes, mes doigts rencontraient la forme inattendue d'un minuscule objet de plastique. Dans ma main, je tenais l'une des tétines de Pauline. La seule explication (que je ne formulais pas pour en laisser la responsabilité au lecteur) était la suivante : j'avais rapporté ce tendre témoignage du plus profond de mon rêve. Un lieu existait où notre fille morte nous attendait et, jusqu'au bout de ma vie, je conserverais sur moi ce gage impossible d'amour.

Il n'appartiendrait qu'à moi de spéculer ainsi sur la crédulité ordinaire des lecteurs et je sais tout à fait que la plupart d'entre eux m'en sauraient gré. Mais la vérité était autrement plus banale (et, de ce fait, bien plus pathétique). Monté dans la chambre de Pauline, couché dans son lit, j'avais longtemps attendu d'elle un signe. Puis, le sommeil était venu et il ne m'avait pas même accordé la grâce d'un rêve où elle me serait apparue. Au réveil, j'ai décidé de prendre le premier train. Je suis retourné auprès d'Alice. Je lui ai raconté ma discussion avec S. et le destin prochain du roman. Ce fut tout.

Le livre était comme un message adressé dans le vide. Il n'y avait plus rien que nous puissions faire pour lui. Il suivait son chemin. Jusqu'à la date de sa parution, nous devions tromper notre attente. J'ai proposé à Alice de partir en voyage, de nous enfuir au loin. Pour la première fois, nous en avions les moyens. Depuis des années, je courais en vain après l'argent. Pour acheter un appartement à Londres, je m'étais endetté jusqu'au cou. Puis, quand la maladie avait rappelé Pauline et Alice à Paris, afin de revenir chaque semaine auprès d'elles, j'avais dû, chaque mois, dépenser la moitié de mon salaire en billets d'avion. Revendre notre domicile londonien (même aux conditions les plus catastrophiques) s'était avéré impossible : en quelques années, le marché immobilier s'était effondré avec le cours de la livre sterling. Chaque semaine avait fini par nous apporter par courrier des avis d'huissier, des menaces de saisie. À force de baisser nos exigences, nous avions fini par trouver un acheteur. Nous avions perdu l'équivalent de centaines de milliers de francs, mais le reliquat nous délivrait de tout tracas financier. En un sens, pour la première fois, nous nous retrouvions riches, mais cet argent nous brûlait les doigts maintenant que Pauline n'était plus là pour qui nous aurions eu plaisir à le dépenser. Nous n'avions plus que le désir de tout gaspiller au plus vite.

Alice et moi, sans illusions, nous sommes donc tombés d'accord pour partir en un long et dispendieux voyage au bout du monde. Nous étions tous les deux curieux de savoir ce que deviendrait le visage de notre chagrin de l'autre côté de la planète. C'était une idée stupide bien sûr et elle ne nous offrait rien d'autre que la perspective d'un voyage idiot. Nous pensions nous distraire de grands paysages, de sites mystérieux. Toute cette mythologie toc d'avions et de paquebots, de plages et de soleils couchants nous appelait. Nous n'étions pas dupes de cette comédie, nous ne comptions pas sur elle pour effacer quoi que ce soit du souvenir de Pauline (nous ne l'aurions pas voulu), mais elle nous amusait. Et nous estimions avoir gagné le droit de nous amuser.

La saison touristique s'achevait, et nous avons pris l'avion pour Sumatra. Il y a eu l'inconfortable torpeur du long-courrier et, à l'arrivée, le saisissement brutal d'être passés à l'intérieur d'un autre temps. Un bus minuscule nous a fait traverser la forêt vierge. Celle-ci était peuplée, nous disait-on, de tigres, de serpents et de gorilles. La route défoncée par les pluies glissait dans le vert humide et étouffant d'un paysage de brumes. Nous nous sommes arrêtés pour déjeuner : l'on nous a servi de la viande de chien et des tranches coupées dans un fruit vert à l'odeur épouvantable. Au bout d'une journée, nous sommes arrivés sur les rives du lac Toba et plus loin — île au milieu d'une île — on apercevait Samosir. Le lendemain, sous le soleil du matin, un petit bateau nous a menés là-bas. La terre était tellement verte sous les montagnes que nous songions stupidement approcher d'une Suisse des antipodes. S'élevant parmi les palmiers, les toits de bois des maisons batak avaient l'allure de chalets d'altitude. Les bâtisses que nous appelions des pagodes étaient en réalité des temples protestants.

Dès que nous avons accosté, des enfants se sont approchés de nous et nous ont proposé de nous servir de guides. Nous déclinions leurs offres dans un anglais trop correct et trop fluide pour qu'ils puissent deviner que nous étions français. (Personne, de mémoire de touriste, n'a jamais vu en quelque point du globe un Français parler un anglais même à peu près acceptable.) En conséquence, ils avaient décidé une fois pour toutes que nous devions être allemands (ou à la rigueur scandinaves, néerlandais) et, comme nous étions les seuls visiteurs, ils nous poursuivaient gentiment de leurs « Guten tag » infatigables. La route de terre passait entre d'interminables rangées d'échoppes où des artisans désœuvrés vantaient sans illusion les souvenirs de bois (statuettes, calendriers, bas-reliefs) dont ils bradaient les prix dans l'espoir que nous en ferions l'acquisition.

Au sommet se trouvait le grand banyan sacré. J'étais curieux de cet arbre. Les gardiens du lieu tenaient beaucoup à ce que nous allions nous asseoir à son pied. Ils disaient que cela portait chance, que c'était un geste que les dieux désiraient. Alice leur semblait si jeune qu'ils imaginaient que nous étions un couple en voyage de noces. Lorsque nous leur disions que nous étions mariés depuis six ans, ils se refusaient à nous croire. Ils expliquaient que le banyan était le grand arbre de la fertilité, qu'il bénissait toutes les unions et garantissait aux mariés une longue et nombreuse progéniture. Cette superstition nous faisait sourire intérieurement tant nous la savions éloignée de notre vrai désir, mais nous nous sommes exécutés.

Je n'avais jamais vu d'arbre aussi grand. À lui seul, le feuillage avait l'apparence d'un univers de formes et d'ombres. Les branches retombaient vers le sol et devenaient racines, composant une sorte de grande sphère végétale au cœur de laquelle nous nous trouvions. L'arbre filait vers le ciel puis ruisselait vers la terre. Les racines rayonnant autour du tronc ressemblaient à de lourds et paternels tentacules, offrant à qui les gravissait l'asile et le repos. Entre eux poussaient les fétiches. On les distinguait à peine, car la pierre et l'écorce possédaient la même couleur, et le temps les avait inextricablement unies. Une femme sculptée surplombait un sarcophage rongé de mousse. Les tombes dispersées dans le jardin, à l'ombre de l'arbre, étaient construites à l'exacte ressemblance des maisons de bois. Leurs poutrelles avaient été peintes de couleurs vives. Les croix dressées ne faisaient pas illusion. On se conformait ici aux rituels d'une religion plus ancienne. Quatre cônes en forme de seins coupés étaient disposés sur le marbre et deux longs lézards de terre rampaient vers eux, la bouche ouverte, la langue sifflante. Sur de larges pierres plates avaient été déposées des offrandes. De minuscules statuettes faisaient cercle, longs personnages assis, aux visages illisibles, aux traits démesurés et impassibles comme ceux des colosses de l'île de Pâques.

Immobile, silencieuse, depuis toujours, une cérémonie se tenait là que ne dérangeait pas le commerce des touristes. Recroquevillés sur leurs stèles, des dieux absurdes et impitoyables méditaient le jugement indifférent du temps. Le grand banyan enveloppait tout cet univers de mort et de vie. Il se dressait au-dessus de la somme perdue des générations gaspillées, montait puissamment vers le ciel, invisible au-dessus de la forêt. Ensuite, il retombait de toutes parts et ses branches, sous la terre, s'unissaient à ses racines.

Revenus à Medan, l'avion nous a emmenés jusqu'à Java. C'était un autre pays. Le soir, dans les rues de Jogjakarta, sillonnées de motos et de taxis, se pressait une jeunesse riche et élégante. Les trottoirs étaient noirs de garçons et de filles qui nous regardaient passer avec amusement, et qui nous adressaient souvent la parole. Ils sortaient des cinémas ou des restaurants qu'abritaient de gigantesques centres commerciaux ouverts jusque tard dans la nuit. Le matin, nous quittions le luxe de l'hôtel pour aller nous perdre dans la ville et son rêve oriental de palais, de marchés, de mosquées.

Un guide nous a emmenés jusqu'à Pranbanam et, dans un large jardin désert, nous avons vu se dresser les cônes immenses du temple, tout hérissés de la dentelle régulière des stupas. Chacun d'entre eux ressemblait à une énorme cloche de pierre, haute comme un immeuble. Un large escalier montait jusqu'en leur cœur secret où dans l'obscurité se dressait, à peine visible, la statue du dieu. Ces créatures ne ressemblaient plus aux nains mutiques que nous avions vus à Sumatra faire corps avec les racines du banyan. Ils nous dominaient de leur taille et, comme nous ignorions tout d'eux, ils nous opposaient leur visage d'énigme. Un homme à tête d'éléphant s'accroupissait dans la pénombre. Sa trompe reposait sur sa main gauche ouverte. On aurait dit un enfant impavide habitant massivement le centre tranquille des choses. Une femme laissait se déployer dans son dos l'éventail impossible de ses huit bras. Chaque main portait une arme et cela faisait autour d'elle comme une roue d'acier, de bronze, de bois. Un orage immobile l'enveloppait, porteur de destruction et dont son corps parfait (le visage, les épaules, les seins, le ventre, les cuisses) constituait l'axe gracieux. Il y avait d'autres dieux encore qui se tenaient droit sur la pierre et tournaient ensemble leurs nombreux visages vers tous les horizons simultanés de l'être. Le monde, disaient-ils, était perpétuellement créé et détruit. Le Seigneur des larmes transformait l'univers en un brasier, il dansait dans les cimetières, et le sang l'enivrait. Des serpents étaient sa chevelure et des crânes faisaient un collier à son cou. Par lui, sans discrimination, s'effaçaient le juste et l'injuste, le bon et le mauvais. Mais il était aussi le Seigneur du sommeil, celui par qui s'assoupissait toute peine et qui faisait de la nuit sa pure demeure de joie. La mort, elle-même, il ne l'épargnait pas et ainsi rendait toutes choses au chaos de vie dont elles venaient. Parfois, il abandonnait les êtres au doux néant de ne pas renaître. Il régnait sur le temps où s'usait la chair, mais il était aussi le temps plus grand où tout s'absentait dans le repos et la paix.

Lorsque nous étions fatigués de contempler ces figures et de déchiffrer leurs transparents oracles, nous revenions au grand jour et contemplions les interminables bas-reliefs qui, à l'extérieur, s'enroulaient autour du dôme des stupas. Ils racontaient l'histoire de Râma, son exil dans la forêt, et comment Sîtâ fut enlevée par le démon Râvana et qu'il fallut à Râma livrer, aux côtés du dieu-singe Hanuman, la plus grande bataille de tous les temps pour triompher de l'armée maléfique. Les images couraient dans la pierre et elles disaient cette lointaine épopée saturée de mythes où les corps et les scènes semblaient se poursuivre indéfiniment sans que rien, pour nous, n'y soit jamais intelligible. Les hommes mêlaient leurs membres à ceux de singes ou de géants. Cela faisait un grand désordre de visages et d'apparences semblables dans un paysage toujours répété de palais ou de forêts. Les arbres et les architectures encadraient de leurs géométries stylisées des guerriers et des princesses occupés de quelque drame immobile et muet. L'histoire n'avait ni commencement ni fin. Elle se lisait sur un ruban perpétuel de pierre où toujours Râma poursuivait, parmi la jungle étouffante des phénomènes, l'espoir d'être réuni à Sîtâ.

Nous sommes restés tout le jour et, quand le soir est tombé sur Pranbanam, nous avons pris le chemin du grand théâtre à ciel ouvert où, pour les rares touristes que nous étions, se dansait le Râmâyana. Au moment de prendre les billets, j'ai interrogé le caissier, car je me demandais par quel moyen de transport nous pourrions ensuite retourner à l'hôtel.

Depuis longtemps, je retenais le lapsus sur le bord de mes lèvres. J'ai dit : « Do you know if there are shuttles or buses which could take us back to the hospital when the show is over ? » J'ai essayé de me corriger aussitôt : « I mean : not to the hospital, to the hotel… » Et pour dissiper le malaise que j'avais fait naître, j'ai ajouté : « Of course, there is no reason why we should go to the hospital after the show. At least, I hope so. » Et j'ai ri avec le plus de vulgarité possible de ce que je disais comme s'il s'était agi dans mon esprit d'une plaisanterie absurde et un peu grossière. Parler dans une langue étrangère me délivrait de l'obligation de me taire. J'étais dispensé du devoir de contrôler mes mots. Ils suivaient un chemin moins familier qui les rendait plus libres et leur permettait d'exprimer mes vrais désirs. Je ne voulais pas rentrer à l'hôtel. Ce voyage était un long et lointain détour mais, au fond de moi, je ne perdais pas de vue le lieu que je considérais comme notre véritable domicile, momentanément déserté. J'avais hâte qu'on me laisse revenir à l'hôpital où je ne cessais pas de penser que Pauline nous attendait. Au retour de notre voyage, peut-être serait-elle là.

Le lendemain, nous avons pris la route de Borobudur. De loin, au sommet d'une colline, apparaissait juste un dôme de pierre parmi les palmes et les feuilles d'une forêt. Il fallait marcher longtemps à travers des jardins montant en pente douce jusqu'au temple. Des vieillards, des mendiants, des enfants nus habitaient la périphérie de ce lieu et, dans la misère la plus extrême, vivaient du commerce d'objets dérisoires. Puis des escaliers ouverts dans la pelouse régulière facilitaient la modeste ascension du site. Dans la solitude absolue du ciel, le temple apparaissait comme un immense bloc de pierres sombres tombé, avec calme, sur la surface de la terre. La superficie de sa base était suffisante pour abriter plusieurs cathédrales. Se rétrécissant à mesure qu'on allait vers son sommet, l'édifice affectait une forme conique. Sur le toit dominait la silhouette du stupa central et autour de lui étaient disposées de plus petites cloches de pierre qui en répétaient la forme. Chaque versant de ce grand carré était creusé d'innombrables niches et, d'étage en étage (j'en comptais quatre) se multipliait la figure sculptée du Bouddha assis.

Un chemin courait le long des terrasses, et la règle voulait que le pèlerin, afin de connaître l'illumination, suive cette route en prenant toujours sur sa gauche. Une spirale s'enroulait ainsi dans le grand carré du temple et elle permettait de grimper de niveau en niveau pour enfin accéder au sommet. Mais comme nous n'étions à la recherche d'aucune sagesse, nous avons marché au hasard, faisant de ce lieu un labyrinthe où nous puissions nous perdre, prenant le premier passage qui s'offrait à nous, revenant sur nos pas. De basses arches surplombaient, d'étage en étage, les escaliers et simulaient l'apparence d'une gueule ouverte. Des démons veillaient à tous les carrefours : nez massif, yeux exorbités, mâchoires béantes, dents acérées. Les mêmes silhouettes sculptées apparaissaient partout et, très vite, il était devenu impossible de se repérer. Nous montions des escaliers semblables. Nous passions devant des gardiens de pierre que nous ne distinguions pas. Alice me précédait. Elle s'approchait de la balustrade et, depuis l'étage supérieur, me faisait signe pour que je la rejoigne. Son buste, son visage blond m'apparaissaient, se glissant entre deux statues identiques, prenant place dans la frise monotone des bouddhas, semblant l'interrompre.

Les allées ouvertes qui parcouraient chacun des quatre carrés décroissants étaient bordées par deux bandes ininterrompues de bas-reliefs. Ceux-ci relataient l'existence du Bouddha. Si nous avions lu ces images dans l'ordre, elles nous auraient dit comment le bodhisattva fut tour à tour homme et femme, brahmane et guerrier, roi et animal, puis qu'il choisit de naître une dernière fois et qu'il fut le prince Siddhârta, que celui-ci sut un jour que l'homme était voué à la mort et qu'il décida de renoncer au monde, qu'il ne céda pas à la fausse tentation de l'ascèse et qu'il triompha du démon, qu'il s'éveilla à la vérité, se tint immobile sur une fleur de lotus, qu'un serpent l'enlaça de ses anneaux pour le protéger, qu'il médita la loi, l'enseigna aux hommes, et que bien d'autres prodiges l'accompagnèrent encore jusqu'au moment de sa grande et totale extinction. Mais comme nous nous promenions au hasard, nous ne saisissions rien de cette histoire. Nous nous arrêtions devant des images que nous regardions. Elles montraient des corps sublimes engagés dans des drames indifférents et immobiles, de purs moments de danse fixée. Paradoxalement, les animaux figurés semblaient plus humains que les hommes qui eux passaient pour des dieux.

Le Bouddha, ainsi, avait revêtu toutes les formes du monde avant de s'en dévêtir dans le néant paisible. Il avait été un cheval prêchant la paix, un oiseau offrant sa chair au voyageur affamé, un singe échappant aux mâchoires stupides d'un crocodile. Sa vie première était un recueil de fables semblables à celles qu'on raconte aux enfants, mais leur moralité était si sublime qu'aucun enfant n'aurait jamais eu la naïveté de croire la réalité semblable à une pareille fiction. Il y avait encore des éléphants et des lions, des coursiers tirant de magnifiques équipages, des grappes de singes accrochées aux feuillages des arbres. À ce moment-là, je me suis aperçu que, mentalement, j'étais en train de transformer chacune de ces scènes en une petite histoire, comme celles que je racontais autrefois à Pauline. Ici, l'agneau se donnait en pâture au loup, la fourmi se faisait moine et abandonnait sa demeure à la cigale, le corbeau et le renard partageaient le même repas de riz. Dans ma tête, j'improvisais ces récits auxquels je ne croyais pas comme si Pauline avait été là pour les écouter. J'ai compris qu'en toute absurdité je pensais qu'elle nous accompagnait. Nous marchions ensemble dans ce temple. Elle donnait la main à Alice ou je la portais sur mes épaules. Elle s'amusait surtout à gravir et dévaler les escaliers, mais toutes ces formes dans la pierre l'intéressaient aussi.

Les pierres disaient que la vie était souffrance et illusion, qu'aucune existence n'était davantage que le passage d'un nuage ou la chute d'une feuille sur l'eau de la rivière qui l'emporte. La naissance était douleur, la maladie était douleur, la mort était douleur, être séparé de qui l'on aime était douleur. Le désir en soi de vivre devait être éteint pour que s'éteigne avec lui la souffrance d'être. Alors s'effaçaient toutes les apparences fausses. La vie et la mort étaient deux illusions jumelles où aimer et haïr, craindre et espérer, jouir et souffrir se reflétaient dans un miroir de mensonges. Les pierres disaient encore qu'il n'y avait pas de malheur accablant qui ne fût la juste rétribution du malheur plus grand d'être né et que, pour se soustraire à la loi du chagrin, l'anéantissement de soi-même, et des autres en soi, était la voie.

Les bas-reliefs racontaient le chemin qui menait de l'illusion à l'éveil, de l'expérience de la souffrance à la cessation de celle-ci. Et tous les dix pas, au-dessus d'eux, se trouvait une statue du Bouddha assis. Le saint paraissait surplomber ainsi le récit de sa vie, dominer de son visage apaisé la théorie de ses avatars. Il considérait d'un œil absent le cortège de ses existences passées, de leurs amours, de leurs souffrances. La vie déployait devant lui son insupportable spectacle de sang, mais il ne le voyait plus. Le monde hurlait, torturé par l'horreur d'être, mais il ne l'entendait plus. Chaque drame n'appelait plus de lui qu'une même parole indifférente d'oubli. La douleur devenait un mot, et la bouche même qui le prononçait s'évanouissait.

Nous sommes parvenus au sommet. Les petites cloches de pierre que nous avions aperçues de loin sur le toit se comptaient par dizaines. Chacune d'elles était assez grande pour contenir une statue nouvelle du Bouddha : regard vide, oreilles longues tombant jusqu'au cou, jambes croisées et les mains se touchaient. Au centre de l'ultime terrasse se trouvait le monumental stupa clos auquel tous les autres se rapportaient. Il ne comportait ni portes ni fenêtres. On ne pouvait pas y pénétrer. Il ne recelait rien. Tel était le dernier signe promis aux vivants. Il convenait juste de méditer cette sphère d'absence. Là s'abolissait la dernière illusion, et à cette source de néant s'étanchait la soif d'être.

Nous nous sommes approchés, et j'ai posé ma main sur la base du dôme. Il avait la forme d'un gigantesque chapeau et, en lui, tout disparaissait. C'était comme un long et splendide tour de prestidigitation. On pouvait faire semblant d'abolir la douleur comme un illusionniste escamote une colombe, un foulard, des fleurs. Ensuite, on prenait l'air grave de qui habite désormais l'envers des choses. L'illusion d'être sans illusions était la dernière des illusions. Je lui préférais la vérité, quel que fût le visage cruel qu'elle empruntait. Proclamer que la souffrance s'évanouissait et que le néant calme était le mot dernier du monde me semblait bien commode. À la femme devenue folle de la mort de sa fille, le Bouddha, rapportait la tradition, avait juste répondu : « Ne savais-tu donc pas que tous les êtres meurent ? » Et la mère, réconciliée, disaient encore les textes, s'était ouverte à la sagesse du Bouddha. Moi, je pensais : ce ne sont pas tous les êtres qui meurent, c'est à chaque fois l'un d'entre eux (toujours unique, parfois infiniment aimé), la douleur n'est pas illusion mais tout au contraire vérité. Dans toutes les histoires qu'on nous racontait, le Bouddha ne rencontrait jamais que des contradicteurs complaisants, prompts à la conversion. J'étais curieux de ce qu'aurait dit la fable s'il était une fois tombé sur une argumentatrice aussi redoutable et obstinée qu'Alice.

Nous nous sommes approchés du rebord de la terrasse. Le temple dominait magnifiquement le monde. Par-dessus l'épaule des statues, on voyait l'horizon flotter au-delà des lignes vertes des montagnes. Les sculptures identiques réparties sur les longues parois du bâtiment tournaient le même regard en direction des quatre points cardinaux. Depuis les remparts d'une forteresse immobile de pensée, elles semblaient guetter le signe annonciateur d'un événement improbable. Rien ne changeait dans le spectacle offert à leurs yeux vides. La révolution du jour et des saisons faisait depuis toujours passer sur elles la même lumière. Nous nous sommes encore promenés longtemps dans ces couloirs d'images répétant leurs leçons de sagesse vaine, puis nous sommes redescendus vers le jardin quand le soir tombait.

Nous sommes partis ensuite pour Bali. Nous descendions dans des palaces désertés par les touristes. Les plages étaient splendides. Dans le nord de l'île, on entrait dans une eau immobile et inquiétante de transparence. Rien ne semblait devoir bouger quand on s'enfonçait en elle et sa tiédeur passive baignait avec mollesse le corps. Dans le sud, au contraire, de gigantesques vagues venaient se briser avec violence sur le sable, faisant naître une sorte d'orage vertical d'écume. Il suffisait de s'avancer d'une petite vingtaine de mètres, et l'on se retrouvait presque assommé dans la chute répétée des grands rideaux salés. Des courants incompréhensibles tiraient le nageur en avant puis le repoussaient en arrière, l'emportaient sur le côté et, pour ne pas s'égarer, il fallait ne jamais trop s'éloigner du bord. Une demi-heure passée dans l'eau à recevoir le choc des rouleaux, à négocier l'équilibre de son corps dans ce grand tournis liquide, et l'on sortait voluptueusement fourbu, les membres brisés. Lorsqu'une certaine frontière physique était franchie, la fatigue se renversait et le plus total sentiment de repos pénétrait la chair, agissait sur elle.

Dans le centre de l'île, nous prenions les routes les plus improbables — celles qu'aucune carte n'indiquait — et souvent, nous nous perdions. Nous arrêtions l'auto au sommet d'une colline et nous observions en dessous de nous le grand échiquier aux cases inégales des rizières, découpant leurs tranches vertes aux flancs des pentes. Les temples semblaient plus nombreux que les maisons. Certains logeaient au sommet des cratères, d'autres au creux de gorges vertigineuses et touffues. Il y en avait, construits sur pilotis, qui donnaient l'impression de flotter sur l'eau des lacs, et d'autres encore dominaient la mer, portés par de grandes et périlleuses langues de pierre, recouvertes par la marée ou battues par les vagues. À Goa Gajah, un temple était creusé dans le flanc même d'un large roc. La porte avait l'apparence d'une monstrueuse gueule ouverte, avalant les visiteurs dans une obscurité où les attendaient toutes sortes de divinités burlesques et terrifiantes. Là veillait l'ogresse Hariti qui aimait les enfants et qui les dévorait.

Chaque village comptait son Pura Dalem, temple construit dans les profondeurs et les périphéries, réservé aux morts que les rites n'ont pas encore rendus à la liberté du néant. On y adorait Durga, l'épouse déchue de Siwa, qui règne sur les esprits funestes et porte aussi le nom de Rangda. Divinité d'en bas, vorace de sacrifices ignobles faits de mets décomposés et de fleurs fanées, sa statue dominait les escaliers sombres qui menaient jusqu'à l'enclos sacré, et au-delà du muret de pierre pointaient vers le ciel les toits de chaume des autels. Sa chevelure épaisse ruisselait atrocement le long de son corps et l'enveloppait tout entier à l'exception des seins démesurés qui roulaient sur son ventre. Son visage était celui d'un monstre, et de longues dents puissantes dépassaient de sa mâchoire, semblables aux crocs d'un fauve ou aux défenses d'un sanglier. Son corps ne faisait qu'un avec la pierre, et il était difficile de donner sens à toutes les formes imbriquées que le sculpteur avait fait naître. La silhouette massive de la déesse semblait abriter en elle tout un univers. Des crânes reposaient entre ses cuisses, et elle en foulait d'autres aux pieds. Les lignes noueuses de sa chevelure évoquaient aussi bien un torrent qu'un brasier. Ses seins étaient des planètes accrochées à son buste. Elle levait sa main droite épaisse en un signe que je ne comprenais pas. Et sur son bras gauche, elle portait un enfant. Elle le serrait contre elle et l'on ne pouvait savoir si c'était avec tendresse ou avec cruauté, si elle cherchait à le protéger du mal qu'elle infligerait aux autres ou s'apprêtait à l'emmener dans son territoire noir. L'enfant était indifférent. Le contact ignoble de la créature ne l'effrayait pas. Il regardait ailleurs. En un geste de dévotion inintelligible, des femmes avaient noué sur son front de pierre une pièce de tissu blanc. Ou peut-être était-ce un bandeau qu'elles avaient posé sur ses yeux.

Une fois, nous avons assisté à une grande crémation. Pour la cérémonie, les morts les plus récents du village avaient été exhumés. Depuis des mois, ils attendaient le moment de leur délivrance. Leur âme errait tristement autour des maisons où ils n'entraient plus. Ils se tenaient auprès des lits dans lesquels ils ne dormaient plus. Les vivants tentaient de tromper leur ennui avec de pitoyables stratagèmes, apportant au cimetière des offrandes. Mais le moment était maintenant venu où le corps retournerait au monde inférieur et où l'esprit s'en irait vers le monde supérieur. Le cadavre était placé dans une grande tour de bois et de bambou, décorée de représentations légendaires, coiffée de petits toits. Les hommes du village soulevaient l'édifice et se mettaient en route vers le lieu du sacrifice. Le cortège ressemblait à une danse ivre destinée à étourdir l'âme du défunt. Les cercles erratiques que le convoi traçait devaient lui faire perdre le sens de l'orientation pour lui interdire de retrouver son chemin et de revenir hanter les vivants. Puis on glissait la dépouille dans un sarcophage qui affectait la forme d'un animal. Dans ce ventre de bois, le corps revenait. On mettait ensuite le feu au bûcher. L'univers était un sacrifice incessant où tout retournait à la cendre, où tout procédait de la flamme. Un perpétuel incendie dévastait le monde, et ce brasier était la vie. Quand la chair s'était évanouie, et que les ossements n'étaient plus que poudre, on arrosait le bûcher d'eau et les femmes cherchaient dans la poussière les derniers vestiges épargnés du squelette. Elles les emmaillotaient dans un linge blanc qu'elles glissaient dans une noix de coco abandonnée à la mer qui devait les porter jusqu'au Gange. Tout était dissous. La chaleur du corps se faisait feu, ses eaux nourrissaient l'océan, ses ossements rassasiaient la terre et le souffle était rendu au vent.

Nous avons visité encore d'autres pays d'Asie, mais notre dernière étape fut en Afrique. Un matin, nous sommes arrivés à l'aéroport de Mombassa. Un taxi nous a conduits sur d'interminables pistes caillouteuses. Au bout de ces routes se trouvait un nouvel hôtel, comme perdu au plus profond d'une poche de ciel et de sable. Les chambres étaient dispersées dans un jardin qui longeait une plage abritée de palmiers et perpétuellement rafraîchie par le vent. Dans ce paysage de carte postale, nous n'avions rien d'autre à faire qu'à étendre nos corps, à les laisser mincir au soleil, à les allonger dans l'eau calme et chaude, à les vider de toute fatigue. Lorsque trop de lumière et de sel avaient imbibé la peau, nous retournions nous abriter dans l'obscurité de la chambre. Nous faisions l'amour sous le baldaquin d'une moustiquaire ouverte tandis que tournaient les lentes lames d'un ventilateur vétuste. Alice faisait semblant de dormir. Je voyais son corps tourné contre le mien et je savais qu'elle pensait à Pauline. Elle voulait retrouver le sommeil afin qu'ici aussi il lui rende l'apparence de sa fille.

Nous désirions aller vers l'intérieur des terres, vers les grandes réserves au pied des montagnes. Un tout petit avion attendait une poignée de touristes dans un aéroport de fortune. Il s'est envolé dans un impressionnant tremblement d'hélices dont la fréquentation des longs-courriers m'avait déshabitué. J'étais un peu étonné de la faible altitude de croisière du bimoteur. Par le hublot, je voyais l'aile gauche de l'appareil couver l'horizon. Le temps était splendide et les nuages nombreux. Ils passaient en dessous de nous à la façon d'un légendaire troupeau d'éléphants blancs, nous faisant cortège, migrant en silence vers quelque grand refuge de l'autre côté de la terre. Leur ombre tombait verticalement et elle glissait, très sombre, sur le sol vert, y dessinant des formes d'une précision parfaite. On aurait dit des lacs d'encre traçant leurs contours mobiles sur la page d'un atlas.

On nous a conduits jusqu'au camp où nous devions passer la nuit. C'était un endroit curieux : une sorte de club anglais érigé en plein cœur de la brousse où des domestiques noirs vous servaient à dîner dans de la porcelaine. Après le dîner, on pouvait s'affaler dans de larges fauteuils autour d'une cheminée ou fumer un cigare sur la terrasse, un verre de brandy à la main, les yeux scrutant le soir rempli de bruits étranges. De grandes tentes faisaient office de chambres, dotées de tout le confort qu'offrent les meilleurs palaces. Un peu plus bas passait un cours d'eau qui paraissait refléter le ciel : noir et habité de lumières claires. De gigantesques lucioles tournaient au-dessus des eaux et traçaient dans le vide leurs aberrantes trajectoires d'étoiles filantes. On entendait les cris d'animaux inconnus, le son de leurs lourds corps passant à l'entour.

Le Kilimandjaro était une montagne de nuages posée sur une montagne de pierres. Depuis l'avion, la veille, nous avions aperçu un peu de sa base puissante, mais alors son sommet avait déjà disparu dans l'épaisseur du ciel. La seule manière de surprendre sa silhouette entière était de se lever avant le soleil. Nous avons attendu dans l'opacité grise qui précède la percée des premiers rayons. Au-delà des arbres, nous ne voyions rien. Puis, la clarté pâle du matin a dessiné une ligne rose très fine dans le vide. Elle épousait partiellement le contour connu du relief. D'un coup, le reste de la géométrie a surgi hors du fond de l'horizon. Le phénomène ne cessait pas d'être mystérieux car l'apparition se refusait à devenir tout à fait perceptible. L'œil devait se concentrer pour tirer hors du blanc profond où il trempait ce gigantesque fantôme de montagne. Ce que nous regardions, rien ne pouvait nous en garantir l'existence. Le paysage se construisait dans la beauté spectrale et inquiétante du matin.

Nous sommes partis sur les pistes. Nous avions pris place à l'arrière d'un quatre-quatre conduit par l'un des guides de la réserve. La brousse s'est peuplée d'animaux. Il fallait toute l'immensité de ces terres pour que nous ne perdions pas tout à fait l'illusion de nous déplacer au sein d'une solitude sauvage. Dès qu'un groupe de fauves était repéré, tous les véhicules convergeaient vers le lieu où il avait été signalé. Une carcasse de buffle gisait, allongée près du chemin par les gardiens du parc qui avaient pris soin de mettre au mieux ce cadavre sanguinolent en scène. Ravies de l'aubaine, quelques lionnes dépeçaient à petits coups de dents la chair de la bête qu'elles n'avaient pas eu la peine de chasser. Une cinquantaine de touristes visaient la scène à l'aide de téléobjectifs longs comme l'avant-bras. Cela durait jusqu'à ce qu'il devienne nécessaire de changer la pellicule ou de laisser reposer le Caméscope. Le plus étonnant était la façon dont les fauves passaient à proximité des voitures sans leur accorder la moindre attention. Ils avaient appris que nous n'étions pour eux ni des proies ni des prédateurs possibles. En conséquence, nous n'existions pas dans leur monde mental. Les lions ne nous voyaient pas. Nous étions des fantômes à leurs yeux. Ils contournaient les masses de métal des véhicules comme s'il s'était agi de rochers ou de bosquets, puis ils s'allongeaient dans l'ombre, un peu plus loin. La chasse aux images reprenait. Quelque gros crâne chauve, gris, ridé, surgissait de l'eau et c'était un hippopotame. Ou s'il apparaissait entre deux arbres avant de s'évanouir dans la profondeur du taillis, il fallait penser que nous avions aperçu un éléphanteau rejoignant sa mère.

Sous la protection de rangers en uniformes, on pouvait s'approcher de deux rhinocéros qui broutaient, impassibles, l'herbe sèche. Le plus grisant était de glisser au cœur du troupeau mêlé des girafes et des zèbres. Les premières dépliaient leurs longues jambes et tendaient leur cou en avant. Les seconds, à notre approche, trottaient avec frénésie dans les directions les plus anarchiques. Un grand mouvement vivant de formes et de couleurs semblait nous accompagner.

Nous avons fait étape dans un nouveau camp construit au milieu de la brousse. La poussière ocre des pistes teignait nos vêtements, nous fardait le visage et poudrait nos cheveux. Au sortir de la douche, nous nous sommes installés sur la terrasse. Je me suis laissé tomber dans un profond fauteuil d'osier et j'ai regardé tout autour de moi. J'étais content d'être en Afrique. Alors que le soleil déclinait, la nudité absolue du paysage me délivrait de toute la fermentation de fables des précédentes semaines. Les religions disparaissaient toutes là. Aucune idole ne surgissait de la terre pour y danser son hystérique cérémonial funèbre. La silhouette du Kilimandjaro s'enfonçait toujours davantage dans le blanc pâle des nuages accrochés à ses flancs et ce cône lointain n'abritait pas de dieu qui ait tenu le secret de nos vies entre ses mains. Le sol ne promettait aucune autre sagesse que la somme de ses reflets dans la poussière d'or du soir.

Je regardais Alice qui regardait le ciel, accoudée à la balustrade de bois. Je la trouvais belle et je pensais silencieusement que je l'aimais. Il me semblait que, Pauline morte, j'étais maintenant le seul à savoir qui elle était. Je me laissais aller à l'imaginer, sa fille dans les bras, lui montrant quelque chose au loin sur l'horizon et ce quelque chose-là était la vie. Voilà, disait-elle, ce que signifiait le monde. Il ne ressemblait pas à la mort. Il lui ressemblait à elle que nous avions aimée et qui, une fois, avait été vivante. Et dans la splendeur intouchable des choses, son absence avait ouvert un vertige mélancolique que rien, jamais, ne ferait disparaître. Voilà ce qu'elle disait à l'enfant absent qui l'accompagnait, et je l'approuvais. Bien sûr, elle parlait avec d'autres mots. Mais c'étaient ceux-là que j'entendais.

Nous devions rentrer en France le surlendemain. J'avais l'impression que quelque chose s'achevait et c'était un voyage plus long que celui qui nous avait conduits ici. Je regardais les choses autour de moi, et elles s'écrivaient d'elles-mêmes. L'univers était la page qui les accueillait. Il possédait son propre alphabet de créatures vivantes et sa ponctuation de pierres et de troncs posée sur le papier poussiéreux de la plaine au-dessus duquel, en cercles larges, tournaient de longs oiseaux lents. Je n'avais pas besoin d'appeler à moi les mots, car ils venaient d'eux-mêmes. Ils se faisaient phrases faciles qui installaient dans ma tête le cours liquide de leurs droites régulières. Je me disais qu'il suffisait de les suivre là où ils me mèneraient. Les mots parlaient du vert intense des pelouses au pied de la terrasse, et de l'étendue aride au-delà, avec l'orange vif de la terre brûlant les yeux de son excès de couleurs, la terre tachée par les ombres couchées des arbres, et plus loin encore l'espace nu d'où surgissait la ligne douce des collines, aussi souple qu'une vague agitant calmement une mer endormie et capturant sur ses crêtes et sur ses creux les mêmes teintes tendres et sombres de bleu.

Les mots disaient la splendeur stupéfiée du monde et ils avaient l'emphase légère qu'on trouve dans un roman qui s'achève. Je sentais que je n'avais plus qu'à me laisser aller à leur somnolence d'oubli, à m'abandonner à leur murmure mécanique. Cela aurait été si facile. Les mots disaient que tout était bien, que rien n'était possible sinon de se soumettre à la loi pacifiée de l'univers où vie et mort avaient même visage. Ils prenaient en eux toute l'horreur d'être et la lavaient de son sang. Tout ce qui avait été, ils le faisaient se dissoudre dans leur eau calme, et les grands ronds rouges de la vie se délayaient dans le clapotis berceur des voyelles. Peu importait leur sens : les mots disaient l'acceptation obligée des choses. Il y avait en eux un charme très puissant et, dès qu'on dévalait avec eux la pente du temps, ils vous conduisaient en un point semblable à celui où l'évidence des mots paraissait refléter l'évidence du monde.

Je savais peu de chose, mais j'avais appris à quel point il était nécessaire de se méfier des mots. Si vous n'y preniez pas garde, ils se transformaient en idoles minuscules, mais plus puissantes encore et redoutables que celles que nous avions vues veiller sur les tombes d'Europe et d'Asie. Si vous les abandonniez à eux-mêmes, ils disaient l'appel lent du néant qu'ils tournaient en une fausse et fade beauté. Le soleil se couchait presque. Je regardais Alice tourner son visage vers le grand basculement rouge du soir qui ne signifiait rien d'autre que lui-même. Je pensais à tout ce que nous avions vécu, à tout ce qui nous restait à vivre. Le temps vide de notre vie m'apparaissait comme une hallucination puissante au creux de laquelle j'apercevais la forme fidèle de celle que nous avions aimée. Il faudrait bien autre chose qu'un paysage sous le soleil couchant pour que se termine ce roman. De nombreux autres chapitres restaient à écrire qui diraient le désastre sans merci de la vie et toujours le creux béant de l'absence. La conspiration des mots, il était possible peut-être de la déjouer. Il fallait remonter patiemment la pente des phrases, se réveiller sans cesse du sommeil des syllabes, prendre garde à ne pas consentir à cette parole d'approbation que la mort (cette mort) ne méritait pas. Je rêvais à un long et incessant roman qui ne serait rien d'autre qu'un « non » têtu et inutile opposé à la perte. Mais tout était plus facile encore et cela n'avait rien à voir avec les mots. Je pensais au travail très modeste de la tendresse, au désarroi de survivre, à la folie de dépêcher des messages absurdes dans le vide, à l'obstination de se conduire ainsi, de ne pas renoncer à sa pensée la plus vraie pour la maintenir vivante tout au long de la nuit.

Je me réveille au milieu de la nuit et je vois le noir tout autour de mon corps. Il mange mes membres et il pèse sur ma poitrine. Je le sens tout froid se glisser lentement en moi. Il me laisse toute seule. Félix est allongé à côté et je lui en veux de dormir paisiblement. Le soupçon me vient que peut-être il fait aussi semblant. Je voudrais m'en assurer. J'enroule mes jambes autour des siennes. Je pose mes mains sur lui : sur ses épaules, sur son ventre, sur son sexe. Je veux vérifier sa masse dans la profondeur du lit. Je ne connais pas le monde dans lequel il se trouve et je me demande si Pauline y est avec lui. La seule manière d'être certaine qu'il dort serait de le réveiller.

Je m'accroche aux derniers moments de mon rêve. J'étais dans un couloir d'hôpital. Un médecin venait vers moi et il m'annonçait avec toutes sortes d'hésitations stupides que les résultats des examens s'avéraient tout à fait préoccupants, que les radiographies pulmonaires mettaient en évidence une forme rarissime de tuberculose, qu'en conséquence je devais être courageuse car le pronostic ne pouvait qu'être réservé. Je me voyais moi-même feignant avec hypocrisie la tristesse, car si Pauline était tombée de nouveau malade, cela ne pouvait signifier qu'une chose : elle vivait encore. Ainsi allait la logique de mon rêve. Ou plutôt : elle était morte mais les médecins eux-mêmes ne s'en étaient pas aperçus. C'était à moi de leur cacher la gravité de son état pour qu'ils ne renoncent pas à la soigner. Pauline était dans mes bras et je lui chuchotais à l'oreille de faire semblant de vivre. Elle me murmurait à son tour qu'elle était d'accord, qu'elle ne dirait rien, que ce serait une bonne farce à faire aux docteurs. Elle ne semblait pas avertie de sa mort. Ou alors : être morte lui était indifférent. Elle avait raison puisque cela ne changeait rien à sa vie avec moi.

Avant, il y avait d'autres images. Un rêve se raconte toujours à l'envers. Si l'on pouvait remonter en lui, de souvenir en souvenir, on parviendrait en ce point du passé où tout s'est décidé. Peut-être pourrait-on changer alors ce qui a eu lieu. Mais l'on a beau se concentrer, le fil rompt. On n'a plus entre les doigts qu'une poussière de scènes absurdes et l'on ne peut jamais dire ni comment elles se suivent ni comment tout a commencé. J'avais perdu un bras. Un homme qui portait le visage de mon père, mais n'était pas lui, s'en prenait à moi, se moquait de mon allure, de ma maladresse. Je me mettais en colère, je disais que ce n'était pas de ma faute, après tout, si on m'avait pris ce bout de mon corps et qu'en vérité je me débrouillais ainsi très bien, que tout le monde admirait mon courage et mon habileté. Mais personne ne me croyait. Beaucoup de gens riaient.

Avant encore, je me voyais enceinte. J'étais assise sur la cuvette des toilettes et je regardais stupidement changer de couleur la baguette de plastique du test de grossesse. J'étais anéantie. Je n'avais pas d'autre choix que d'avorter. Il fallait que je trouve dans la nouvelle ville où nous vivions un gynécologue qui accepte aussitôt de me débarrasser de l'enfant, car il voulait prendre dans mon ventre la place de ma fille. Il n'y avait pas de temps à perdre : à mesure que mon corps devenait lourd, celui de Pauline gagnait en légèreté et, si je tardais, il menaçait de disparaître tout à fait. Avec de plus en plus de difficultés, je marchais très longtemps le long de l'Erdre (les quais de la Seine surplombaient le canal) et dans le parc de Procé (où tournaient les manèges du Luxembourg). Je désespérais de trouver mon chemin dans cette ville que je ne connaissais pas. J'avais peur de ne plus pouvoir avancer, que mon ventre devienne si volumineux qu'il soit trop tard pour faire encore un pas qui puisse nous sauver toutes les deux. Quelques amies m'accompagnaient. Elles disaient connaître la porte à laquelle il me fallait frapper (le meilleur praticien de toute la région). Enfin, nous arrivions. Pauline ne m'avait pas quittée. Il m'était impossible de lui expliquer pourquoi je devais à mon tour me rendre chez le médecin, mais elle paraissait très bien comprendre. Elle ne disait rien, ne posait pas de question, m'approuvait. Je ne pouvais pas la laisser entrer avec moi dans le cabinet. Je lui demandais de rester toute seule un peu dans la salle d'attente, que je ne serais pas longue. Je me déshabillais de mon côté. J'étais nue sur la couchette étroite, les chevilles déjà glissées dans les arceaux, souhaitant désespérément qu'on me délivre de ce qui grossissait entre les os de mon bassin. Puis j'entendais un bruit énorme, un vacarme de chute venant de la pièce où j'avais laissé Pauline. J'étais folle de détresse. Je me précipitais. La salle d'attente ressemblait à celle d'un pédiatre et non d'un gynécologue. Des jouets et des livres d'enfants jonchaient la moquette. Pour se distraire, Pauline avait voulu construire une sorte de château fort en briques et celui-ci s'était effondré de façon épouvantable. Des morceaux de tours et de remparts, des cubes étaient dispersés dans tout l'espace de la salle. Le grand jouet semblait brisé, pulvérisé. Pauline était sur le point d'éclater en sanglots comme si cette maladresse était en soi une catastrophe. Elle ne craignait pas que nous la grondions (car nous ne la grondions jamais), mais la peur de nous avoir contrariés ou déçus semblait suffire à la désespérer. Je me suis approchée et je lui ai dit que tout cela était sans importance, que ce n'était pas grave du tout. Mais je ne parvenais pas à la rassurer complètement. Je trouvais doux de la sentir tout contre moi et, en pensée, je lui demandais pardon.

Avant, je ne sais pas. Ni après. Je sais seulement que je me suis réveillée à un moment ou à un autre. La nuit est pleine de bruits. Je n'entends pas Pauline pleurer. Il y a d'autres sons dans mon oreille, mais pas celui-là. Je voudrais savoir si l'heure de se lever va bientôt venir. Je me vois déjà sortir du lit. Si c'est le matin, je vais jusqu'à la douche et je laisse longtemps couler l'eau tiède sur ma peau. Je surveille le réveil. Le train qui me mène au travail quitte la gare à sept heures cinquante-sept. Je m'habille comme je crois qu'il faut s'habiller quand on va au bureau (des tailleurs, des jupes). Je passe sur moi ces habits à mesure et je ne reconnais pas mon corps dans la glace. Il appartient à une autre. Mon vrai corps, je le possédais quand Pauline vivait. Ce corps-là, il m'embarrasse à la façon d'une apparence qui mentirait malgré moi. Il parle d'une autre vie qui n'est pas la mienne, où tout manque de ce qui en faisait le sens. Je monte en me dépêchant dans le premier wagon. Des papiers gras jonchent le sol et tout sent la saleté, l'urine parfois, la transpiration, le mélange des déodorants, des parfums. Le train passe dans des banlieues misérables. Il roule au milieu de paysages métalliques et noirs.

Je trouve un bout de banquette encore libre, je lève les yeux et je vois des hommes qui me regardent. Ils observent ce corps qu'ils prennent pour le mien. Je vois bien leurs yeux sur mes jambes, mes fesses, mes seins. L'anonymat du matin les rend impunément à leur bêtise lourde de mâles. Cela m'est égal puisque ce n'est pas de mon corps qu'il s'agit. Ce qu'ils imaginent de chair sous le tissu des vêtements, le coton de la lingerie ne m'appartient pas. Je laisse une poupée qui ne me ressemble pas parader devant eux, susciter leur stupide désir inutile. Mon vrai corps, je l'ai presque oublié. Il vivait du temps de Pauline. La serrer contre moi me le rendait présent. Le train arrive en gare et je suis sur le quai, parmi la grande forêt mouvante des gens. Je sens le frôlement des odeurs, le trépignement des pas, la procession écœurante des épaules qui me poussent vers les escaliers descendants du métro. L'hallucination est toujours la même. Je me dis que Pauline doit être là quelque part. Mais tous ces hommes me la dissimulent de leurs gros corps hypnotiquement attachés au mien. Ou alors : Pauline est bien là, quelque part, perdue dans les couloirs souterrains ou de l'autre côté des rails, elle me voit, mais elle ne me reconnaît pas. Elle ne peut pas deviner que je suis celle qui l'appelle et elle s'engouffre dans la rame qui, en sens inverse, l'éloigne de moi.

J'arrive au bureau et je pénètre dans le monde des femmes. Elles me considèrent comme l'une d'entre elles, parce que je leur mens avec beaucoup de soin. Je vois partout autour d'elles la trace de leur déraison qui n'est pas semblable à la mienne. Parfois, elles cachent leur folie, mais le plus souvent, elle est bien visible. Leurs confidences sont des pièges qu'elles me tendent. Elles me racontent les infidélités des maris, les humiliations qu'elles subissent, la déception de ne pas avoir eu d'enfants quand il en était temps ou, à l'inverse, le fardeau d'être mère à jamais. Elles me disent la douleur d'être aimée, celle de ne pas l'être. Parfois, quand je les écoute, je voudrais être assez laide pour décourager toute sympathie, je voudrais que mon malheur pue assez fort pour qu'elles se détournent toutes de moi et me laissent en paix. Mais elles ne se doutent jamais de rien. Elles disent que, comme toute autre, je possède devant moi tout l'horizon ouvert de la vie. Elles ne doutent pas que j'aurai des enfants adorables, que je trouverai un travail à la mesure de mon talent. Et si, excédée, je leur dis la vérité, elles ne me croient pas. Elles ne pensent pas possible l'histoire de ma vie. Il n'y a pas moyen de me faire entendre. Elles sont convaincues qu'il ne s'agit de ma part que d'une manœuvre excessive pour faire paraître plus pâle le chagrin infini de leur propre vie. Elles croient sincèrement que l'existence est une compétition où la plus malheureuse triomphe et elles m'en veulent d'user de moyens déloyaux afin de l'emporter. Elles disent qu'elles aussi savent ce que c'est que le chagrin des enfants et la peine d'être seule. Elles me racontent des histoires de grands-parents décédés, d'amants ignobles ayant déserté leur lit. Je ne parle plus. Elles parlent seules. Elles sont dans le délire de leur misère. Elles voudraient que j'accepte d'entrer en lui à mon tour, que je reconnaisse le caractère incommensurable de leur détresse. Je fais semblant. Je me tais. Je joue à leur donner raison, à m'inquiéter des angines de leurs filles, des mauvais résultats scolaires de leurs fils, des défaillances sexuelles de leurs maris, des dérobades grossières de leurs amants. Je les écoute se plaindre et elles n'en finissent pas. Je sais qu'elles se désolent pour mieux me faire sentir à quel point, déprimées mais épargnées par le sort, elles me sont supérieures. Cela m'est égal, complètement égal, comme le reste.

C'est moi qui les plains en vérité de n'avoir jamais su ce qu'était l'amour, de ne connaître que la fausse monnaie perverse de l'affection extorquée.

Le soir, je rentre et je suis fatiguée. Félix travaille à son ordinateur. Je vois s'accumuler les pages de son manuscrit, je les lis et ne les comprends pas. Il me semble que notre vie ne ressemblait pas à tous ces mots. Si je le lui dis, il s'attriste. Lui aussi, à sa manière, voudrait me voir donner raison à sa folie. Mais je n'y arrive pas, ou plus tout à fait. J'aimerais pourtant penser qu'avec lui, notre histoire se poursuit, et même si elle n'existe jamais que dans le cercle inutile de sa démence à lui. Mais je sais qu'il ne me comprend pas, qu'il est tout entier dans le calcul maniaque et solitaire de sa pensée. Alors, je vais me coucher. Il me rejoint dans le lit. Il allonge son corps sur le mien ou c'est moi qui le caresse jusqu'à susciter en lui le désir de me prendre. Je voudrais qu'il ait le pouvoir de vraiment me prendre, que la jouissance soit ce qu'en disent les romans roses ou les journaux féminins, qu'elle détruise la conscience à force de plaisir. Mais, pour lui ou pour moi, la proximité violente des corps ne délivre de rien. Elle pousse seulement plus vite vers le sommeil. Les hommes, du moins. Car moi, je ne m'endors pas. Je reste seule à faire tourner mon corps dans l'enveloppe chiffonnée des draps.

Seule comme maintenant où je pense à Pauline. Je nous vois tous les deux couchés côte à côte et je me dis qu'elle ne nous reconnaîtrait pas si elle entrait maintenant dans la chambre. Notre vie ne nous ressemble plus. Si Pauline vivait de nouveau, elle nous regarderait et nous demanderait ce que nous sommes devenus. Elle évoquerait des souvenirs drôles du temps de sa maladie, mais ceux-ci me feraient pleurer. Elle serait triste. Elle se dirait que nous sommes trop différents maintenant de ceux avec qui elle a vécu, qu'elle n'a plus sa place entre nous, que cela n'a plus de sens, qu'il vaut mieux qu'elle retourne vers la mort.

Aujourd'hui, c'est chaque matin qui me sépare d'elle. Ou plutôt : aucun matin ne vient jamais. Il n'y a plus que moi qui pense vraiment à elle. Tous les autres l'ont effacée de leur vie. Ils s'en sont retournés vers le confort de leurs fausses affections. Rien ne peut les distraire trop longtemps de leur obstination à ne pas savoir. Je me dis parfois qu'ils ont tué Pauline en eux, que leur manque de constance, leur lâcheté, leur égoïsme sont responsables de sa lente disparition. Elle est encore en train de mourir, de s'enfoncer irréversiblement dans ce faux sommeil des dernières heures. Je fais ce cauchemar : quelque part, son agonie se poursuit, elle souffre, il faut que je m'assure au moins qu'on lui a bien administré sa morphine. Mais je suis sortie un instant de la salle de réanimation et je n'en retrouve plus le chemin. Je suis dans la rue, j'interroge des gens : le bâtiment de la clinique a disparu d'un coup dans le noir de la ville, il n'y a plus de service, plus de couloir, plus de lit, plus d'enfant dans ce lit. Et je sais pourtant qu'elle est forcément quelque part à m'attendre, qu'elle ne veut pas mourir tout à fait sans que je l'ai rejointe.

Je reste seule à tenter de la retenir avec moi de ce côté-ci du monde. Mais c'est une tâche trop lourde quand personne ne m'aide. J'ouvre les yeux sur un univers qui n'existe pas et tout le monde m'assure qu'il est vrai. Alors, ce qui était le plus réel prend l'apparence légère d'un rêve. Je me demande si cette petite fille a jamais existé ailleurs que dans mon imagination. Je regarde mon chagrin et je me dis qu'après tout il n'est pas différent de celui qui me viendrait d'un livre que j'aurais lu. Jamais je n'aurais dû l'ouvrir. Je suis entrée en lui et il a pris la place de ma vie. Les autres disent peut-être vrai. J'ai dû rêver cette enfant. Elle n'a pas pu exister aussi douce, aussi belle, aussi aimante, aussi cruellement arrachée à elle-même. C'est une histoire trop violente que celle-là et je me suis égarée en elle.

Mais elle me manque. Je sais bien que c'est elle qui me manque, et non le fantôme stupide d'un désir irréel. Elle m'accompagne partout de son absence. Je n'arrive pas à me défaire de la certitude qu'elle est dans sa chambre et que, tout à l'heure, elle descendra vers moi l'escalier de bois rouge, qu'elle se glissera dans le lit, que je sentirai son petit corps mince contre le mien, que nous parlerons à voix basse de la journée à venir. Je dois me raisonner pour réaliser que, lorsque je m'éveillerai tout à l'heure, j'ouvrirai les yeux sur une autre chambre, située dans une autre ville et qu'elle ne sera pas là. Mais le jour ne vient pas. Tant que l'obscurité m'abrite (et ce sera à jamais), elle est dans ma pensée, dans le cœur de cette pensée que je porte en moi, dans le cœur tendre et douloureux de cette pensée-là qui n'est pas la mienne en vérité, mais la sienne, et où elle me prend avec elle, me protège, m'aime comme je l'aime, dans le néant assoupi de la nuit.

DU MÊME AUTEUR

Aux Éditions Gallimard

L'ENFANT ÉTERNEL, coll. «L'Infini», 1997. Prix Femina du premier roman (Folio n° 3115).

TOUTE LA NUIT, coll. «Blanche», 1999. Prix Grinzane Cavour 2007 (Folio n° 5514).

RAYMOND HAINS, UNS ROMANS, coll. «Art et Artistes», 2004.

SARINAGARA, coll. « Blanche », 2004. Prix Décembre (Folio n° 4361).

TOUS LES ENFANTS SAUF UN, 2007 (Folio n° 4775).

LE NOUVEL AMOUR, 2007 (Folio n° 4829).

ARAKI ENFIN, L'HOMME QUI NE VÉCUT QUE POUR AIMER, coll. « Art et Artistes », 2008.

LE SIÈCLE DES NUAGES, 2010. Grand Prix littéraire de l'Aéro-Club de France 2011 et Grand Prix littéraire de l'Académie de Bretagne et des Pays de la Loire 2011 (Folio n° 5364).

LE CHAT DE SCHRÖDINGER, coll. « Blanche », 2013.

Chez d'autres éditeurs

PHILIPPE SOLLERS, collection « Les contemporains », *Seuil*, 1992.

CAMUS, *Marabout*, 1992.

LE MOUVEMENT SURRÉALISTE, *Vuibert*, 1994.

TEXTES ET LABYRINTHES : Joyce/Kafka/Muir/Borges/ Butor/Robbe-Grillet, *Éditions Inter-Universitaires*, 1995.

HISTOIRE DE « TEL QUEL », coll. « Fiction & Cie », *Seuil*, 1995.

PRÈS DES ACACIAS : l'autisme une énigme, en collaboration avec Olivier Ménanteau, *Actes Sud*, 2002.

LA BEAUTÉ DU CONTRESENS ET AUTRES ESSAIS SUR LA LITTÉRATURE JAPONAISE, Allaphbed 1, *Éditions Cécile Defaut*, 2005.

DE TEL QUEL À L'INFINI, NOUVEAUX ESSAIS, Allaphbed 2, *Édifions Cécile Defaut*, 2006.

LE ROMAN, LE RÉEL ET AUTRES ESSAIS, Allaphbed 3, *Éditions Cécile Defaut*, 2007.

HAIKU, ETC. suivi de 43 SECONDES, Allaphbed 4, *Éditions Cécile Defaut*, 2008.

LE ROMAN INFANTICIDE, DOSTOÏEVSKI, FAULKNER, CAMUS, ESSAIS SUR LA LITTÉRATURE ET LE DEUIL, Allaphbed 4, *Éditions Cécile Defaut*, 2010.

BEAUCOUP DE JOURS. D'APRÈS ULYSSE DE JAMES JOYCE, coll. « Le livre/la vie », *Éditions Cécile Defaut*, 2011.

OÉ KENZABURÔ : légendes anciennes et nouvelles d'un romancier japonais, *Éditions Cécile Defaut*, 2012.

VERTIGE D'ARAGON, Allaphbed 4, *Éditions Cécile Defaut*, 2012.

Composition Nord Compo
Impression Novoprint
à Barcelone, le 10 décembre 2012
Dépôt légal : décembre 2012

ISBN 978-2-07-045016-9./Imprimé en Espagne.

248060